• IRMÃOS LANCASTER •

BRUTO
E SEDUZIDO

JANICE DINIZ

• IRMÃOS LANCASTER •

BRUTO
E SEDUZIDO

LIVRO 2

Rio de Janeiro | 2019

Copyright © 2019 por Janice Diniz
Todos os direitos desta publicação são reservados à Casa dos Livros Editora LTDA. Nenhuma parte desta obra pode ser apropriada e estocada em sistema de banco de dados ou processo similar, em qualquer forma ou meio, seja eletrônico, de fotocópia, gravação etc., sem a permissão do detentor do copyright.

Diretora editorial: *Raquel Cozer*
Gerente editorial: *Renata Sturm*
Editora: *Diana Szylit*
Copidesque: *Bianca Briones*
Revisão: *Erika Nakahata* e *Laila Guilherme*
Capa, diagramação e projeto gráfico: *Renata Vidal*
Imagem da capa: *4x6/iStock*
Ornamentos de miolo: *Beth Rufener / Ornaments of Grace*

Os pontos de vista desta obra são de responsabilidade de seu autor, não refletindo necessariamente a posição da HarperCollins Brasil, da HarperCollins Publishers ou de sua equipe editorial.

CIP-BRASIL. CATALOGAÇÃO NA PUBLICAÇÃO
SINDICATO NACIONAL DOS EDITORES DE LIVROS, RJ

D611b

    Diniz, Janice
      Bruto e seduzido / Janice Diniz. - 1. ed. - Rio de Janeiro : Harlequin, 2019.
    288 p. (Irmãos Lancaster ; 2)
    ISBN 9788595085534
    1. Romance brasileiro. I. Título. II. Série.

19-56988   CDD: 869.3
                                         CDU: 82-31(81)

Vanessa Mafra Xavier Salgado - Bibliotecária - CRB-7/6644

HarperCollins Brasil é uma marca licenciada à Casa dos Livros Editora LTDA.
Todos os direitos reservados à Casa dos Livros Editora LTDA.
Rua da Quitanda, 86, sala 218 — Centro
Rio de Janeiro, RJ — CEP 20091-005
Tel.: (21) 3175-1030
www.harpercollins.com.br

Para Matheus, Karla e Bonnie

*É preciso saber seus limites. Eu descobri que
não haveria muitos se eu fizesse do meu jeito.*

Johnny Cash

Capítulo um

O caubói ajustou a luva de couro à mão, puxou-a para cima escondendo o punho, depois enrolou a corda americana em torno dela. Ajeitou-se no lombo do touro ainda preso no brete. O bicho mal se mexia, parecia que o aceitava sobre o lombo, mas não era verdade. No momento certo, Furor faria de tudo para jogar Thomas Lancaster no chão e, se tivesse chance, pisotearia seu corpo, lhe esmagaria os ossos e talvez o deixasse aleijado ou morto. E nada disso seria feito por crueldade. Era tão somente o instinto do animal agir assim, bem como era da natureza do peão montá-lo.

Furor era um touro agressivo, perdia apenas para Killer, e derrubava com facilidade a peonada no chão. Dois metros de altura da corcova até o casco, a pelagem manchada de cinza. Tinha os chifres escuros e os olhos pequenos e argutos. Imponente, parecia se sentir o dono do curral e por isso não o dividia com o outro touro, aquele que derrubara Mário e o pisara nas costas e no joelho. Killer e Furor eram como peixes-betas, impedidos de conviver no mesmo aquário, temperamentais e dominadores que não se deixavam subjugar por ninguém.

Era naquele momento, sentado no touro ainda preso no cubículo de ferro, que o peão passava por um fenômeno quase místico. Quando dentro da mente ele se via fora do próprio corpo e, do alto, preso ao animal pela corda americana, preso ao animal pela paixão de montá-lo, preso ao animal como se os dois se completassem mesmo em lados opostos, inimigos, rivais e cúmplices. E, ao voltar ao corpo sentindo o suor porejar frio na testa, a garganta seca, a sensação de fatalidade tão próxima, o coração martelando no peito, a respiração rápida, todos os sentidos aguçados e a mais perfeita conexão entre humano e bicho, era nesse instante tão cheio de vida que, contraditoriamente, todos os sentimentos ficavam suspensos no ar. Os sons que vinham das arquibancadas em torno do curral da Fazenda Majestade do Cerrado desapareciam, os cavalos e cachorros emudeciam, as pessoas se concentravam estáticas no peão, considerando se ele venceria ou cairia do touro em oito segundos ou menos.

Ali estava um cara de oitenta e poucos quilos contra um animal de 900 quilos. Quais as chances de ele sair ileso do embate? E por que arriscava a própria vida, tendo apenas trinta e dois anos, para se manter no controle e no domínio de uma fera por oito segundos?

Que, certamente, lhe pareciam oito horas.

O que mais se via nos torneios tradicionais eram baços rompidos, colunas quebradas, joelhos estraçalhados, fígados dilacerados e morte. O rodeio era considerado o esporte mais perigoso do mundo e causava lesões iguais às provocadas por acidentes de automóvel.

Então, como dizer a Thomas que aquela noite podia ser sua última? Que sua vida podia acabar em questão de segundos a partir do momento que Santiago e outro vaqueiro abrissem o brete? Quem, por outro lado, ousaria contestar o segundo filho de dona Albertina e Breno Lancaster, o mais tinhoso, o mais sarcástico, o mais briguento e passional? Podia-se dizer que ele próprio era a versão humana do touro Furor. Por isso o primeiro embate do campeonato de montaria clandestina na fazenda de Mário Lancaster tinha que ser o de Thomas.

— Preparado, cabra?

Fez que sim com a cabeça ao ouvir a pergunta do irmão mais novo. Queria lhe dizer que nasceu preparado, mas a verdade era que nem toda a técnica e a vocação que tinha o preparavam para um enfrentamento daquele porte. O que eram tais ferramentas em relação à vontade do destino?

O brete foi aberto, e o touro se jogou para fora corcoveando como um louco dos infernos. Cada pulo que ele dava era sentido na coluna de Thomas como um baque seco no chão duro. Mas isso não o impedia de iniciar a dança, a dança da montaria. Tudo o que precisava fazer era pegar o ritmo, soltar a musculatura rija do próprio corpo e seguir os movimentos agressivos de Furor, acompanhá-los, ir para a frente, para trás, manter o braço erguido afastado do bicho, firmar-se nos flancos do corpanzil com as esporas sem pontas, fazer o jogo do adversário cedendo sem fraquejar aos seus gestos selvagens.

O suor descia abundante da testa, debaixo do chapéu, que cismava em se manter na sua cabeça. Os cascos do touro cravavam a terra e jogavam a poeira para cima. Thomas respirava os grãos vermelhos, excitado com a adrenalina do momento. A dor na coluna era neutralizada, bem como o medo e qualquer outro sentimento que não fosse intenso, explosivo e efêmero.

Furor ergueu a cabeça, os chifres fincaram o espaço vazio, as pernas traseiras deram um coice no ar. Era certo que queria levá-lo ao chão, arrancá-lo de cima de si, subjugá-lo como um rei enfurecido diante do ousado ser inferior.

Ocorre que quem o montava trazia no próprio lombo uma carga pesada de fracassos e sofrimento, e essa espécie de ser humano era dura na queda.

Como a competição era clandestina, não havia juiz, mas um dos peões cuidava do cronômetro. A campainha estridente anunciou o final do desafio dos oito segundos.

Thomas pulou da montaria caindo de pé, ergueu os braços, apertou a boca e os punhos e depois deu um soco no ar.

Um dos vaqueiros correu para distrair o touro, enquanto Santiago pulava do cercado do curral para abraçar e erguer o irmão do chão.

— Filho de uma égua! Mais uma vitória classuda, Lancaster-número-dois! — disse Santiago, empolgado, dirigindo-se a ele pelo apelido criado por Natália, noiva de Mário.

* * *

Thomas era o homem responsável por organizar as montarias a dinheiro na fazenda dos Lancaster, mas quem cuidava das finanças da propriedade era a mesma pessoa que administrava o negócio do rodeio amador, Mário. O evento era aberto a poucos convidados justamente para não chamar a atenção da polícia. Participavam fazendeiros que colocavam no lombo dos touros os seus peões treinados. Eles pagavam a entrada dos próprios funcionários, bancavam as apostas e também os animais envolvidos. Da parte dos Lancaster, apenas Furor era posto na arena, embora Killer estivesse na mira da peonada que não batia bem da cabeça. Mas Mário, dono do touro em questão, era por demais ciumento de seu animal, resguardava-o e o protegia no curral, longe dos olhos de quem ousava lhe fazer proposta de compra. "Ainda não chegou o momento de se desfazer do bicho", dizia ele, endividado até o pescoço, mas determinado a não se separar do touro que o tirou das arenas.

— Hoje, por certo, foi uma noite bastante lucrativa — considerou o irmão mais velho, contando o dinheiro que retirou da gaveta da escrivaninha do escritório da fazenda.

Assim que entrou no recinto, Santiago jogou o chapéu de vaqueiro no sofá antes de fazer o mesmo com seu corpo grande e falou:

— Isso porque não lotamos as arquibancadas. O moleque dos panfletos me deixou na mão e não fez a distribuição combinada.

— A situação financeira da fazenda não será resolvida com três peões montando nos fins de semana — começou Mário, olhando-o com censura. E continuou: — A grana que conseguimos levantar é para a manutenção dos equipamentos, a ração do gado e nossa comida e a da peonada. Mas precisamos de mais dinheiro para dar conta da folha de pagamento dos funcionários e do empréstimo do banco.

— Podemos aumentar o valor da entrada, afinal, quem paga são os próprios fazendeiros — sugeriu Thomas.

Se a grana das montarias não ajudasse a amenizar a complicada situação financeira da fazenda, era certo que o irmão acabaria com as competições.

— Dá para aumentarmos o lance inicial das apostas — veio Santiago em auxílio.

— Pois é, eu sei, mas sinto o chamado da arena... — Mário expressou incerteza na feição.

— Meu irmão, não se apoquente com isso — interveio Thomas, tirando um cigarro da carteira e o acendendo.

— Cada um sabe o tempo certo de agir — filosofou Santiago em meio a um bocejo espalhafatoso.

— Obrigado pela confiança dos dois. — Mário arqueou as sobrancelhas ao olhar de um para outro.

— Siga seu coração, meu irmão. O meu objetivo agora é reerguer a fazenda, então posso montar todas as noites — disse Thomas.

Os irmãos fitaram o mais velho à espera de uma decisão.

O dono da fazenda levantou-se da cadeira e foi até a cafeteira. Serviu-se do líquido fumegante e amargo num copo descartável, pois nenhum deles naquele escritório lavava caneca. Por um instante, nada falou. Bebeu um bom gole da bebida mirando as próprias botas. Era como se desse um tempo para alinhar as ideias antes de soltá-las boca afora.

Thomas suspirou profundamente, conhecia aquele cabra havia trinta e dois anos e, mesmo que tivesse morado fora durante uma década, ainda sabia ler a alma do irmão. Ele fazia tudo certo, era muito sério e compenetrado, às vezes beirava o pessimismo, e isso realmente não era uma qualidade. Esperava apenas que ele jamais, jamais mesmo, cogitasse vender a propriedade.

Quando o irmão se virou para fitá-los, exibia o brilho da obstinação no olhar.

— Pra falar a verdade, vou participar do circuito de rodeios do Mato Grosso. Como sabem, cada competição é premiada em dinheiro ou automóvel. Se eu vencer, conseguirei manter em dia o empréstimo do banco.

— Você vai vencer, Mário! Não tem pra ninguém, o Lancaster voltou às arenas, meu povo! — Santiago pulou do sofá para abraçar Mário, dando-lhe tapas barulhentos nas costas.

Thomas manteve-se no lugar onde estava, bem sentado, quase deitado no sofá, fumando serenamente seu cigarro, as pálpebras semicerradas por causa da fumaça. Analisava a declaração com cautela. Já bastava uma besta impulsiva na família, que ficava feliz sem ao menos visualizar a essência da determinação de Mário. Sim, Santiago Lancaster era a besta impulsiva, excessivamente otimista, o que lhe dava nos nervos.

— Teremos um peão a menos para garantir a grana das montarias. É certo que terá de se preparar para os rodeios oficiais — considerou, analítico.

— Pois é, deixarei vocês dois na mão.

— Não importa — disse Santiago, sorrindo de orelha a orelha. — Montamos todas as noites, somos bons, vamos encher os bolsos de dinheiro, enquanto você volta para o circuito dos rodeios. Cabra, o que vai ter de peão tremendo nas bases com o seu retorno! Vai ser lindo de ver! Cadê a dona Albertina? Vou lá contar pra mãe!

Quando Santiago saiu gritando aos quatro cantos "Seguuuura, peão", Thomas falou:

— Esse aí fica eufórico por qualquer coisa.

Mário empurrou-lhe as pernas para fora do sofá ao sentar-se ao seu lado.

— Acha que é qualquer coisa voltar a montar depois de cinco anos parado?

— Quer saber? — começou Thomas, olhando-o preguiçosamente. — Para quem nasceu pra montar em touro, cinco anos ou cinco meses é a mesma merda. Só tem que treinar mais um tiquinho e matar no peito a empreitada.

Thomas viu o irmão esboçar um sorriso de quem se sentia preparado para agarrar a felicidade pelo cangote e dizer: *Vem cá, minha linda, você é minha!*

Capítulo dois

Mário os deixou na calçada do salão country e seguiu viagem em direção a seu compromisso noturno. O camarada batia cartão quase todas as noites no apartamento da noiva. Aqueles dois pareciam grudados com uma espécie de cola bem resistente. A pizzaria de Natália, na região das fazendas, atraía os principais moradores do interiorzão, em especial os jovens que chegavam da capital com os amigos, mas também os casais mais velhos que não tinham paciência para rodar quarenta minutos na estrada que levava ao centro da cidade.

Thomas saiu do veículo ajustando ao cós do jeans a fivela de metal banhada em dourado e, no centro dela, o touro corcoveando e o peão montado nele, a proteção de prata com detalhes em fundo negro. Usava um Stetson em feltro de lã na cor tabaco, a banda de couro com aplicação de metais envolvia a copa alta. Um chapéu gringo, presente de uma de suas amantes da terra do Tio Sam.

É uma sexta-feira danada de bonita, concluiu ele, admirando a lua enorme toda cheia de si, exibindo-se no céu crivado de estrelas. Aquela terra não tinha o ar poluído como nos grandes centros, era possível ver todo o esplendor da constelação que iluminava a cidadezinha e a região das fazendas.

— O lugar está lotado — comentou Santiago, vestido com a camiseta preta sem estampas e o jeans apertado, muito do gasto. Também usava chapéu e botas importados, e eram esses detalhes que os faziam pensar nos Estados Unidos, na vida dura que tiveram por lá, no fracasso como peões de rodeio e no sucesso como amantes de esposas de fazendeiros milionários. — A pescaria será farta — acrescentou, com um sorrisinho endemoniado.

— É isso aí! — Voltou-se para o irmão enquanto se encaminhavam à entrada do salão: — A gente escolhe logo a transa da noite e zarpa fora, nada de ficar horas escolhendo mulher, entendeu?

— Bom, se é assim, podemos pegar as irmãs Monteiro. As diabas me mandaram uma mensagem, avisando que estão nos esperando para emborcar tequila até o amanhecer.

Eles entraram no lugar sem ter que pagar a entrada ou pegar a comanda, o dono fazia questão de ter os Lancaster em seu estabelecimento, era uma forma de marketing para atrair as clientes cheias da nota. Além disso, o pai do dono fora amigo de Breno, patriarca da família. Mesmo que tivessem ficado uma década fora da cidade, ainda assim o salão country era o reduto da vadiagem de Thomas e Santiago.

Assim que entrou, ele sentiu a mesma atmosfera dos lugares que frequentava no Texas, só que agora era melhor, pois ali todo mundo falava o seu idioma e boa parte deles, vaqueiros das fazendas, era tão fodida quanto os dois, irmãos de um fazendeiro falido.

Santiago ajeitou-se na banqueta alta diante do balcão e esperou o barman notar sua presença enquanto tamborilava os dedos na superfície de madeira, ao passo que Thomas, de pé atrás dele, olhava em torno de si a multidão de chapéus dançando na pista ampla. Havia também várias mesas que a circundavam com gente bebendo e rindo, se beijando, comendo petiscos e enchendo a cara de chope, pinga ou tequila. Era o povo da cidade tentando se misturar aos peões, dava para perceber nas vestimentas. Os caras urbanos usavam roupas de grife compradas em butiques do centro da cidade. A peonada, por sua vez, se vestia como eles, embora o Stetson que usavam fosse legitimamente gringo.

— Vou tirar água do joelho e já volto — comunicou Thomas ao irmão, ajeitando o chapéu na cabeça. — Pede a minha cerva estupidamente gelada e uns troços salgados pra mastigar — acrescentou, por cima do ombro.

Abriu caminho por entre a multidão ao redor das mesas de um jeito bastante delicado, ou seja, pisou em várias botas e deu uma ou outra cotovelada nos cabras desatentos que sacudiam o esqueleto ao som de Leandro e Leonardo. "Cerveja" incendiava os casais na pista de dança diante do palco onde um bigodudo colocava o som. Havia um segundo ambiente, separado por um arco que simulava uma porteira de fazenda, que levava ao touro mecânico.

Ele precisou de meio minuto para ver o que se passava lá dentro. Um semicírculo de pessoas batia palmas, assobiava e exortava quem quer que estivesse montando o touro. Mal dava para ouvir a música, que, naquela parte do bar, era outra. A bem da verdade, a música sensual não combinava com a brincadeira de sentar-se num bicho com engrenagens, que se sacudia em cima do colchão de espuma para amortecer a queda dos falsos peões.

Thomas achava graça do povo que subia nesse tipo de touro ansiando por adrenalina, quando o máximo de perigo que podia lhes acontecer era cair de bunda no chão, na frente dos amigos.

A curiosidade, no entanto, motivou-o a se aproximar para ver quem era o peão que levava a pequena plateia ao delírio. Postou-se atrás do último camarada, e, como ele próprio era alto, não foi complicado ver o objeto de atenção e euforia de todos. Não era um *objeto* em si, longe disso. Contudo, também não parecia humano, estava mais para uma diabinha vestindo um short jeans curtíssimo, uma blusa de ombros de fora e descalça. Sorria mostrando todos os dentes, exalando o frescor da juventude, pois era certo que mal alcançava os vinte anos de idade. À medida que deslocava sutilmente o corpo pequeno e magro no lombo da montaria, o cabelo longo revelava e escondia a face bonita, os olhos fechados, o nariz delicado, a boca carnuda. Ela tinha uma das mãos atada à corda presa no touro, e o outro braço balançava no ar como os peões de verdade o faziam. Como ele, Thomas, montava. Era engraçado vê-la imitar os profissionais do rodeio enquanto o touro de mentirinha se mexia bem devagar, rebolando a traseira e a erguendo, exigindo da moça que apenas acompanhasse seus movimentos. E por isso os homens estavam vidrados na figura sexualmente atraente que também empinava o traseiro a fim de manter o equilíbrio no bicho mecânico.

O gingado feminino o hipnotizou, embora não tenha sido por muito tempo: a curiosidade também foi capturada pelos movimentos do touro, de como era controlado. Ele se elevava e se sacudia languidamente, forçando quem o montava a se equilibrar jogando meio corpo para a frente e, com isso, simulando uma posição sexual de submissão. O ritmo não foi acelerado em momento algum, como se fazia quando o cliente era do sexo masculino. O cara que manipulava a máquina induzia a uma exibição sensual da garota para excitar a plateia de machos, estimulando a erotização de uma brincadeira inofensiva em cima de um brinquedo criado para gerar gargalhadas, e não ereções.

A menina parecia não se dar conta de que era usada, tornando-se motivo de risadinhas aparentemente invejosas entre as mulheres e comentários picantes entre os caras. Ela sorria como uma criança se divertindo, parecia absorta no próprio mundo, curtindo o momento de modo inocente.

Pensou em arrancá-la do touro depois de xingar aquela cambada de tarados. Se ela fosse sua irmã e estivesse na mesma situação, sendo alvo da malícia maldosa dos outros, ele iria protegê-la. O pensamento logo passou à ação, mas, assim que deu o primeiro passo, ouviu o grito entusiasmado de outra garota:

— VOU SUBIR AÍ COM VOCÊ, RAMONA!

E foi o que ela fez. Montou, pegando a amiga pela cintura, e aí sim o touro começou a se mover mais rápido. Três segundos depois as duas estavam estateladas no colchão, rindo muito, aplaudidas pelos clientes.

Thomas se emputeceu à toa. Talvez estivesse ficando velho e ranzinza, mas a verdade era que aquela moleca não tinha idade para frequentar um bar cheio de caubói sem-vergonha.

Enterrou o chapéu na cabeça, um gesto que demonstrava impaciência consigo mesmo, e deu as costas ao touro e à menina, que de tanto rir não tinha forças para ficar em pé.

Entrou no banheiro e fez o que o levou até ali, depois lavou as mãos sem deixar de dar uma boa olhada na própria estampa. A barba por fazer lhe dava um aspecto de homem rústico, assim como os maxilares duros, o rosto quadrado e forte, o nariz grande e as linhas de expressão no canto das pálpebras. Herdara o azul dos olhos do pai. Os lábios não muito grossos eram uma herança materna e apenas tal característica tinha traço feminino, pois ele todo, da cabeça aos pés, exalava a macheza do homem do campo, até mesmo as unhas curtas sujas de terra podiam lhe assegurar a origem.

Saiu para o corredor, colocando a parte de baixo da camisa para dentro do jeans. A mão sentiu uma leve saliência no bolso traseiro, puxou o papel para diante dos olhos. O bilhete estava escrito numa letra feminina caprichada, o nome da moça e os números do seu telefone. Mais um papelzinho para grudar no mural do quarto. Em algum momento, alguém enfiou o papel no seu bolso, podia até mesmo ter sido na sexta-feira passada.

Ele tinha uma coleção desses, era bonito de ver. Raramente telefonava de volta, não sabia como era a fuça da moça, não queria ser cretino e mandar pastar caso não se enquadrasse nas suas preferências estéticas.

Ainda lia o papel tentando decifrar o desenho no bilhete, que se assemelhava a um mapa de um dos bairros de Santo Cristo, quando levou uma trombada contra o peito. Chegou a dar um passo para trás e, por impulso, segurou a mulher que o atropelou. Seu corpo era miúdo, de modo que a força do impacto só poderia ter sido proposital.

— Eta-ferro, vai tirar o pai da forca?

Ela ergueu a cabeça e mirou seus olhos escuros nos dele, sorriu um sorriso preguiçoso, e uma mecha de cabelo grossa e emaranhada lhe caiu no ombro. Era um *dread*, ele já tinha visto por ali, em Santo Cristo, uns hippies vendendo bugigangas na calçada do centro comercial, tudo com cabelo sujo, cheio de piolho, as mechas bem iguais às dela.

— Me perdoa, não vi você — rebateu a garota, olhando-o de cima a baixo bem devagar, inspecionando-o com ar sacana.

— Aham, não me viu, conheço essa tática.

Ela piscou os olhos várias vezes como se tentasse assimilar o significado de tal declaração, o corpo pendeu levemente para a frente e para trás. Thomas teve assim a confirmação de que aquela garota era a que sensualizava no touro mecânico e de que estava bêbada feito um gambá.

— Acha que estou dando em cima de você? — Apontou o dedo para ele, mas, como estavam quase abraçados, a ponta do indicador o cutucou pouco acima da barriga.

— Escuta aqui, garota, não faço parte da sua plateia, ok? Procura a sua turma do cabelo duro e me deixa voltar ao bar na santa paz de Cristo.

A expressão do rosto feminino foi a do mais puro espanto, e ele teve de convir consigo mesmo que a diabinha era bonita, embora não se sentisse atraído por feições juvenis, a franja cobrindo a testa até metade dos olhos, o cabelo preto e quase nada de maquiagem. Parecia uma colegial magrela como tantas que ele conhecera na época em que cursava o ensino médio. Ainda adolescente preferia as desordeiras, as que fumavam escondido, as que rolavam no chão brigando com os garotos, as que se diziam lésbicas. Bem, ele sempre gostou de um belo desafio.

— Seu brutamontes caipira, eu estava indo ao banheiro quando me atropelou.

Olhou bem para ela, aliás, teve de baixar a cabeça a fim de analisar a expressão do seu rosto quando falou, desta vez com bom humor:

— Tenho certeza absoluta de que foi a senhorita quem trombou em mim. Se eu tivesse te atropelado, ô baixinha, você teria voado longe, de volta pro lombo do touro mecânico de rabo quente!

Ela deu um passo para trás e o encarou por debaixo da franjinha.

— Oh, você também notou que o touro estava zoando com a minha cara? — A pergunta foi feita num tom muito sério.

— Claro que sim, vi até a hora que ele piscou para a vaca mecânica como se dissesse: vou zoar com essa menor de idade bêbada. — Foi sarcástico.

— Não sou menor e não estou bêbada — reclamou, cruzando os braços diante do peito numa atitude que ele considerou infantil.

— Imagino que não saiba que tem um rapaz, muito do sem-vergonha, controlando os movimentos do touro.

— Jura?

— Juro o quê?

— Que você acha que eu me joguei nos seus braços?

— Vem cá, a gente não falava sobre o touro? — Sentiu certa confusão no ar.

— Não gosto de caubóis — disse ela, erguendo o nariz.

— E veio no antro da brutaiada porque prefere os intelectuais? Acho então que a moça é mais burra do que bêbada — acrescentou, sorrindo com deboche.

Ela semicerrou as pálpebras como se tentasse enxergá-lo melhor ou fuzilá-lo com o olhar.

— Admito que trombei em você de propósito — falou, demonstrando contrariedade. — Mas a minha amiga pediu o seu telefone, ela é tímida, resolvi ajudá-la.

— Aham, sei, a sua amiga quer o meu telefone ou é você mesma? — Enfiou os polegares no cós do jeans, afastou as pernas, deu uma boa olhada cheia de atitude para a mocinha cara de pau.

— Confesso que bebi um pouco além da conta, mas, mesmo embriagada, jamais pediria o telefone de um jacu. O que mais tem nessa cidade é homem como você, tudo igual, parece até que um imita o outro. O meu lance é com cara diferente, exótico, de espírito livre...

— Ou seja, maconheiro — zombou.

— Pensa o que quiser. Só vim a esse lugar porque é o aniversário da Jaque, estamos sem grana e uns caras pagaram a cerveja — arrastou as palavras para fora da boca. Classe e dignidade a toda prova. — Então me faz o favor de dar o seu número para ela. Eu disse que seria o meu presente de aniversário.

Thomas avaliou mais uma vez a baixinha. Parecia gente boa, boa de se manter longe.

— Não quero saber da sua amiga.

— Mas você nem viu a Jaque. — Dito isso, virou-se para trás, ergueu a mão e gritou: — JAQUELINE, OLHA PARA CÁ. QUERO TE MOSTRAR PARA O CAUBÓI BONITÃO!

Ninguém se virou, a música estava alta demais, e a garota ficou gritando feito uma louca sem motivo.

Thomas pegou-a pelo braço e a virou para ele.

— Por que não vai para o banheiro lavar o rosto, hein? Aproveita e enfia o dedo na goela pra vomitar essa cervejada toda.

— Não estou bêbada.

— Por Deus, se você fosse minha irmã já estaria na minha picape voltando direto para casa — afirmou, balançando a cabeça com pesar. — Olha ao redor, a mulherada adulta está se divertindo sem precisar se embebedar. Aprende com elas.

— Acabou o discurso moralista? Ou será que você nunca se aproveitou de uma mulher bêbada para levá-la para a cama?

— A nanica ficou irritada, é? Pois vou lhe dizer que nunca precisei embebedar mulher alguma para conseguir sexo. Olha só nós dois aqui, você se jogou pra cima de mim e, se eu quisesse, a gente já estaria trepando no primeiro beco escuro — falou, de modo descontraído, achando graça da figurinha.

— Que coisa feia de se dizer a uma mulher. — A voz pastosa tirou toda a seriedade da sentença dita.

— Isso se você fosse uma mulher. Estou é diante de uma adolescente que mal se aguenta em pé de tão bebum.

— Você já pensou se... — Ela parou de falar sem deixar de fitá-lo com as pálpebras semicerradas.

— Pensei o quê? — Chegou a arquear uma sobrancelha ao fazer a pergunta num tom arrogante.

— Se eu te mandasse tomar no cu e você fosse?

Dito isso, ela lhe deu as costas e saiu rebolando a bundinha no short indecente. As pernas finas, os pés miúdos, os ombros ossudos, o cabelo até o meio das costas. Aquela ali daria trabalho, e muito, para o boca-aberta que se apaixonasse por ela, ô se daria!

Capítulo três

Santiago bebia a cerveja sem ter muita coisa na cabeça para pensar. Algumas pessoas faziam terapia, frequentavam consultório de psicólogo, mas ele só precisava de uma noite no salão country para relaxar do estresse. Normalmente causado por seus irmãos. Preocupava-se com a situação financeira da fazenda, era verdade, mas menos que Mário e Thomas. Talvez fosse o cara mais leve dos Lancaster, herança genética materna por certo.

A mão de unhas longas e vermelhas pousou no seu ombro, e o perfume feminino o fez se voltar para a morena. Era Monalisa Monteiro seguida da irmã, Madalena.

— O que um homem bonito e sexy faz sozinho aqui? — perguntou ele com ar de troça maliciosa nos olhos de pálpebras semicerradas.

— Ele sabia que uma mulher bonita e sexy ia chegar.

— Uma, é? — Madalena ralhou brandamente com ele.

— Claro que não, dona irmã. — Piscou o olho para ela. — Beleza nunca é demais, e as Monteiro são as mais lindas flores do campo.

— Nossa, Santiago, como pode ser tão adoravelmente sacana?

— Treino todas as noites diante do espelho, minha Monalisa sorridente.

— E o outro Lancaster, veio junto?

— O Thomas fez questão de vir para encontrar você.

— Mentiroso! — Riu-se, dando um tapinha amistoso no ombro dele.

Fingiu sentir dor, arrancando uma gargalhada da moça. Depois se pôs de pé e enlaçou Monalisa pela cintura, beijando-a na boca. Os lábios macios se abriram para receber a língua que sugou a dela numa firme carícia. As mãos de Santiago se espalmaram nas costas femininas num abraço apertado.

— Virgem Maria, vão para um quarto — resmungou Madalena.

Santiago abriu um olho e a viu se sentar na banqueta junto ao balcão.

Ele deslizou a boca para a orelha de Monalisa, mordeu-lhe levemente o lóbulo com os dentes frontais.

Ela o encarou, exibindo o semblante de uma mulher em avançado estado de tesão.

— Vou embora amanhã, então não temos muito tempo pra matar a saudade.

— A gente mata logo a diaba, Monalisa.

— Tem que ser agora. — Foi incisiva, deslizando a língua sensualmente no lábio inferior.

Ele pensou aonde poderia levá-la. Contudo, assim que saíram para o estacionamento, a mulher pulou no seu colo e a coisa começou a pegar fogo ali mesmo.

O perfume feminino o entontecia, a boca que o beijava sabia como fazer, as mãos que abriam os botões da sua camisa demonstravam urgência sexual.

Santiago a pressionou contra a parede com o próprio corpo e a abraçou a fim de senti-la toda, cada parte daquela gostosura de um metro e sessenta e poucos.

— Caubói tesudo assim não tem na minha terra — ela falou baixinho, numa voz arrastada.

— Só moças de bom gosto têm essa opinião — brincou, pegando-a no colo. — Vamos para o nosso ninho de amor, cabritinha.

Era verdade que a pressa era inimiga da perfeição. Santiago, contudo, pensava rápido. E, mesmo louco de tesão, sabia o que fazer em seguida.

Abriu a porta da caminhonete e sentou a mulher no banco do carona. Ela endereçou-lhe um sorriso tão sexy que ganhou mais um beijo.

— Vou manobrar a picape para termos um pouco de privacidade — disse ao se afastar dos lábios dela.

Dirigiu até os fundos do salão country, onde se localizavam a saída dos funcionários e o estacionamento privativo. Deu ré, colocando-se no ângulo protegido pela semiescuridão banhada apenas pelo luar. Desligou o motor e os faróis e saiu do veículo, contornando-o para abrir a porta para a passageira.

— Esse seu cavalheirismo é um charme — disse ela, aceitando a mão estendida para ela.

— Moça, eu sou todo um charme.

— E modesto — provocou-o.

— Nem sei que diabo é isso. — Riu-se, puxando-a para um abraço apertado e um beijo no contorno do pescoço dela.

Assim que se afastaram, Santiago a conduziu à caçamba da picape, abaixou a tampa e pulou para dentro. Pegou os colchonetes macios, de casal, enrolados feito dois rocamboles. Estavam ali para serem usados quando os irmãos Lancaster passavam a noite fora pescando e acabavam dormindo ao ar livre.

Na maior parte das vezes, entretanto, eles forravam o assoalho da caçamba para fins de recreação sexual com a mulherada.

E assim seria aquela noite.

Santiago deitou Monalisa na cama improvisada e deslizou a mão por baixo da camiseta de algodão colada aos seios grandes. Bolinou o bico duro com firme delicadeza, atento às oscilações da respiração dela. No instante seguinte, empurrou para cima a barra da roupa e expôs a seminudez feminina.

Imediatamente ele sentiu um rastro de calor lhe percorrer o corpo. Antes disso, entretanto, puxou do bolso a embalagem do preservativo e a rasgou com os dentes.

— Vou te foder como um cavalo, mulher — disse ele enquanto colocava a camisinha no pênis ereto.

— Eu quero — ela gemeu, instintivamente afastando as pernas. — Me come, bruto safado!

Ele chupou e lambeu os bicos rosados enquanto a mão desceu para a calcinha, puxou o fundilho para o lado, os dedos separaram os lábios vaginais e masturbaram o clitóris.

Monalisa arfou e se contorceu, levantando ligeiramente o quadril.

Ele sentiu os dedos se molharem na lubrificação dela, a quentura da boceta inchada o excitou. E como era um homem sem modos, rasgou a calcinha da amante e ergueu-lhe a minissaia o suficiente para fodê-la com a boca.

— Me chupa todinha, garanhão! — pediu baixinho, enrolando os dedos no cabelo de Santiago.

Antes que ela gozasse, ele a pôs de quatro e admirou o traseiro empinado.

Santiago baixou o jeans e depois a boxer, puxou o pau grande e o meteu por trás na boceta encharcada, que o recebeu contraindo-se para senti-lo todo. Penetrou-a até o fundo, um golpe forte e duro, dominando-a.

— Cavala má! — rosnou como um bicho no cio.

Ele a agarrou nas laterais das coxas, deslocando os quadris no vaivém sexual agressivo, estocando com força para dentro dela. Não demorou para que Monalisa gozasse, apertando-se no diâmetro do pau dele, estremecendo o corpo.

Sem perda de tempo, retirou-se dela e a virou de costas, beijando-a na boca.

— Mulher maravilhosa.

Ela sorriu, ofegante, e ergueu os joelhos a fim de ter o pau avantajado a penetrando novamente, roçando antes no clitóris, estimulando-o.

Ele a cavalgou, segurando-a por trás dos joelhos e mantendo as pernas dela agora sobre os ombros dele. Foi tão fundo que suas bolas batiam contra o corpo dela, o barulho do choque entre as carnes úmidas tornou cru o ato sexual, excitando-o ainda mais.

Santiago gozou, fincando os dentes frontais no próprio lábio inferior. A testa porejava suor, assim como seu corpo inteiro.

— As melhores férias da vida são em Santo Cristo. — Monalisa cruzou as pernas em torno da cintura dele, segurando-o dentro de si até a calmaria os alcançar após a tempestade sexual.

Depois que ela se vestiu, despediu-se com um beijo apaixonado, embora não houvesse sentimentos entre ambos. E era por isso que ele gostava de se encontrar com a Monteiro. Nada de jogos nem complicações.

Ele então voltou para o salão country cantarolando uma canção e improvisando metade da letra.

Ô noite danada de boa!

Capítulo quatro

Thomas rapidamente limpou da cabeça a imagem da moleca atrevida. Voltou ao bar e não encontrou o irmão. Como o conhecia bem, por certo estava se divertindo com uma danada em algum canto ou até mesmo no banheiro. Sentou-se na banqueta e pediu uma bebida.

Madalena Monteiro se aproximou, tomando o lugar junto a Thomas.

— É a minha despedida de solteira, vai torná-la inesquecível ou não? — a vozinha rouca cheia de más intenções.

— O Santiago não me falou que a moça é comprometida. — Ajeitou a aba do chapéu para cima a fim de encará-la.

— E por que eu deveria contar pra ele? — Os olhos dela desceram para a boca masculina que sorria levemente. — A ideia é que você me faça feliz esta noite. Ainda é capaz de me dar felicidade? — Novamente os olhos resvalaram para os lábios dele.

Thomas sorriu.

— Sim, sou capaz de lhe dar vinte e um centímetros de felicidade. É o seu número da sorte, não?

Ela o agarrou pela nuca e, antes de beijá-lo na boca, falou baixinho:

— Sempre foi.

O gosto de uísque e cigarro era o sabor daquele beijo. Aquela mulher era uma selvagem indecorosa na cama, uma loucura de quente e desinibida, topava tudo. Agora, depois do beijo, ele lembrava muito bem quem era Madalena Monteiro, filha de um dos maiores criadores de gado do Nordeste brasileiro. As irmãs passavam as férias em Santo Cristo, na casa dos tios, divertiam-se no salão country e nos motéis à beira de estrada.

— A gente bebe mais um pouco e cai fora, certo? — ele sugeriu, desvencilhando-se da mão agarrada no seu antebraço.

Dali a pouco começaria a tocar o tal sertanejo universitário, e coisa que Thomas detestava era gente estudada bancando o jeca corno cantando o fim do seu amor. Para ele, a verdadeira música nascia da experiência do cara, você não podia falar do campo sem sujar as mãos em bosta de vaca ou cortar os dedos ao consertar uma cerca de arame farpado, tampouco falar de chifre se não amasse e fosse traído por uma diaba linda. De sua parte, ainda preferia as diabas vulgares que se vestiam do jeito que as outras mulheres falavam mal. Roupas coladas, estampas tigresas, muita maquiagem, salto alto, peitos quase escapando do decote e bunda grande quase estourando o jeans. Mulher que chegava pra causar, a que se achava a dona da bagaça, sem papas na língua.

— Delícia, Thomas — assentiu, de um jeito travesso. — Mas, antes de colocar mais líquido pra dentro, preciso dar uma passadinha no banheiro. Já volto, meu peão gostoso!

Quando Madalena se virou, o cabelo longo e sedoso balançou exalando um cheiro de alecrim e limão, ele era fissurado por cheiro de mulher, gosto de mulher, voz e tudo que vinha com o pacote. No fundo, por mais filho da mãe que fosse, queria ser laçado como Mário e encontrar uma cavala má, como Santiago falava, que pisasse no seu pescoço, enrolasse uma corda nos seus tornozelos e o derrubasse no chão puxando-o pela cidade, mostrando quem mandava nele. Caralho, para ter esse poder todo sobre ele só aceitaria um mulherão da porra. E, por aquelas bandas, infelizmente não conhecia nenhuma.

Perdeu seus olhos no traseiro de Madalena vendo-a se afastar gingando os quadris e, no instante seguinte, recebeu uma trombada contra suas costas. Ô porra, de novo! Voltou-se de cara feia para ver o ocorrido, já que teve a sua camisa molhada de chope. A raiva imediatamente escureceu as suas vistas. O cara que o acertou era alto, claramente frequentador de academia, os braços inchados de veias salientes comprovavam o uso de esteroides ou a sua genética era boa acima do normal, tinha o cabelo muito claro raspado e um olhar de quem comia beluga, o tal caviar, mas arrotava macarrão instantâneo, ou seja, parecia um ser humano interessante até a hora em que abria a maldita boca.

O cara sorriu com ar superior ao vê-lo se voltar com o semblante fechado e simplesmente lhe deu as costas retomando a conversa com outro idiota musculoso como ele. Pedir desculpa, pelo visto, não fazia parte do seu comportamento.

Ele teria então que aprender a se desculpar nem que fosse na marra.

Thomas bateu com dois dedos no ombro do camarada. Ele se virou, e ainda exibia um sorrisinho arrogante quando o encarou e perguntou:

— Se esqueceu dos amigos, ô Lancaster? Sou o Guilherme, matávamos aula juntos, mas eu passava de ano, e você não.

— A gente deixa a socialização para depois que me pedir desculpa por ter virado a merda do seu chope na minha camisa — declarou, bem sério, fitando-o como quem espera um movimento em falso para lhe meter a mão na cara.

Se havia uma coisa que aquele caubói não tinha era autocontrole em relação aos tipinhos soberbos.

— Foi sem querer, liga não — disse, aparentando displicência. E continuou: — Soube que você e o Santiago não voltarão para o Texas, vão trabalhar para o Mário. Acho uma decisão bastante da certa.

— A sua opinião não solicitada será anotada no painel da prefeitura. — Foi grosso, olhando-o de cima a baixo.

O outro ergueu as mãos para o alto em sinal de rendição, mas era nítido o tom de deboche.

— Vixe, feri os brios do peão... que não é de rodeio. — Riu-se, acompanhado pelos demais. — Agora você monta em jegue ou só na picape do irmão para fazer as compras do mercado pra dona Albertina?

— Não, às vezes eu também monto na sua mãe quando o corno do seu pai viaja.

O tal Guilherme ficou vermelho, o sorriso desapareceu do rosto escanhoado como num passe de mágica.

— Acho que chegou a hora do nosso acerto, da surra que me deu depois de roubar a minha namorada... caubói de bosta!

— O corno quer polir os chifres? Interessante, pois acabei de lembrar que você batia na garota como se ela fosse um saco de pancada, seu fraco de merda! Ela só soube o que era *hômi* de verdade quando me conheceu e foi bem trata...

Precisou de meio minuto para entender que foi a mão de punho fechado do outro que o acertou no maxilar, empurrando sua cabeça para trás. Se não fosse encorpado e forte, teria caído de bunda no chão. Mas tudo que fez se resumiu a se recompor e devolver o soco na fuça do camarada. Acontece que Thomas tinha os punhos treinados, brigava semana sim, semana não. Podia-se dizer até que era um profissional da briga de rua. Afundou a cara do outro, tirou sangue, o nariz foi para o espaço, quebrado bem no meio.

Guilherme não se deu por vencido e, mesmo sangrando, desferiu-lhe um gancho de direita que acertou o ar. Thomas não era asno para se postar diante do adversário e esperar ser golpeado. Meteu um tapão de mão aberta na orelha do cabra. O gesto irritou Guilherme, levando-o a sacar um canivete caríssimo do bolso do jeans. Mas foi só o trabalho de lhe mostrar a arma branca, pois em seguida um chute a jogou para longe, e era a bota de Santiago fazendo o serviço. O caubói acabava de chegar para se meter na briga.

— Volta de onde veio, Santiago! — xingou-o Thomas.

De que adiantava gastar saliva com o irmão... Teve de empurrá-lo para o lado quando Santiago se colocou entre ele e Guilherme tentando encerrar a briga

— Chega dessa briga idiota! Se quer saber, já perdeu a mulher, a Madalena se mandou. Vamos esfriar a cabeça e beber um pouco, ok?

— Uma ova! — grunhiu Thomas, soltando-se dele.

O seu adversário, sangrando, fez sinal com os braços, chamando-o para a porrada.

— Vem, Thomas, vem apanhar de um homem que se fez do zero, sem ajuda do pai ou do irmão! Você teve todas as chances e ainda assim fracassou!

— Fica frio, é pura provocação, não dá motivo pra anta — aconselhou o irmão.

— Não se meta, Santiago! — falou Thomas, sem tirar os olhos do palhaço que pulava no mesmo lugar se aquecendo enquanto fazia movimentos de golpes no ar. — Sério, cara, você parece um débil mental lutando contra o nada — zombou.

Aquilo tudo era encenação, e Thomas só notou depois de tomar um chute entre as pernas, o pé do outro amassou seu saco com toda a força. A dor foi excruciante e irradiou por todo o corpo. Exagero ou não, doeu até o couro cabeludo. Ele vergou o corpo para a frente e dobrou-se ao meio ao mesmo tempo que a raiva se acumulava na pele feito uma alergia, borbulhava no sangue, a cabeça quente, os dentes cerrados, a dor nos bagos, a vontade de partir o desgraçado ao meio.

Ainda um tanto cambaleante, puxou forte o ar, recuperando-se do golpe na mesma velocidade do chute que devolveu ao outro. Errou o alvo, era verdade, não o acertou entre as pernas, mas o queixo já manchado de sangue do nariz sentiu a força da sua bota de vaqueiro. O camarada caiu, e Thomas aproveitou para lhe dar um pisão igual ao dos touros nos peões incautos, mas antes disso foi puxado para trás. Tentou se desvencilhar dos braços que o agarraram como tiras de aço.

— Podem me largar, a briga é só com esse besta!

Mas os caras continuaram a segurá-lo, agora com mais força. O excesso de empenho em separá-lo do outro levou-o a considerar que fossem os seguranças do bar. Puxou os braços, esperneou, gritou e amaldiçoou até a quinta geração da família dos infelizes que o detiveram até a chegada da polícia.

— Me solta, bando de cretinos!

Os policiais o jogaram de cara contra a própria picape e puxaram seus braços para trás, algemando-o.

A noite não terminou do jeito que ele esperava, não mesmo.

Capítulo cinco

Ramona encheu a caneca de alumínio com chá de camomila gelado. Sorveu-o numa golada só e quase se engasgou. O calor estava de lascar debaixo do toldo da barraca à margem da estrada que ligava Santo Cristo a Sacramento. O acostamento largo oferecia espaço para diversas barraquinhas. Vendia-se de tudo para quem trafegava na BR-163: cachaça artesanal, brinquedos de material reciclado, caldo de cana, artesanato, frutas e verduras.

Naquela parte da rodovia, o asfalto era impecável. Em seguida, vinha o acostamento para depois começar a fileira de barraquinhas, onde se vendiam os produtos aos viajantes, as faixas enormes e coloridas identificando o que por ali era comercializado e seu respectivo preço. Ramona vendia miçangas na barraca que ladeava a de frutas, a dona era uma mulher negra e alta, encorpada, quase gorda, a voz grossa, o semblante amarrado, a língua ferina. Tinha assunto para tudo, falava sobre política, marcas de absorventes internos e o campeonato nacional de futebol. Aos quarenta e poucos anos, Goretti era a líder dos barraqueiros, isto é, estava no comando do grupo informal dos donos de barraca. A única que possuía o comércio de alvenaria, com banheiro, que era usado pelos demais comerciantes. Cobrava uma taxa simbólica para usá-lo, que se destinava à compra de papel higiênico e produtos de limpeza.

Ramona espreguiçou-se e deu uma boa olhada na mesa larga repleta de bijuterias. Sorriu consigo mesma, orgulhosa do trabalho feito. Ela era a artesã, a que metia a mão na massa e a vendedora do produto pronto. Porém, antes de vendê-lo, precisava de uma boa dose de propaganda, o produto não se vendia sozinho, a não ser que pudesse ser comido. Ela tinha então uma faixa larga diante da barraca, onde se podia ler: "Miçangas do povo de humanas". Era uma brincadeira, um modo de atrair a simpatia e o interesse do pessoal que trafegava na rodovia, embora também contasse parte da sua história de vida, quando decidiu contrariar a vontade do seu único parente vivo, o tio-avô, de não frequentar uma faculdade.

Pegou uma das pulseiras e a rodou entre os dedos, admirando a delicadeza da peça e testando a firmeza do cordão de náilon preenchido pelas pedrinhas azuis. Tornar-se artesã lhe deu a chance de se sustentar e se livrar da excessiva proteção do irmão do seu avô paterno. Era órfã desde os catorze anos, quando ela e os pais sofreram um acidente de automóvel. Ramona quase não se machucou fisicamente, mas não se lembrava de nada da sua vida antes do desastre. Ao sair do hospital, foi morar com o avô. Uma convivência aparentemente comum. Ela estudava, tirava notas medianas, não namorava e tampouco conseguia se entrosar na escola. O avô era um senhor tranquilo que aproveitava a aposentadoria como bancário acumulando livros no pequeno apartamento. Os dois saíam pela cidade, entravam em sebos e bancas, ficavam por horas escolhendo livros, não importava quais fossem, ficção ou manual de conserto de bicicletas, ele os comprava. Voltavam com caixas de livros que se acomodavam às outras.

Ramona um dia percebeu que não morava em um lugar normal. Visitou a casa de uma colega de escola, trabalho em grupo, a matéria era geografia, assunto chato que só. O lugar era limpo, arejado, os móveis apareciam sem nada sobre eles, havia muito espaço livre nos cômodos. As paredes tinham quadros, e não caixas de papelão empilhadas. A cozinha não tinha louça suja de dias nem resto de comida grudado na parede, isso porque era possível entrar nela, não se esbarrava nas colunas de livros velhos.

Certa noite o avô levou a mão ao peito e caiu de cara no chão. Ramona precisou de dez minutos para atravessar a sala, pulando e pisando em livros e revistas amassadas, sujas e rasgadas até chegar à porta e correr para a casa do vizinho, que prontamente chamou uma ambulância.

Uma hora depois Ramona foi informada de que o avô morreu. Demorou algum tempo para entender que, além do problema cardíaco, ele sofria de transtorno obsessivo-compulsivo.

— Você tem outro familiar para entrarmos em contato? Tem com quem ficar? — Foi o que ela ouviu de uma funcionária do conselho tutelar. Sentada no banco do corredor do hospital, absorvia a dor da perda sem conseguir chorar. Um ano antes perdera os pais e não chorou. Leu em um dos livros do avô que os psicopatas não se emocionavam, eram pessoas com os sentimentos anestesiados.

Tirou suas próprias conclusões.

— Sou uma psicopata.

A assistente social franziu o cenho, demonstrando aturdimento. Era certo que jamais escutara aquela frase em toda a sua vida.

— Não foi você quem matou o seu avô, minha menina. Ele teve uma parada cardíaca, morte natural — falou com ternura, afagando-lhe o cabelo.

— A morte nunca é algo natural — rebateu, séria. E, baixando os olhos para o chão, emendou sem saber ao certo o que dizia: — *Natural* é a vida.

Alguém descobriu que o velhinho morto tinha um irmão que morava no interior, em uma cidade chamada Santo Cristo. Entraram em contato com ele, souberam que os irmãos não se davam;

o da capital era um sujeito com problemas mentais, e o do interior, um juiz de direito, solteirão aposentado.

Desvencilhou-se dos seus pensamentos ao notar a redução da velocidade de uma picape diante da barraca de Goretti. O motorista manobrou de modo a estacionar e depois saiu do veículo, seguido por uma mulher. O casal se dirigiu até sua barraca de mãos dadas.

Ajeitou-se no vestido de estilo indiano, longo até os pés, os quais calçavam uma rasteirinha. O brinco de penas se misturava às mechas do seu cabelo preto, parte dele preso em *dreadlocks*. A magreza não chamava atenção, pois era distribuída num corpo de um metro e cinquenta e quatro de altura. Contudo, ao contrário do que se comentava sobre as baixinhas, Ramona não era pavio curto.

A cliente baixou os óculos escuros para conferir a qualidade da mercadoria exposta. Esquadrinhou cada parte da mesa forrada com um tecido parecido com veludo. Não mexeu em nada, apenas usou os olhos para atestar seu gosto estético. Pareceu se interessar por um dos colares, a bem da verdade, uma gargantilha de tira de couro cujo pingente era uma mandala feita de quartzo cor-de-rosa.

— Olha que linda, amor. — Voltou-se para o homem, balançando a peça.

Ele deu uma olhada desinteressada. A atenção estava mesmo era nos produtos de Goretti, talvez atraído pela garrafa de licor caseiro ou pela melancia cortada ao meio, que recendia um cheiro bem gostoso.

— A gente não pode se atrasar. Escolhe qualquer bosta e vamos embora, potranca.

Notou o jeito rude do cara falar, mas a mulher não demonstrou reação negativa ao que lhe pareceu uma grosseria.

— Essa gargantilha faz parte de um bonito conjunto. — Não se intimidou e começou a vender o produto, aproximando-se da moça, trazendo consigo a caixinha de madeira com o par de brincos e a pulseira em quartzo da mesma cor. — Todas as peças são vendidas separadamente — avisou antes que pensasse que ela queria empurrar a mercadoria, mas a verdade era que queria vender tudo, sim.

A cliente pegou o estojo e deu uma breve conferida, ergueu os olhos a fim de pedir a autorização silenciosa do homem para comprar a bijuteria. O cara piscou o olho para ela, acrescentando um meio sorriso com todos os tons da sedução. Tal atitude confundiu Ramona, porque antes ele parecia um ogro idiota e agora lançava charme para a namorada. Notou que a mulher endereçou um sorriso a ele e depois se voltou, perguntando:

— Tem pulseira masculina parecida com essa? Acho que vou presentear o meu caubói gostosão aqui.

Foi aí que Ramona entendeu o que se passava: o grosseirão era um caubói, e, como estava sem chapéu, ela não o reconheceu como tal. Eles eram bem assim, falavam como bichos do mato, como um cavalo falaria se não relinchasse, e, aproveitando a analogia equina, consideravam-se garanhões. Isso, obviamente, no sentido sexual.

Pegou a pulseira de couro sem enfeite algum. Confeccionou-a assim mesmo, uma tira com um discreto fecho, depois que um jeca disse que só "bichona" usava pulseira.

O tal jeca usava chapéu de vaqueiro.

— Temos essa aqui, é bem masculina, bem de macho, bem viril, foi até molhada numa bacia de testosterona com cachaça de alambique — falou sem sorrir.

O cara caiu na gargalhada seguido pela mulher. Fizeram as compras, e ele lhe pagou a mais sem pedir o troco de volta, desejando-lhe um excelente dia de trabalho.

Sentiu-se culpada por pensar mal do caubói. A bem da verdade, nem todos eram ruins; a maioria era até boa demais, como aquele em que esbarrou no salão country. Lembrava-se dos olhos azuis e do quanto era alto e cheiroso. Por mais que estivesse bêbada, a outra recordação que lhe vinha à mente era a de que ele não lhe deu bola... E que ela falou um palavrão. Definitivamente, Ramona não dominava a arte de seduzir.

Voltou para casa no final da tarde, almoçava na barraca mesmo, esquentava tudo no fogão de duas bocas. A comida grudava no fundo da panela de alumínio, era uma bosta. A metade da refeição ficava fria, não raras vezes esquentava a ponto de queimá-la. Comia da panela para não ter louça para lavar na pia de Goretti, pois não gostava de deixar sua barraca vazia e um moleque qualquer passar a mão nas bijuterias.

Atravessou a rodovia para pedir carona. Era assim que voltava, polegar apontado para cima e um sorriso no rosto. Conseguia carona de automóveis com família, assim como de caminhoneiros. Não passava ônibus de linha na estrada. O sítio onde morava era perto, vinte minutos caminhando pelo acostamento, pouca coisa. Contudo, o calor tórrido, mesmo às cinco da tarde, desanimava-a a caminhar. Sabia que o tio era contrário ao seu sistema de transporte, dizia que um dia pegaria carona com um estuprador.

Uma Kombi parou junto ao acostamento. O motorista era um idoso, ao seu lado, uma senhora que aparentava a mesma idade que ele e, no banco de trás, cinco crianças. E foi assim que voltou para casa naquele dia, dentro do veículo barulhento com os netos do casal, ouvindo um programa de rádio cujos locutores debatiam sobre os melhores lances da rodada do campeonato de futebol da semana.

Suspirou aliviada quando o senhor simpático parou diante da entrada do sítio. Sentiu que eles esperavam um convite para entrar, descansar, usar o banheiro, comer ou beber algo, mas não o fez. Ela estava morta de cansada, de pé desde cedo cuidando da horta orgânica, juntando as frutas boas que caíam dos galhos das árvores, limpando o galinheiro, lavando o canil, discutindo a arrumação da casa com a amiga que morava com ela. Jaqueline, aos vinte anos, era cartomante. Ramona a amava como se fosse a irmã que nunca teve.

Jaque fugia de casa. Até o dia em que foi atropelada e, no hospital, avisou a todos que tinha se jogado diante de um ônibus. A mãe se irritou com sua atitude: "Filha ingrata, garota mimada, te falta um propósito na vida, te faltou apanhar mais quando era criança". Mas Jaqueline não falava a sério, queria mesmo era arrancar sentimento da mulher que a pusera no mundo. Fazia, no entanto, de maneira errada, provocando-lhe a ira. Foi então que ela não precisou mais fugir. A mãe abriu a porta de casa e a mandou embora.

Conheceram-se num bar local, a amizade não foi instantânea. Ramona achou que a garota de cabelo curtíssimo, olhos imensos e boca rasa a estava paquerando. Acreditou que fosse prudente não lhe dar esperanças e disse na maior cara dura:

— Meu coração é cheio de amor, mas estou esperando um bom homem para entregar o meu corpo.

O rosto da outra inchou, e Ramona pensou que fosse de vergonha. Depois, contudo, ouviu a explosão de uma gargalhada escandalosa.

— Nunca ouvi uma frase tão brega quanto *Estou esperando um bom homem para entregar o meu corpo*! Por acaso se refere a um coveiro boa-praça? — rebateu a desconhecida em meio aos risos.

Ramona não sabia se a acompanhava nas gargalhadas ou se pagava a conta e caía fora dali o mais rápido possível. Porém, voltaria para a casa do tio. E, quando chegasse lá, teria que relatar seu dia na escola onde não apareceu e contar sobre o trecho do livro que não leu e demonstrar alegria ou entusiasmo por algo que não aconteceu.

Preferiu ficar e encarar a debochada.

Aos dezoito anos, ela recebeu a herança do avô. Preferiu comprar um pequeno sítio à beira da estrada, em Santo Cristo, a viver na antiga casa com um mundaréu de tralha acumulada. Sem hesitar, chamou a debochada para morar com ela.

Parou diante do alpendre que contornava a casa e suspirou desanimada. Era um casebre de madeira com dois quartos e uma sala. A cozinha era uma extensão de alvenaria, assim como o banheiro. O jardim amplo levava até o pequeno celeiro. O mato estava alto, a aparência de propriedade descuidada, faltava um trator e alguém para usá-lo. Ela podia contar com Jaqueline, que acordava cedo, era maníaca por limpeza. Mas as duas não tinham experiência com tarefas ligadas a uma propriedade no campo. O tio queria ajudar, contratar vaqueiros da região para cuidar do serviço mais pesado. A questão era que tal gesto significava intromissão, e ele buscaria saber tudo sobre sua nova vida e descobriria que ela trancou a faculdade para virar artesã, e isso, para a sobrinha-neta de um juiz de direito, não era nada legal. Portanto, ao longo dos três anos que morou no sítio caindo aos pedaços, procurou manter distância de Augusto Levy, o que não adiantou muito, já que os linguarudos da cidade o tinham informado sobre seu estilo alternativo de vida.

— Você soube o que aconteceu na rodovia?

Quase pulou de susto ao ouvir a voz de Jaque bem atrás de si. Ela voltava da horta, segurava uma cesta de vime com algumas cenouras sujas de terra adubada com uma mistura de esterco de todos os bichos que havia por lá. E não eram poucos.

— Obrigada por testar a saúde do meu coração — brincou, vendo ao longe seus dois coelhos, Lambada e Lombriga, pulando na relva parecendo comemorar a chegada das cenouras. Voltou-se para a amiga e sorriu ao responder: — Não vi nada diferente na estrada.

— Mas não foi hoje, criatura! Ontem à tarde uma garota que rodava bolsinha pegou carona com um forasteiro. — Jaque fez uma pausa de suspense, olhando-a no fundo dos olhos, e continuou: — Foi espancada e abandonada no mato.

— Conversa pra boi dormir. — Deu de ombros, fingindo desinteresse, mas sentia cada músculo do corpo se endurecer. Porém, precisava demonstrar despreocupação para poupar a amiga, sujeita a oscilações emocionais.

— A Cleide Maria me trouxe o jornal com a notícia.

— Essa sua cliente é uma fofoqueira que não tem nada para fazer. A gente já vive aqui, no meio do mato, justamente para se isolar do povo da cidade.

— Mas ela sabe que pegamos carona.

— Ok, é verdade, só que isso não significa que acontecerá conosco, ora.

Jaqueline arregalou seus imensos olhos castanhos.

— E por que não? Você sabe que as pessoas mais gentis e simpáticas têm um pé ou o corpo inteiro na psicopatia, e algumas delas oferecem carona. — Ela parecia falar sério, ou pelo menos demonstrava acreditar no que dizia.

Ramona sentiu um calafrio lhe percorrer a espinha. Mas manteve a pose de garota-no-controle-de-tudo.

— Certo, você tem razão, a partir de amanhã vou à feirinha de bicicleta. Problema resolvido. — Tentou sorrir a fim de passar segurança àquela menina que imaginava uma futura tragédia alcançando as duas.

— Por que não tenta curar o medo de dirigir? A gente junta dinheiro, e você tira a carteira de motorista. Depois vendemos aquele trator velho e com o dinheiro compramos um Fusca.

— Nossa, do jeito que você fala parece tão simples! — comentou, sarcástica, batendo no ombro da amiga de modo amistoso antes de passar por ela e subir os degraus que levavam ao alpendre.

— E é simples, só precisa decidir se quer vencer esse medo ou continuar refém dele. Pensa bem, qual é a diferença entre pedir carona para estranhos e andar de bicicleta no acostamento da rodovia? E quando chover?

Lançou um longo olhar para Conticunóis, o bode velho que veio de brinde com o sítio meia-boca, que parecia mascar chiclete de olho nela. Mordeu o lábio inferior, sentindo o suco gástrico queimar o estômago, e desviou seus olhos para Continão, a cabra que odiava aquele bode. Sim, ela precisava fazer um monte de coisa que gente da sua idade fazia, assim, de boas.

Mais tarde recebeu a ligação do tio.

— *Uma garota foi agredida na estrada, aqui em Santo Cristo, onde nada assim acontecia. Vou providenciar carro e motorista pra você* — foi taxativo.

Era sempre assim que começavam as raras conversas entre ambos. Primeiro, ele falava sobre algo ruim, perigoso, trágico. Depois oferecia a solução para o caso, um oferecimento na forma de sentença que deveria ser cumprida sem contestação.

— Obrigada, mas não precisa se preocupar com isso.

Ela negava a oferta de modo diplomático, certa do que fazia, mas tensa por contrariá-lo.

— *Por que não vai mais de carona com a dona Goretti?* — perguntou, ignorando sua objeção, o que era de praxe.

— Ela agora abre a lojinha bem mais cedo, e eu não vejo motivo para madrugar se não vendo fruta.

— *Precisa de outro plano seguro de locomoção* — contra-argumentou, com o seu inabalável pragmatismo.

Ramona sentia que afundava na areia movediça. Nada do que dizia estava certo. Do outro lado da ligação, alguém tentava ensiná-la como viver, como usar o timão do navio para navegar em segurança no mar revolto, alguém de sessenta e cinco anos que oprimia os seus vinte e um, não acreditando na maturidade de duas décadas de vida no planeta. Fato era que seu único parente vivo a controlava, induzindo-a a se sentir uma incompetente, usando para isso o manto sagrado do carinho e da proteção.

— Vou de bicicleta.

— *É sobre isso que falo sempre, você não sabe se cuidar* — disse ele, demonstrando impaciência. Mais uma vez ouviu o suspiro do tio. — *Não quero tomar nenhuma decisão radical.*

— Então não tome.

— *Talvez você seja incapaz de cuidar da própria vida, como meu irmão, o seu avô. Infelizmente, o filho dele também tinha problemas psicológicos. Saiba que não estou de mãos atadas, possuo recursos para interná-la numa instituição psiquiátrica caso eu veja motivos para isso. Entendeu a minha colocação, Ramona?* — A pergunta foi dura, o tom de firme suavidade.

A declaração soou como um ultimato. O cerco a seu redor estava se fechando mais uma vez, e agora ela não tinha para onde ir, o sítio foi sua maior cartada, o dinheiro da herança acabou.

Encerrou a ligação sem se despedir, tomada por uma sensação de culpa misturada ao medo e à tristeza. Foi até o sofá com assento de espuma revestido de um tecido estampado e sentou-se, ainda segurando o celular.

Sem deixar de manter os olhos no canteiro onde cresciam flores plantadas havia pouco tempo, balbuciou mais para si mesma do que para a amiga ao lado:

— Ele não é uma boa pessoa.

Capítulo seis

O filho do ex-prefeito de Santo Cristo estava atrás das grades. O primeiro Lancaster na cadeia. Não havia maior desonra para dona Albertina, viúva do ilustre advogado da cidade que investiu suas economias na compra da fazenda que não soube administrar direito. Thomas bem o sabia.

Sentou-se na cama de cimento e pensou na besteira feita. Tudo por culpa de um chope jogado em sua camisa. Na verdade, era mais do que isso, mas não vinha ao caso. Guilherme começou a briga, mas Thomas a terminou usando de excesso de violência, foi o que lhe disse Santiago, o semblante de poucos amigos e o olhar de quem dizia: *Cabra, você vai levar uma dura do Mário*. Ah, que se danasse o Mário, o problema mesmo era a decepção que causaria à sua mãe assim que soubesse do fato.

Não voltou dos Estados Unidos para sujar o nome dos Lancaster, o lugar onde estava servia de passagem para os criminosos de Santo Cristo. De certo modo era até irônico, já que agora quem estava no brete era ele e não o touro que montou horas atrás.

Depois de se despedir de Monalisa, Santiago seguiu para a delegacia. Antes que Thomas fosse levado para o xilindró, avisou-o de que chamaria Mário, o cabra que tinha mais tutano e cabeça fria para resolver o problema. O irmão tentou dissuadi-lo da decisão, não queria envolver mais ninguém nas suas encrencas. Das outras vezes que brigou, caiu fora do lugar antes da chegada da polícia. Vacilou naquela noite. Movido por suas emoções desenfreadas, se envolveu na porrada a tal ponto que esqueceu que sempre tem um engraçadinho que liga para o 190.

Ele não entendia bulhufas sobre procedimento de prisão e o cacete. Por isso apenas acompanhou o processo obedecendo às autoridades como um escoteiro cristão. Foi-lhe dito que teria de aguardar na cela até o escrivão confeccionar o termo circunstanciado para ser assinado posteriormente pelo delegado.

— Que diabo é isso?

— Não sei, Santiago. O pai nunca levava trabalho para casa, só os bêbados atirados para fora dos bares — resmungou, contrafeito.

— Um coração de ouro, isso sim.

— Parece a mãe falando — Thomas comentou e, assim que o policial se aproximou para levá-lo para a cela, fez a pergunta que não queria calar: — Vou precisar de um advogado?

O agente da lei era novo na cidade.

— Não, de um ginecologista. O que você acha?

Mas já tinha aspirado o ar maluco de Santo Cristo.

Os Lancaster se entreolharam e respiraram fundo, na mais perfeita sincronia.

Mais tarde, o mesmo policial esclareceu que naquele momento o autor do fato, ou seja, o agressor fodido da porra chamado Thomas, não precisaria de advogado para ser solto, somente na audiência preliminar dali a alguns dias.

**

Mário dirigiu a picape no piloto automático, a cabeça longe, precisamente na Majestade do Cerrado. Por mais que Thomas fosse briguento e o diabo, isso desde os seus sete anos de idade, jamais chegou a pisar em uma delegacia. Sua família já foi bem de vida, na época em que ele montava e vencia os rodeios; nunca foram ricos e, caso o fossem, não seria esse o motivo de orgulho de dona Albertina. O que ela prezava e ensinou a cada um deles era a honestidade. Ser honesto de corpo e alma. Falar o que sentia sem enganar ninguém. Assim como não roubar, não tirar vantagem dos outros e não ir para a cadeia. Resumidamente, dona Albertina e seu Breno eram os seus modelos. Pessoas comuns que batalharam a vida inteira fazendo a coisa certa.

Bateu o punho fechado no volante.

— Não fica assim, amor — começou Natália, deitando a mão na sua coxa num gesto de carinho. — Pelo que você me falou foi uma briguinha, uma simples troca de socos.

— Se é tão *simples* assim, dona madame, por que a toupeira de Stetson está na delegacia?

Notou a risadinha baixa dela. O senso de humor da noiva era uma gostosura, mas naquele momento ele não conseguiu relaxar.

— Bom, a polícia foi chamada e por isso ele está na delegacia — respondeu, dando de ombros e expressando displicência.

— O Santiago disse que o meu irmãozinho quebrou o nariz do Guilherme. Sei quem é o moço, um halterofilista dono de uma porcaria de academia construída numa garagem.

— Nossa, e quem está no hospital é o tal Guilherme?

Mário se voltou para ela; a sobrancelha erguida e o ar de surpresa misturado ao de superioridade estavam ali quando declarou:

— Mulher linda, está pra nascer macho que mande um Lancaster para o hospital.

— Oh, como é sexy e viril esse meu bruto!

Os olhos da mulher brilhavam de um jeito que amenizou a raiva que sentia de Thomas. Se Santo Onofre o ajudasse, com certeza, até o final do ano levaria Natália ao altar.

— Sou é um bruto muito do apaixonado, isso sim — falou, piscando o olho para ela.

Queria até completar a frase, soltar umas palavras floridas e meigas, mas o celular vibrou e era dona Albertina. Mostrou a tela para a noiva e depois atendeu a ligação.

— Altas horas da madrugada e a senhora ainda de pé? — Sondou-a levemente, suspeitando que os fofoqueiros de plantão já tivessem soprado a notícia da prisão de Thomas para os ares da fazenda.

— *O meu filho nunca foi bandido para estar na cadeia! Quero o Thomas de volta em casa ou não respondo por mim!* — A voz grossa era a de uma mãe leoa rugindo.

Apertou a boca com força, sabendo que teria de lidar com uma fera de um metro e meio de altura.

— Ainda não cheguei à delegacia, mãe. Fica calma que resolvo tudo. — Tentou acalmá-la antes de continuar: — Mas já sabe que teremos de contratar um advogado.

— *Claro que sim, quero processar essa cambada que prendeu o meu menino. Vou fazer uma lista com o nome de todo mundo. Estou me arrumando aqui para ir à delegacia. O Enrico foi até o nosso vizinho pedir a picape emprestada...*

— Mãe, não, fica em casa — pediu, sentindo que não seria obedecido. — Ninguém está agindo errado com o Thomas, acredita em mim. Ele brigou com um cara. Acha certo isso, hein, me diz? Trinta e dois anos nas guampas e, sabendo que estamos atolados na merda, ele vai ao salão country arranjar encrenca.

— *O Thomas não bate nem numa mosca.*

— Porque elas voam.

Silêncio do outro lado da ligação.

Merda, a mãe desmaiou.

— Mãe!

— O que foi, amor? — perguntou Natália, provavelmente notando sua apreensão.

— Ai, porra, ou o sinal já era ou a minha mãe já era — respondeu, tenso.

— *A puta que o pariu que eu já era!* — Ouviu a voz irritada de dona Albertina. Soltou o ar preso nos pulmões sem notar que tinha parado de respirar.

— Dona matriarca, fica quietinha enfiada no robe que eu já chego em casa com o seu filho.

— *Ele então arrumou briga, é? O que o pai de vocês dizia? Vou te relembrar: "Quem tem cérebro não usa os punhos". Estou mentindo, Mário? É invenção minha? Caduquei?*

— A senhora tem razão. A gente não tem muito cérebro, mas o pai acreditava que tínhamos.

— *Fala mais uma gracinha dessas, e eu desço o relho em você também.*

Mário parou a picape diante da delegacia e desligou o motor, ainda se mantendo ao volante.

— Acho certo a senhora descer o relho no Thomas.

— *Mais uma vez os Lancaster vão cair na boca no povo. Que maravilha! E agora nem foi por causa de mulher. Dá para notar que vocês não precisam de motivo para sujar o nome da família.*

— Tem razão — admitiu, contrafeito. Não era sensato contrariá-la naquele momento. — Pior que vamos gastar uma nota com advogado. Não sei de onde vou tirar esse dinheiro... — A mão de Natália na sua coxa o fez se calar. Ele se virou para ela, que lhe lançou um olhar significativo, como se estivesse disposta a arcar com os honorários advocatícios. Mário fez que não com a cabeça e retomou a conversa com a mãe: — Os colegas do pai jamais fariam por nós o que o seu Breno fazia pelo povo da cidade.

— *O meu marido foi o melhor advogado do mundo, justamente porque também era o melhor ser humano.*

O peito de Mário se encheu de angústia e saudade.

— Não quero que se preocupe com isso, deixa comigo que vou resolver essa pendenga.

— *Só quero que traga o seu irmão para casa e volte a cuidar da sua própria vida, filho. Tem agora os rodeios, a administração da fazenda e a nossa Natália. É responsabilidade demais para os ombros de um cabra só. O caso do Thomas é com ele mesmo. Anota tudo que for gasto, porque esse Lancaster briguento vai pagar cada centavo. Pode crer!*

Capítulo sete

Thomas não se sentia nada bem.

Quando voltou para casa, vindo da cadeia, viu o olhar entristecido da mãe, também o de decepção. Ela não quis conversa. Na manhã seguinte, Santiago a levou ao centro da cidade. Dona Albertina não lhe dirigiu palavra durante dias. Nem mesmo agora, quando dois vaqueiros se juntaram aos Lancaster, e um deles dedilhava as cordas do violão e cantava "Um violeiro toca", no timbre exato de Almir Sater, um som tão bonito que intensificou a angústia do peão.

Perto das dez, as estrelas se espalhavam na escuridão da noite. E, depois do jantar, a roda de viola regada a pinga era o momento sagrado da peonada mais próxima da família. A bem da verdade, eles contavam com menos de dez vaqueiros. Ainda não era possível manter em dia o pagamento de muita gente, o melhor a fazer era liberar os poucos funcionários que resistiam à crise dos últimos anos para trabalhar em propriedades cujo dono não estivesse com a corda no pescoço. Inclusive Frederico, o antigo capataz, que recebia o salário mais alto da fazenda.

A mãe deixou a bandeja com o bule de alumínio na mesa. O café forte exalava o vapor pungente quando alguém abria a tampa da louça. E foi o que o cara da corda no pescoço fez, ao se levantar do sofá, com um cigarro pendurado no canto da boca, o semblante fechado. Mário se serviu da bebida e voltou ao lugar de onde saiu, sentou-se com as pernas abertas e piscou o olho para a mãe. Thomas sabia que era o sinal para que ela desse início àquela reunião. Os violeiros, por sua vez, atentos ao mesmo gesto, despediram-se dos Lancaster, com meneios de cabeça e dois toques de dedos na aba dos chapéus. Era possível que soubessem que, como o povo dizia por aí, o bicho ia pegar.

— Lesão corporal leve é um crime de menor potencial ofensivo — começou Mário, a voz branda num tom didático. — Contudo, existe a possibilidade de detenção, sim. A pena, porém, pode ser revertida em trabalhos comunitários ou multa.

A única palavra que chamou a atenção de Thomas foi *detenção*. E, assim que pulou da cerca da amurada para dizer que jamais o prenderiam num curral, a mão da matriarca se ergueu num gesto que traduzia a seguinte frase: *Cala a boca que eu vou falar*. Então ele só ficou parado, no meio do alpendre, as mãos na cintura e a cara amarrada.

— Conversei com o Augusto, vocês sabem quem é, um velho amigo, juiz aposentado... Aliás, amigo meu e do seu pai. Sempre achei o Augusto um besta esnobe, todo intelectual sem simplicidade nenhuma. — Dona Albertina parecia absorta em sua viagem no tempo, os olhos parados num ponto qualquer da escuridão para depois do avarandado. — Como eu estava falando... Contei a situação do Thomas, e ele me esclareceu um pouco como as coisas funcionam, mas já adiantou que não podia intervir. Foi educado e indicou um advogado que cobra os olhos da cara, que, no caso, serão os olhos da cara do Thomas. — Fitou diretamente o filho.

— Me perdoa. Vou treinar mais nos touros para diminuir essa vontade de brigar.

— Vai é calar essa boca e ouvir o seu irmão aqui — mandou, olhando-o feio.

Ele fez que sim com a cabeça, sentindo-se um bosta, enquanto ouvia a risadinha debochada de Santiago.

— Não tenho muita coisa para dizer, mãe. — Mário parecia tentar amenizar a situação. De repente o cara se tornou o gênio jacu da diplomacia. — O advogado que vai te representar me falou que haverá uma audiência preliminar num juizado especial...

— Graças a Santo Onofre! — interrompeu-os Santiago. — Pensei que fosse num tribunal com transmissão ao vivo pela TV local! Se os jurados fossem só de mulheres, o Lancaster-número--dois seria absolvido, mas se só tivesse macho... forca, na certa!

Dona Albertina se pôs de pé com a rapidez de uma garota de catorze anos e apontou o dedo para a cara do caçula.

— Fala mais uma merda e conto pra peonada que você canta no chuveiro usando um desodorante como microfone.

— E como a senhora sabe? — Santiago arregalou os olhos a ponto de parecer ter visto um fantasma.

— Aquele dia que você gritou pedindo a toalha. A cantoria estava tão fora de controle que nem me viu entrar. E, pelo amor de Deus, continua como peão de rodeio.

Mário caiu na gargalhada.

Thomas, ainda tenso, apenas esboçou um leve sorriso. Mas Santiago fechou a cara.

— Não tenho privacidade nem pra tomar banho.

— Da próxima vez, vai sair pelado e molhado atrás da sua toalha, mal-agradecido. — Dona Albertina se voltou para o primogênito e falou: — Continua com a parte séria do assunto.

— Bom, resumidamente, o advogado quer cinco paus para te representar, isso se houver acordo entre as partes.

— Que partes?

— Você e o Guilherme, as partes envolvidas na briga, ora.

— Não tem acordo porra nenhuma! Ele se meteu comigo e levou uma coça.

— Se não houver acordo, aí a gente se fode mais ainda com os custos advocatícios e, se você perder a causa, teremos que pagar a parte dele também, a do advogado do Guilherme. Entendeu, porra?

— Calma, Mário — interveio Santiago.

— Vou te internar numa clínica de gente briguenta.

— Mãe, isso não existe.

— Mário, eu interno o meu filho onde eu quiser. Faço um buraco, lá nos fundos da fazenda, e interno ele lá mesmo, dentro de uma jaula.

Thomas suspirou profundamente.

— Como é que uma briguinha de bar à toa vira um troço desses?

— Porque você só usa a cabeça de baixo!

— Mãe!

— O que é, Santiago? Falei alguma coisa errada? Sou uma sessentona prestes a ser enterrada tendo um filho que foi parar na cadeia? Sim, sou. Que tristeza, e o meu velho vendo tudo isso lá do céu. — Os filhos baixaram a cabeça, fitando as próprias botas, enquanto a matriarca determinou com a serenidade de uma líder: — Thomas, você vai pagar a sua própria defesa trabalhando para o Augusto.

— Não entendi. — Olhou-a, desconfiado.

— Uma ajuda mútua, como ele me disse. Parece que está com problemas com a sobrinha-neta, a Ramona. Perdeu o controle da garota, que é meio aloprada, e precisa de alguém pra ficar de olho nela.

— Tenho cara de babá de criança? — indagou ele, seco.

— Ô anta, não ouviu a mãe dizer que é sobrinha-neta? — indagou Santiago, balançando a cabeça, impaciente. — É gente adulta. O velho quer um guarda-costas, é não, mãe?

— Ele não me falou exatamente isso, Santiago, mas senti que sim. — Ela pareceu desconversar.

— E o que eu tenho a ver com a história?

Não estava gostando nadinha do rumo daquela prosa.

— O salário, meu filho. É daí que você vai pagar o advogado. Ou acha que o Mário vai se enforcar mais um pouco para limpar a sua barra?

Aquilo doeu nele. Não o fato de Mário o ajudar, isso porque estava sempre disposto a aceitar a ajuda do irmão. A fase do orgulho besta depois de terem fracassado como peões e de o mais velho ter se afundado na fazenda já tinha passado, e o fracasso não era mais motivo de sofrimento. Eles tinham um plano, que eram as montarias clandestinas. Uma hora daria certo. Thomas se sentiu atingido foi por si mesmo, por se sentir um bosta que sujou o nome da família, por não ter dinheiro para nada, por ser um mero vaqueiro assalariado da fazenda do próprio irmão e por saber que a brilhante ideia das montarias de fato não tiraria a fazenda do atoleiro tão cedo.

Acendeu um cigarro e tragou fundo, mantendo a fumaça um bom tempo no interior dos pulmões para absorver todo o veneno.

— Acontece que sou um peão de rodeio, vim do Texas, montei nos melhores animais dos Estados Unidos, tenho uma carreira gringa...

— Como vaqueiro de fazenda, e não como peão — interrompeu-o Santiago.

— Foda-se. Eu não vou ser babá de ninguém, ficar rodando pela cidade pra virar chacota desses jacus que se acham.

— Você mesmo é um jacu que se acha. — Foi Mário quem falou, muito do sério. — A sua vida no exterior já era! Pode usar roupas e botas americanas, exibir os melhores chapéus que deixam a peonada de boca aberta, mas a verdade é que vocês dois voltaram para Santo Cristo do mesmo jeito que foram.

— A vida lá não é fácil para os latinos.

— A vida não é fácil para ninguém, Santiago — disse a mãe, mas, em seguida, voltou-se para o filho do meio. — O acordo é simples e justo: você trabalha para o Augusto até pagar tudo que deve para o advogado ou até esse perrengue acabar. Só tem que ficar de olho na garota... Não sei se sabe quem é, ela tem uma barraquinha à beira da estrada, vende miçangas...

— Não faço a mínima ideia.

— Como não? — insistiu Mário.

— Dirijo olhando pra frente e não para os lados — respondeu Thomas, de cara amarrada.

— Ah, então não sabe onde é o shopping center de Santo Cristo? — zombou Santiago, voltando a se jogar no sofá. — Ele tem que espionar de longe a bandida? Imagino que o velho Augusto pensa que a moça está usando drogas. Se ela trabalha numa daquelas barracas, só pode ser hippie... Tudo no cigarrinho do demônio.

— Quem é o juiz, afinal? — perguntou Mário a Santiago. — O seu Augusto ou você? Já começou a julgar sem ao menos conhecer a pessoa.

— Vixe, foi só um comentário besta.

— Antes que as meninas briguem de verdade — começou Thomas, mal-humorado —, quero saber como ficará a fazenda se vou trabalhar para o seu amigo, mãe.

— Isso é comigo — respondeu o dono da propriedade. — O que você tem a fazer é conversar com o seu Augusto, ver o que ele quer, não falar palavrão e meter o rabo entre as pernas.

Trincou os maxilares a fim de segurar um *vai-tomá-no-cu* bem no meio da cara de Mário.

— Sou um bom menino — rebateu entre dentes.

— E, assim que for marcada a audiência, você vai agir de modo civilizado e minimizar os danos causados.

— Pelo amor de Deus, Mário, foi só um nariz quebrado.

— Que, dependendo do delegado, podia ter sido considerado lesão corporal grave, e aí a sua situação seria bem pior.

— Pior que bancar babá de dondoca provinciana?

— O nome dela é Ramona e não *dondoca provinciana* — disse a mãe, olhando-o com seriedade. — A menina é órfã, só tem o

Augusto na vida, é jovem e vende umas bijuterias lindas. Esse brinco aqui, ó... comprei na barraca dela. — Puxou para baixo o lóbulo da orelha onde estava pendurada uma longa pena.

— Mas se ela é pobre... por que precisa de guarda-costas? — indagou, incrédulo.

— A gente não vai entrar no mérito da questão, ô Thomas — falou Mário. — Só queremos que você cumpra a sua parte e não se meta mais em brigas. Olha pra si mesmo, meu irmão, trinta e dois anos na cabeça e rolando no chão feito um moleque.

Thomas o fuzilou com o olhar antes de declarar:

— Bom, vou te dizer a mesma coisa se um dia passarem a mão na bunda da Natália. — Ao ver a expressão facial do irmão mudar, da seriedade para a raiva, bateu no peito, acrescentando: — Está no nosso DNA brigar! A gente monta em touro louco pra nos matar por quê? Por que somos zen? Quando a sua noiva comeu bosta no protesto em frente à fábrica do Fagundes, o que aconteceu? Dialogamos com os palhaços? Não, não e mil vezes não! Resolvo no braço, sim, na porrada. Quebro as regras e quebro a cara de quem se acha superior. E não é porque *me sinto superior*. É porque não aceito o que vocês aceitam. Nasci pra seguir as minhas próprias regras e que se foda o resto.

Thomas sentiu o peso no peito se dissipar como um balão de ar que acabava de receber uma alfinetada.

— Vou dizer uma coisa — dona Albertina se manifestou após ouvir a explosão de sentimentos do filho. — Aqui, nos Lancaster, temos dois peões de rodeio. — E, apontando o dedo para Thomas, balançando a cabeça, resignada, concluiu: — E um touro humano.

Capítulo oito

A amiga a encontrou pouco depois do alpendre, onde o jardim devia ter a grama aparada, mas era um mato que quase lhe alcançava a altura dos joelhos. Jaque vestia um bermudão surrado e a regata branca tingida com as cores do arco-íris. *Tingida* se referia à técnica de respingar tinta aleatoriamente da ponta do pincel.

Jaque acabava de sair da cama, o cabelo curtíssimo acentuava o pescoço longo. E as pálpebras inchadas, com o acréscimo do olhar sonolento, entregaram-lhe o estado físico. No entanto, ela jamais descumpria o ritual do *Surya Namaskar*, a Saudação ao Sol.

Ramona sorriu ao vê-la se posicionar ao seu lado, diante do sol matinal. Os primeiros acordes de "Aquarius", do musical *Hair*, começaram a tocar e a magia aconteceu. A conexão corpo, alma e natureza formou a mais perfeita das comunhões.

Esse era o ritual de todas as manhãs. Reverenciavam a estrela que nutria de vida o planeta, mas também lhes oferecia energia ao corpo e à mente. Para Ramona, não havia diferença entre bicho, gente, pedra, planta ou rio, tudo fazia parte do Universo, da grande catedral onde se orava em atos, não apenas com palavras, orava-se praticando o estilo de vida alternativo.

De pé, Ramona fez três respirações profundas. As mãos juntas como em prece, os polegares colados ao centro do peito, no lugar onde se ativava a energia do amor. Depois ela inspirou, elevou os braços pela lateral do corpo e uniu as mãos no alto da cabeça, olhando para os próprios polegares.

Expeliu o ar, aos poucos, pelo nariz. E inclinou o tronco para a frente, descendo os braços pela lateral do corpo até as mãos tocarem o chão. Ficou por um tempo assim, a cabeça não se concentrando em pensamento algum, apenas em *sentir o momento*. Depois se esticou, elevando a perna esquerda para trás, sem deixar de inspirar suavemente. Os braços sustentando a parte da frente do corpo, a cabeça reta, os olhos fixos no horizonte — na verdade, um pouco antes, onde Caetana e Belabunda, duas galinhas briguentas, implicavam com Âncora, um dos dez gatos da fazenda, amigo de fé dos vinte cães sem raça definida, todos de grande porte.

Precisou de meio minuto para controlar a vontade de rir ao notar a estratégia do gato em se deitar de costas e rolar na grama, dando a entender que pouco se importava com o mau humor dos galináceos. Repetiu o movimento com a perna direita. E fez uma pausa.

— Vai realmente de bicicleta para a sua barraquinha?

Voltou-se para a amiga, que também se preparava para a próxima posição.

— Claro. Não lhe disseram que é perigoso pegar carona na estrada? — zombou.

A outra balançou a cabeça e suspirou, num misto de pesar e resignação, mas nada disse. Porque a voz grave de Renn Woods se juntou ao mugir da Malhadinha e da suave sinfonia dos pássaros...

When the moon is in the Seventh House
And Jupiter aligns with Mars
Then peace will guide the planets
And love will steer the stars

Expirando, Ramona levou os joelhos, o queixo e o peito entre os braços, ao chão, arqueando o corpo centímetros acima do solo. Era como se começasse a fazer flexões, mas se mantinha parada, apenas inclinada na ponta dos dedos dos pés até a próxima postura.

Inspirou, deitando o peito ao solo e mantendo a linha da cintura no alto. Depois, girou os ombros para trás e esticou o resto do corpo.

Todos os movimentos eram acompanhados pelo ritmo de absorção e expulsão do ar dos pulmões. Portanto, no próximo, ela expirou, dobrou o corpo para a frente elevando os glúteos até os calcanhares, mantendo os braços estendidos nas laterais da cabeça e alongando a coluna. Inspirou e se pôs de quatro. Viu duas borboletas, o quanto eram bonitas, coloridas e pequenas. Quase se distraiu. Mas foi para a postura seguinte, que era a de expirar e espichar o corpo para cima, como um gato zangado, o traseiro no alto e os pés fincados no chão.

This is the dawning of the Age of Aquarius
The Age of Aquarius
Aquarius!
Aquarius!

Elevou meio corpo para a frente, apoiando-o na perna esquerda, levando o pé entre as mãos. Fez o mesmo com o lado direito. Pôs-se ereta e se inclinou com a cabeça para baixo, os braços atrás das panturrilhas e as mãos agarrando os tornozelos. Fechou os olhos, imaginou flores azuis, mas também lembrou que devia a taxa de uso do banheiro para Goretti, o que se juntava à conta na agropecuária onde comprava a ração da cabra, do bode, dos cachorros, dos gatos, da Malhadinha (a vaca mais fofa do planeta), do Lombriga e da Lambada, também do Jagunço, o porco que sorria com os olhos. Sim, Saudação ao Sol, mas o lado natureba não era radical. O povo ali comia ração, menos Creonice, a aranha do tamanho da palma da mão de um homem grande; Paty, a tartaruga lenta das ideias, e Mana, a jiboia com um abraço gostoso de quem parece querer te quebrar todo dia, mas é puro amor.

— É sempre nessa hora que sinto que vou peidar, mas não peido — comentou Jaque.

— Peido é vida.

— Defunto peida.

— Mas não passa a morte inteira peidando — zombou, rindo-se.

— A gente nunca leva essa porra a sério.

— Estou séria — reclamou Ramona.

Inalou o ar, prendendo-o por segundos nos pulmões, o frescor da natureza revigorando-a e a preparando para o resto do dia. Esticou-se toda para trás, elevando os braços ao alto, nas laterais da cabeça, unindo as mãos como se orasse. Por fim, soltou a respiração e trouxe as mãos diante do peito.

As amigas admiraram a imensidão do céu do planeta onde nasceram sem pedir para nascer e exclamaram em uníssono:

— *O sol que habita em mim saúda o sol que habita em você!*

O som do motor de uma picape quebrou o momento. A música terminou e o cães imediatamente começaram a latir, correndo em direção ao visitante que acabava de chegar.

— Você reverencia o Sol... — começou Ramona, num tom azedo, vendo a figura austera descer do veículo, e emendou baixinho: — ... e aparece uma nuvem de chumbo. Diabos!

Capítulo nove

No início, assim que chegou a Santo Cristo, Ramona não sabia se o chamava de tio ou de vô. Não se lembrava dos pais e muito menos dos avós maternos. Havia morado, contudo, com o pai de seu pai, e era ele o seu verdadeiro avô. Portanto, assumira o juiz como seu tio, mesmo que não fosse o irmão de um dos seus pais e sim um sessentão que, segundo o avô de Ramona, fizera questão de se isolar do resto da família quando se apaixonou por uma mulher que o deixou anos depois.

Sua última visita ao sítio se deu havia meses, e ele nem saíra do veículo, falou com ela através da janela aberta. E, como era sempre a mesma conversa, Ramona somente negou e agradeceu. Lembrava, no entanto, que o tio mencionara algo que a incomodou sobremaneira quando ele viu a quantidade e, mais do que isso, a diversidade de animais que tinha na propriedade rural nitidamente pobre.

— Sabe o que está fazendo, não é mesmo? — Ela fez que sim com a cabeça, esperando que ele não lhe desse a resposta. Mas não foi poupada, não daquela vez. — Você está repetindo o comportamento do meu irmão. É uma acumuladora compulsiva. Só que, no lugar dos livros, acumula bichos.

— Então os fazendeiros de gado também têm esse transtorno de personalidade — zombou.

— Eles investem num produto, apenas isso. Mas qual é a utilidade de se ter um animal de cada espécie? Animais que podem inclusive matar uns aos outros ou matar você... como aquela jiboia na cerca do alpendre. — Apontou para Mana.

Instintivamente ela olhou para a amiga, com quem dividia o quarto.

— Amor — voltou-se para o tio, argumentando de um jeito que não o ofendesse —, a sua sociedade é a utilitarista, tudo tem que ser útil para algo ou alguém, inclusive as pessoas. E a minha sociedade, essa aqui no meio do mato, é a do amor.

— Acha mesmo que uma cobra tem sentimentos, Ramona? Por favor, livre-se pelo menos desse perigo. — O tom era de preocupação.

— Não posso. Ela é o meu cachecol.

Ele a olhou demoradamente, avaliando-a.

— E como vai sustentar toda essa bicharada mais a si mesma, se o dinheiro da herança acabou e você ganha uma miséria como artesã, além de não aceitar a minha ajuda?

Assim que fez a pergunta, deu ré e saiu. A intenção era essa mesma, deixar a questão no ar até cair em sua cabeça, martelando-a no sentido de torturá-la, fazê-la perceber que estava em apuros, que vivia de modo errado, que precisava dele. O tio não queria a resposta que ela também não tinha. Porque nem sempre as questões difíceis recebem de imediato uma resposta. Às vezes demora.

Mas nunca falha.

Era essa a crença da garota que agora convidava o tio para sentar-se no sofá do alpendre. Mas ele se manteve de pé, junto à escada, pois notou a cobra enroscada em si mesma como se estivesse à sua espera no alpendre.

Ramona pegou-a no colo e a levou para dentro, deitando-a na cama, e depois voltou, encontrando Augusto sentado no sofá.

Até que era um cara bonito, ao contrário do irmão. O juiz aposentado não era um homem alto, mal passava de um metro e setenta e cinco de altura, e era magro. O cabelo de fios finos um dia foi loiro, agora era grisalho, o rosto sulcado de rugas era simétrico, o nariz bem delineado, os olhos azuis. Ed Harris cabia como uma bela comparação à sua aparência física, embora tal ator tivesse mais o jeitão de policial do que de juiz.

— Daqui a pouco preciso pegar a estrada para o trabalho — avisou-o, sentando-se na beirada do móvel.

— Então vou direto ao ponto, Ramona. Preciso de um favor.

Ela sentiu uma contração no estômago, o que não era nada bom, pois era lá o lugar onde morava sua intuição.

* * *

Alguns dias antes, Augusto recebeu dona Albertina em seu casarão, no bairro mais sofisticado da cidade.

Mal entrou, ela sentiu o cheiro de grana no ar, que estava por toda parte: na sofisticação dos móveis pesados e escuros, no hall com espelhos e aparador de mármore, no ambiente para duas salas e, em uma delas, a Smart TV LED de setenta e cinco polegadas, sofás com estofamento de seda, tapetes importados, ou seja, a decoração de um cabra que ostentava luxo. Entretanto, por mais que ele fosse um juiz de direito aposentado, parecia ter dinheiro demais da conta.

— Augusto, meu querido amigo, espero que seja dono de um cassino clandestino — ela lhe disse assim que teve uma das mãos presa às dele.

Ele sorriu.

— Não sabe o quanto estou feliz em revê-la. — Puxou-a para um longo abraço e, ao seu ouvido, sussurrou num tom divertido: — O fato de não ter casado me livrou de perder dinheiro com esposas e, posteriormente, divórcios.

Ao se separarem, ela notou o olhar azul um tanto esmaecido.

— E agora está sozinho no meio do luxo. Me desculpa a franqueza, mas você foi um tremendo de um bobão.

— Talvez você esteja certa.

Ela se desvencilhou dos braços dele e, olhando ao redor, foi direto ao assunto:

— O meu filho está encrencado. E acho que só você pode me ajudar. — E, voltando-se para ele, continuou: — Mas aceito que se negue a me ajudar. Afinal, isso não é da sua conta mesmo. — Fez-se de inocente. Sabia que havia anos que o cabra tentava ciscar no terreno dela.

— Tudo que se refere a você é da minha conta.

— Então me passa os números da sua conta e a senha... — brincou, rindo-se.

Ele riu alto e a puxou pela mão para o interior da sala.

— Não sabe o quanto me fascina o seu senso de humor. Ainda tem muito da garota que chegou a Santo Cristo sorrindo para todo mundo enquanto zombava, chamando-os de jecas gananciosos.

— E eu estava errada? A maior parte dos colonizadores de Santo Cristo só queria enriquecer, encher os próprios bolsos. Poucos realmente pensavam em construir uma cidade para todos.

— Eu penso.

— Sei que sim. Por isso se tornou o melhor amigo do meu marido. — Fitou-o, séria.

Ele a olhou de modo enigmático.

— Acho que foi esse o meu maior erro.

— Vai à merda, Augusto — brincou, sentando no sofá.

— Se ele não fosse tão meu amigo, a gente podia ter namorado.

— Cala a boca, seu velho cara de pau! — Jogou uma almofada nele. — Eu jamais iria trair o amor da minha vida.

— Sei disso. Ainda assim me mantive solteiro caso mudasse de ideia — disse, com ar sacana. — Aceita um drinque?

— Você se manteve solteiro porque é um sem-vergonha, isso sim. E não, quero água gelada e uma solução para o problema do Thomas.

— O Thomas é que é um problema ambulante — comentou, rindo-se, diante do bar onde servia o copo alto com água mineral e gelo. — Ele voltou diferente, dez anos nos Estados Unidos, longe dessa terra perdida no meio do nada, mudam as pessoas.

— Pois é, voltou briguento, tinhoso...

— E ambicioso — completou, olhando-a com admiração. — Você só fez filho macho alfa, Tina.

— É, eu sei, mas não fiz sozinha.

— Claro que não. — Pareceu constrangido, mas ela sabia que era pura encenação. — Sei que ele foi preso, não posso fazer nada em relação ao processo. Mas não se preocupe que tudo se resolverá num bom acordo entre as partes.

— A gente não tem grana para pagar advogado.

— Deixa isso comigo.

— E como vou explicar aos meus filhos que o juiz Augusto teve esse gesto tão nobre? — debochou.

— Fui o melhor amigo do pai deles — justificou, com naturalidade.

— E assim, mais uma vez, passo a mão na cabeça do Thomas, e aí ele volta a brigar, vai preso, eu venho aqui, você me canta, eu coloco você no seu devido lugar e a nossa amizade acaba indo para o brejo — declarou, sem deixar de sorrir.

— Mulher, sempre estive nas suas mãos — brincou.

— Ô seu velho doido, olha bem para as minhas rugas! Cada uma delas conta um capítulo da minha vida e, em nenhum deles, o título é "Caí na conversa de um safado" — afirmou, divertindo-se com o joguinho entre ambos.

Augusto sentou-se no sofá e cruzou as pernas.

— Diga aos seus filhos que sou um esnobe e não lhe ofereci ajuda alguma, apenas indiquei um bom advogado — comentou, sorrindo com ar travesso. — E bem caro.

— Aham, sei. Qual é o seu plano?

Ele balançou as pedras de gelo de seu uísque antes de falar:

— Eu também preciso da sua ajuda. — Encarando-a, completou: — A minha sobrinha é como o seu filho, um problema ambulante, e acabei "herdando o pepino" por ser o seu único parente vivo. Quero alguém de olho nela por mim.

— O Mário seria a melhor opção, tem instinto protetor. Mas agora vai se voltar para os rodeios. O Santiago é outro, podia falar com ele, é o mais bem-humorado, fácil de lidar, respeitador...

— Mas quem precisa de dinheiro é o Thomas — ele disse, olhando-a, significativamente.

— Ah, porra, mas aquele lá é um casca-grossa.

— Bem, todos os seus filhos são assim, não é? — provocou-a.

— O Thomas merece o troféu de "bruto cascudo". O Mário, por exemplo, chama a noiva de dona madame. E o Santiago tira o chapéu para todas as damas que passam por ele na rua. Claro, é raro vê-lo com chapéu porque está sempre de olho em todas as mulheres que passam por ele na rua. — Deu de ombros. — Mas o meu filho do meio não, o Killer humano, nem pensar. Não tem instinto protetor, é individualista e se acha a última bolacha do pacote. Não sei a quem puxou, já que o meu Breno sempre foi humilde... Também, né?, casou com uma rainha — acrescentou com naturalidade.

— Bem se vê que o Thomas não puxou ao Breno. — O tom de zombaria estava todo ali, mas o de admiração também.

* * *

Augusto fitou os próprios sapatos, com aspecto de caríssimos, e contou à sobrinha:

— Anos atrás me apaixonei pela mulher do meu melhor amigo. Nunca a cortejei, respeitei a nossa amizade, mas decidi jamais me casar. Queria estar por perto, sozinho... ou, como dizem hoje em dia, *avulso*, caso ela se divorciasse dele. Mas eu não contava com o fato de que o casamento duraria até a morte do meu amigo, e ela continua amando o marido morto. — Ele parou de falar, tirou um cigarro da carteira e o pôs entre os lábios, acendendo-o com o isqueiro. — Tive a minha cota de mulheres, nunca fui um santo, o seu avô deve ter lhe dito. Mas jamais deixei que se aproximassem de mim a ponto de macularem o amor que guardei para essa mulher. Ela agora veio me pedir ajuda.

— Que história bonita. — Pôs a mão no joelho do tio, emocionada, embora parecesse que ele a tinha inventado, uma vez que jamais demonstrou ser um homem sentimental.

— Pois é, e eu preciso que você me ajude com isso. O filho dela foi preso e não tem dinheiro pra pagar o advogado. Ainda por cima, é orgulhoso. Tive que inventar uma vaga de motorista particular para oferecer de emprego.

— Mas o senhor adora dirigir.

— É para você, Ramona. É aí que entra a sua parte, a sua ajuda à minha causa. Ele vai levá-la para o trabalho e buscá-la, estará sempre à sua disposição. Vou providenciar a Silverado e o motorista.

— Ah, claro, o senhor deu um jeito para fazer valer a sua vontade — declarou, contrariada.

— Não vejo desse modo.

— Que ele trabalhe para o senhor, ora — resmungou.

— Estou aposentado, só preciso de sossego, e não de um peão de rodeio me cercando com sua prosa chata sobre montaria de touro — argumentou, contrafeito.

— Peão de rodeio?

— Sim, aquele tipo de rapaz que a mulherada pula em cima. Os caras mal sabem falar direito, mas aparecem com chapéu e um fivelão e já têm uma fila de fãs. Se bem que, nesse caso, o filho da minha amiga é articulado e vem de uma família tradicional de Santo Cristo, o pai foi prefeito várias vezes reeleito — acrescentou com orgulho.

— E, ainda assim, foi parar no xilindró.

— Defendeu uma mulher de um cretino, Ramona — mentiu.

— É mesmo? Me parece mais uma desculpa para brigar. E, por acaso, eu conheço a tal família tradicional?

— Briguento e que foi parar na cadeia? — Jaque aportou no alpendre, vestida numa túnica até os joelhos e a tiara de flores na cabeça. — A Cleide me falou que foi o Thomas Lancaster. A cidade inteira está pasma com o ocorrido. O filho da dona Albertina fazer uma dessas. Me disseram que foi porque viraram chope na roupa dele. Olha que cabra mais sem noção, só pode se achar o rei da cocada, brigando assim à toa.

— Foi o Thomas, sim — admitiu Augusto.

— Agora entendi — disse Ramona, contrariada.

— Foi uma típica briga de bar. — O juiz pareceu amenizar a situação do peão sem deixar de lançar um olhar frio para Jaque. E continuou, agora dando atenção à sobrinha: — Se ele sair dos eixos, você me avisa que eu o demito.

— Olha, amiga, vale a pena colocar o peão para cortar a grama e consertar o telhado, tem telha quebrada, vamos nos livrar das goteiras... Fora o fato de que ele terá de fazer tudo isso sem camisa. — Os olhos arregalados pareciam de gente faminta.

— Podemos consertar tudo — argumentou Ramona, não aceitando a ideia de ter um estranho entre elas.

— E por que ainda não fizeram?

— Falta grana até para comprar telhas novas, seu Augusto. Além disso, a dona Ramona tem medo de altura e não quer subir no telhado.

— Subo no telhado quando quiser — rebateu, irritada. — Mas tenho outras prioridades.

— A casa está apodrecendo — o tio interveio, sério.

— Ela já era podre quando vim morar aqui — a amiga continuou.

— Obrigada pela ajuda, Jaque — respondeu, voltando-se para a amiga. — Gostaria muito que as suas opiniões se convertessem em grana. Mas como não é possível, enfia...

— Coloca o Thomas para arrumar o que for preciso, eu pago o material — o juiz ofereceu de modo pedante.

— Ai, meu Deus, Ramona, a gente precisa de ajuda! Para de ser chata! — resmungou Jaque, as mãos na cintura, o olhar crítico cravado na amiga.

Ela olhou ao redor e, por um instante, não reconheceu o lugar onde sonhou viver. De fato, o sítio assemelhava-se a uma propriedade abandonada. A casa-sede precisava de reparos, as cercas arrebentadas tinham de ser consertadas.

— Preciso de um tempo para pensar — considerou, sentindo que devia aceitar, mas alguma coisa a impedia. Levantou-se da cadeira e acrescentou com educação: — Mesmo assim, obrigada pela oferta. Tentarei ajudá-lo com a sua amiga. Agora vou trocar de roupa para não perder a hora.

Viu-o assentir com um meneio de cabeça. Ao passar por Jaque, o olhar que recebeu foi de reprovação. Era como se a amiga lhe dissesse: *Estamos na merda, e você continua teimando em não aceitar ajuda.*

Capítulo dez

Thomas estava ao volante de uma Silverado tinindo de nova. E não é que aquilo lhe elevou o moral?

Antes, ao receber as determinações do novo patrão, o seu Augusto, pensou em levantar-se da cadeira do escritório do idoso e se mandar, deixando-o falando sozinho. O juiz disparou uma saraivada de regras, e metade delas foi esquecida. Mas, obviamente, ele lhe deu um papel com tudo digitado. Parecia até que não o conhecia. Mesmo que até os vinte e dois anos ele tivesse vivido em Santo Cristo e soubesse que era o melhor amigo de seu pai, não entendia o motivo de seu Augusto pouco aparecer na fazenda. E, para falar a verdade, jamais tivera interesse em saber. O velho o conhecia o suficiente para evitar tanta formalidade e frescura. A lista de regras tinha mais coisas que ele *não* podia fazer do que as que ele *podia* fazer. Aguentou calado, trincando os maxilares, segurando na rédea curta o próprio gênio.

— Ramona tem problemas emocionais. Tudo de que precisa saber é isso, Thomas, assim a entenderá melhor. Pegue aqui esse papel e decore as suas obrigações como se fossem as palavras da sua lápide — concluiu o juiz de direito, os olhos sérios.

Foi Thomas quem encerrou a conversa ao se pôr de pé e enterrar de volta na cabeça o Stetson. Dobrou o papel com as tais regras e o guardou no bolso traseiro do jeans.

O juiz o acompanhou até a porta, deu-lhe as chaves da picape e uma última recomendação:

— Ela sofreu um acidente de carro anos atrás. Tudo que se lembra da própria vida é a partir dos catorze anos. E, como eu jamais me envolvi com a família do meu irmão, não pude lhe dar muitas informações. Mas sei que não veio de uma família funcional. Não é como você, que nasceu em uma família amorosa. A Tina fez um excelente trabalho.

— Tina? Só o pai chamava a nossa mãe assim, seu Augusto. E espero que continue com o mesmo tratamento de antes — foi firme.

— Vou perguntar a ela se isso a incomoda. Não sei se sabe, mas estamos no século em que os homens não fazem escolhas pelas mulheres — rebateu no mesmo tom.

— Estou falando pela minha mãe, e não por todas as mulheres. O senhor tem as suas regras quanto à sua sobrinha, e eu tenho a minha em relação à dona Albertina.

— Sabe que precisa desse emprego para pagar o melhor advogado da cidade, não? — A voz serena exibia um tom de ameaça.

— Meu senhor, estou aqui por causa da matriarca dos Lancaster, e não por mim. Pouco me importo com o seu dinheiro e com o seu problema de relacionamento familiar — disse com cinismo.

— Muito bem, vejo que tem personalidade. Só não esqueça que a minha sobrinha é a sua patroa. E, se ela não gostar do seu serviço, eu o despacharei, e você terá de lidar com a matriarca dos Lancaster. Ou seja, assumirá para ela que também errou com o melhor amigo dela. — Bateu a mão no ombro dele de modo amistoso. — Thomas, baixa a bola que aqui você não é nada. O fazendeiro é o Mário.

Filho de uma égua! Engoliu o xingamento ao dar as costas ao tio da doida que teria de aguentar. Excêntrica uma ova! Os ricos usavam tal termo para não falar que tinha gente maluca na família.

* * *

Era seu primeiro dia de trabalho para a mocinha, a tal Ramona. O sítio não tinha porteira. Na verdade, um dia tivera, mas a madeira apodreceu e se desmanchou. Contudo, pouco antes de chegar à entrada, pôde ter uma boa ideia do lugar. Era um matagal só, numa parte da região onde o solo era duro. Poucos hectares à margem de uma estrada vicinal de chão batido, cercados pelo arame farpado que certamente não a contornava ao longo de todo o seu perímetro.

Parou antes de chegar à casinha cujo telhado rebaixado do alpendre parecia prestes a desabar.

Retirou o papel do bolso do jeans e, para isso, precisou erguer um pouco o encosto do banco. Balançou a cabeça ao reler o que estava escrito.

Ô porra, é *uma besteira mais idiota que a outra.*

Thomas Lancaster, nomeado funcionário de Ramona Levy, assume as seguintes regras e obrigações:

1) Não pode dormir no sítio.
2) Não pode beber em serviço.
3) Não pode faltar ao serviço (caso ocorra, apresentar atestado médico).
4) Não pode levar amigos para o local de trabalho.
5) Ser o motorista de Ramona Levy durante a semana, das 8h até as 17h (ou quando ela fechar a barraca).
6) Vigiá-la inclusive quando ela sair à noite.
7) Trabalhar na manutenção da casa e do sítio.
8) Repassar todas as informações sobre Ramona ao juiz.

Duração do acordo: o mínimo de dois meses, estendendo-se pela duração do processo, segundo resultado da audiência preliminar.

Avançou com a picape até parar em diagonal diante do alpendre. Suspirou fundo, tirou o chapéu, arou o cabelo com a mão e pensou consigo mesmo: cada um tinha uma cruz para carregar, e ele acabava de chegar para buscar a sua.

Foi então que uma garota com ares de menino travesso, bonita que só no vestido colorido e curtinho, apareceu à porta toda sorridente. Trazia no ombro uma bolsa imensa, de couro, e balançava um monte de pulseiras em ambos os braços. Parecia ter vindo direto do túnel do tempo, da mesma época em que dona Albertina escolhera os móveis do casarão da fazenda, os anos 1970.

Aparentava pouco mais de vinte anos, o corte de cabelo lhe dava um estilo urbano, do povo descolado do centro ou dos universitários das cidades vizinhas, já que Santo Cristo não tinha faculdade.

— Olá, bonitão Lancaster! Seja bem-vindo ao nosso humilde lar! — A garota exibiu um largo sorriso enquanto caminhava em direção à picape.

Ele abriu a porta do passageiro por dentro e a empurrou, tendo a leve impressão de que se aporrinhara à toa, pois a tal da mocinha excêntrica lhe pareceu simpática e agradável, apesar de não ser o seu tipo preferido de mulher. Novinha daquele jeito nem mulher direito era, e ele gostava das potrancas tesudas, experientes e, de preferência, que davam coice. Era um desafio a mais laçar e domar fêmea arredia.

Ela se sentou no banco e deitou o bolsão nas coxas.

— Sabe por que você foi preso?

Ele a olhou com desconfiança, estreitando as pálpebras. Ainda não a conhecia direito, mas aquele sorrisinho sacana lhe era familiar em outras bocas femininas.

— Sim, porque eu devia ter descido o sarrafo no camarada em outro lugar, e não na frente de meio mundo — respondeu em tom sério. Aproveitou para baixar a aba do chapéu à altura dos olhos e se voltou para a frente a fim de colocar a picape para rodar.

— Nada disso. Você foi preso para que os outros caras pudessem ter chance com a mulherada lá no salão country. —Riu alto, pegando no braço dele. — Credo, parece o Superman, o homem de aço!

O mau humor de Thomas se evaporou diante do comportamento da moleca.

— Você deve dar um tremendo trabalho ao juiz, não é não? — Olhou-a com ar resignado, balançando a cabeça. — Saiba que eu é que não vou tomar um tiro por aí se você começar a cantar tudo que é cabra.

— Até parece! Vai me defender com a própria vida. Sei como são os caubóis, tudo feito do mesmo material, protetores, durões, machões que defendem as suas damas. — Ela parou de falar, mantendo o constante sorrisinho safado no rosto. Em seguida, apontando para a frente, onde se podia ver uma garota cercada de cachorros vindo na direção deles, acrescentou: — Mas a sua patroa é aquela ali, ó, a Ramona. — Notando seu ar confuso, completou às gargalhadas: — Eu sou a amiga maluca que não paga aluguel, a Jaqueline, mas pode me chamar de Jaque se quiser.

O sorriso de Thomas murchou ao reconhecer a garota que podia facilmente contribuir com o paisagismo do sítio. Não por sugerir a beleza das flores, embora fosse bonitinha, mas principalmente por ser do tamanho de um anão de jardim... ou uma anã... Merda, fazia poucos dias que tinha esbarrado com a figurinha de *dreads*, toda gostosinha no short jeans, se exibindo no touro mecânico... Ramona Levy se jogou pra cima dele e depois o mandou tomar no cu.

Ótimo, a louca era a sobrinha do juiz Augusto.

***

Naquela manhã, Ramona saudou o Sol, tomou seu chá de camomila acompanhado de pão caseiro e foi para o canil.

Ao longo do dia, os cães ficavam soltos pela propriedade. O cercado era individual, com cobertura para protegê-los nos dias de chuva. Jamais os deixaria dormir ao relento ou no alpendre, se encolhendo com medo das trovoadas, tampouco no celeiro prestes a desabar. Ela pediu a um marceneiro que construísse vinte casinhas de madeira e as cercou com uma tela, criando uma espécie de condomínio canino.

Após abrir o portãozinho, a cachorrada saiu correndo — não sem antes lambê-la como se lhe desse bom-dia. Abaixou-se para receber os afagos, acabou perdendo o equilíbrio e caiu de bunda no chão. Aí sim a festa foi maior. Nem Tonico e Tinoco, os cães mais gordos — cada um pesava em torno de trinta e cinco quilos —, perderam a oportunidade de deitar nas pernas dela. Tentou agarrar e apertar todos eles ao mesmo tempo, mas lhe faltavam braços. O rosto todo molhado de saliva canina, o cabelo para todos os lados, o jeans sujo de poeira e a batinha de ombros de fora, de um tecido vagabundo, que recebeu marcas de patas como carimbadas de terra vermelha. Quando, enfim, conseguiu se levantar, ainda rindo, deu duas batidinhas na parte traseira do jeans e o limpou. O resto da roupa que se danasse. Afinal, o que não faltava à beira da estrada era poeira sujando sua roupa o dia inteiro.

Deu de cara com a picape preta e já sabia de quem se tratava, o tal Lancaster. Ele saiu do veículo e, por mais que estivesse acostumada a ver caubói pra tudo que era lado, aquele ali era dos bons, fazia o estilo "Marlboro", ombros largos, o jeans escuro, o cinto com a enorme fivela, a camiseta cinza sem estampa e o chapéu preto num corpo alto e forte. O sol parecia impiedoso emoldurando a figura masculina e, com isso, não permitindo que lhe visse a face. Ainda mais que a aba do chapéu estava abaixada, e a cabeça do caubói, ligeiramente inclinada para baixo e para o lado, como se a avaliasse de longe. Como não usava óculos escuros, ele apertava os olhos... e, à medida que ela se aproximava, os maxilares também.

Reconheceu-o assim que ele empurrou o chapéu de vaqueiro para trás. E quase teve dois infartos e três derrames cerebrais. Estacou no mesmo lugar. A cabeça voltou para o ambiente do salão country, o excesso de cerveja, o touro mecânico a excitando... Sim, o touro mecânico! Ela só podia ser doida mesmo, mas a máquina incitou os movimentos sexuais e a vagina se esfregava num troço duro, que, no caso, era o touro em questão. Antes da brincadeira da montaria, ela havia bebido algumas canecas de chope, tinha o estômago vazio e a vontade de se jogar nos braços da noite quente e estrelada.

Lembrava inclusive que havia acordado, naquele mesmo dia, com uma vontade louca de dar. Queria dar para alguém. A seca se abatera não apenas no Centro-Oeste, como na vida sexual de Ramona. Fazia quase um ano desde que namorou um cara. Meses depois, ele resolveu estudar medicina em Buenos Aires. Se pelo menos ela conseguisse transar por transar, como a Jaque. O problema era que não havia homem naquela terra que a fizesse se meter numa encrenca sentimental por causa de sexo, mero sexo. Temia se apaixonar por um controlador, prepotente, ciumento, dominador e o escambau. Mulher apaixonada não raciocinava direito. Por outro lado, também tinha medo de se apaixonar e não ser correspondida. Como no caso do estudante de medicina. Ela gostava dele, mas e daí? Ele terminou o namoro por telefone pouco antes de viajar. Fez o certo. Namoro à distância não funcionava. Só que esse cara que argumentava bonitinho se chamava cérebro; o outro cara, o que sofria a dor da rejeição e do fim de uma possível história de amor, bem, esse besta era o tal do coração.

Mas agora lá estava o diabo do *hômi* que seria seu motorista. E, por Deus, esperava que ele tivesse esquecido sua trágica e atrapalhada manobra de sedução. Esbarrou nele porque quis.

Pediu o telefone dele para si mesma. Depois de montar no touro, queria montar num peão. Viu o grandalhão pela frente e foi com tudo pra cima. Se estivesse sóbria, seria mais sutil, mentiria melhor. Ou, provavelmente, nem chegaria perto do homem. O lance de *muita areia pro meu caminhão* se aplicava à circunstância.

Thomas Lancaster, o cabra besta que a rejeitou, era simplesmente...

— Não acredito que o meu tio mandou um jacu idiota pra andar comigo!

... tesudo.

Ele balançou a cabeça num gesto igualzinho ao dos caras que se achavam os mais azarados da vida, antes de declarar num tom de zombaria, a despeito da cara amarrada:

— E eu estou tão feliz que tenho medo de rasgar a minha boca de tanto sorrir.

— Não sabia que o pau-mandado do juiz seria você — defendeu-se, empinando o nariz.

— Se soubesse, tenho certeza de que estaria mais bem-vestida para me seduzir — zombou pouco antes de bocejar. — Agora entra e vamos embora, tenho coisa para fazer na Majestade do Cerrado.

Ela pôs as mãos na cintura e o fitou com olhos críticos.

— Majestade o cacete! O combinado é você limpar esse mato todo. Depois que me deixar na barraca, vai até o celeiro e pega o cortador de grama. — Deu a ordem e se encaminhou para o interior da casa.

Mas, antes que chegasse ao alpendre, Marcelo Henrique, o gato gordo que adorava pular na cabeça das pessoas, cruzou seu caminho sem mais nem menos. Para não o atropelar, ela meio que pulou por cima do bicho, perdeu o equilíbrio e caiu de joelhos no chão.

— Tudo bem? — gritou Jaque da janela da picape.

Que ódio!

Colocou-se de pé dignamente, olhando feio para o gato já esparramado no mato, lambendo as patas como se nada tivesse acontecido. Deu uma olhadinha para trás e o caubói já estava ao volante, a mão para fora da janela segurava um cigarro entre os dedos. Ele olhava para a frente e não para ela, mas era certo que a tinha visto cair feito uma tapada.

Não achou o bolsão onde levava as bijuterias, aí pegou apenas os quadros onde pregava algumas peças.

— Jaque, viu o meu bolsão? — perguntou, abrindo a porta de trás da cabine dupla da picape.

— Ah, aqui ó, comigo. Vou passar o dia com você — disse a desavergonhada. Só podia estar de olho no caubói.

Sentou-se no banco traseiro e puxou o cinto de segurança. Antes que o veículo se movesse, Thomas lhe entregou um papel sem se voltar para trás.

— O seu tio mandou que lesse e assinasse, depois eu devo fazer o mesmo.

— Uau, é um contrato! — Jaque sorria como uma colegial.

— Não — respondeu o motorista, que manteve a atenção voltada para a estrada.

Durante todo o trajeto ele continuou calado enquanto a moça ao seu lado não parava de falar. Era certo que a amiga estava deslumbrada com a figura viril do vaqueiro. Ainda mais o tipinho com ar arrogante e superior, que não mostrava os dentes nem para responder com monossílabos. Ele parecia puto da vida com a situação em que se encontrava. O engraçado nisso tudo era ela própria, que se imaginou odiando ter um motorista particular, coisa de gente rica... ou com trauma para dirigir, ok. Porém, a verdade era que a irritação do tal Lancaster a divertia.

E ela faria de tudo para irritá-lo.

É, a vida dá voltas, meu chapa. Uma hora você se acha melhor que eu, a nanica. E, agora, serei eu a diminuir o tamanho do seu ego. *Tenho certeza de que as mulheres de Santo Cristo irão me agradecer por colocá-lo nos eixos.*

Ele estacionou diante da lojinha de Goretti e não desligou o motor do veículo. Ela teve vontade de lhe dizer que não era ali que trabalhava, mas iria parecer birra, pois era a mesma faixa do acostamento, os lugares perfilados sem muito espaço entre eles.

Saiu e foi até a janela do motorista.

— Encerro aqui às...

— Eu sei quando tenho que vir buscá-la — rebateu, mantendo o olhar para a frente e ignorando-a deliberadamente.

— Não sei o número do seu celular... — Quando ele se voltou para fitá-la, arqueando uma sobrancelha, ela se apressou em acrescentar: — Isso para o caso de eu precisar que volte antes, ou se a Jaque se entediar e quiser retornar ao sítio.

— Não trabalho para essa tal de Jaque.

— Não é "tal de Jaque"; é Jaque, a minha amiga Jaque.

Por que estava defendendo um nome com tanta veemência?

— Voltarei no horário combinado, e não quando as mocinhas quiserem. — Encarou-a, como se falasse com uma criança.

— Segundo as regras, você tem que estar à minha disposição o dia inteiro.

— Não sigo regras, o seu tio gastou papel à toa.

— Entenda que você é o meu motorista particular, e não uma van clandestina que tem horário para passar — impacientou-se.

Ele manteve os olhos claros nela, sondando-a, por certo.

— Você sabe quem eu sou? Sabe realmente? — A pergunta foi feita num tom seco, mas não havia rispidez. — Sou um Lancaster, faço parte de uma das primeiras famílias a colonizar Santo Cristo e tenho uma puta fazenda, toda endividada, para dar conta...

— A fazenda é do Mário, o bruto simpático — interrompeu-o.

— Conheço o seu irmão, ficou ainda mais famoso quando todo mundo quis a cabeça dele por causa da moça de São Paulo. A Goretti fez questão de me manter a par do que se passava no centro da cidade, a mobilização para despachar a funcionária da TWA, quero dizer, a Natália, sua cunhada. Sei também que você e o Santigo viveram dez anos nos Estados Unidos e imagino que deva ser horrível voltar para Santo Cristo...

— Enganou-se, moça. Aqui é a minha terra.

— Até parece! Você olha para todo mundo como se fosse um gringo que acabou de chegar na terra dos pobres coitados. Olha a sua roupa, etiqueta americana, um Stetson legítimo, até o modo de andar, com a coluna dura e olhando por cima da cabeça das pessoas, mostra que você não é mais de Santo Cristo.

— Virgem Maria, o que tinha no seu achocolatado pela manhã?

— Bom, não vou mais discutir nem tentar me pôr no seu lugar. Eu estava tentando... veja bem, *tentando* criar empatia com você, sentir a merda que é deixar de viver na terra dos caubóis de verdade para se meter no meio da *jacuzada*...

— *Jacuzada*... Acha mesmo essa palavra bonita saindo da boca de uma dama? — perguntou num tom sério.

— Jacus, jecas, caipiras, o que for... A Santo Cristo que você conhecia é a de dez anos atrás.

— Certo, analista-do-comportamento-humano — zombou sem sorrir. — Anota na agenda do seu celular o meu número — falou, contrafeito. — Agora, se abusar da minha boa vontade e bancar a patricinha xarope, vou transformar a sua vida num inferno.

— Primeiro, não sou patricinha e nunca fui, me viro sozinha. Estou é fazendo um favor ao meu tio, que é aturar um peão sem cultura. Até a aura é sem brilho, e imagino que seja do signo de virgem, o mais cri-cri do zodíaco. E, segundo, não é boa vontade porra nenhuma. Você está com a corda no pescoço, *precisa* de dinheiro, então *precisa* de mim — defendeu-se, apertando o punho.

Jaque, que já tinha pulado da cabine fazia tempo e aberto a barraca, voltou até eles. Enfiou a cabeça na janela aberta do passageiro e, toda sorridente, falou:

— Quer saber o seu destino?

— Eu já sei, fica a alguns quilômetros daqui, a Majestade do Cerrado — respondeu, mal-humorado. E, voltando-se para Ramona, acrescentou: — Você tem razão, eu preciso do dinheiro, fiz merda e agora vou consertar. Espero sinceramente que a sua vida seja melhor que a minha, porque acho que a senhorita não tem estrutura mental pra aguentar o tranco que é viver do jeito que se quer.

Antes que ela pudesse reagir, Jaque novamente interveio:

— Vou pôr as cartas para você.

— Jogatina é com a minha mãe — falou, dando a entender que bateria em retirada, já que os pneus da picape deslizaram suavemente adiante.

— Não essas cartas! — Riu alto a moça que se deprimia com facilidade. — Sou cartomante credenciada pela internet. Quero ver o seu futuro, estou curiosa.

Antes de pôr o veículo de volta na estrada, Thomas resmungou secamente:

— Vão trabalhar, suas doidas.

Capítulo onze

Thomas conduzia Furor para o redondel a fim de começar os treinos da manhã. O touro havia passado a noite no pasto e, antes de se alimentar, precisava fazer seus exercícios como qualquer atleta de competição.

De cima do cavalo em que montava, viu Santiago se aproximar no seu manga-larga.

— Como foi o primeiro encontro com a patroa?

A pergunta, num tom de zombaria, foi ignorada. Tinha de se manter concentrado no touro, que não lhe obedecia de jeito nenhum, fugindo das laçadas até, enfim, seguir em direção ao curral. Como Killer não competia, seu treinamento era mais esporádico e feito por um dos tratadores. Esse era outro assunto pendente entre Thomas e Mário, o Killer. Se não queria vender o bicho, precisava pelo menos colocá-lo na arena, subir o valor das apostas, tirar proveito da fama de demônio do descendente do touro Bandido, o mais famoso *derrubador de peão* do país. No entanto, Killer tinha um dono muito do ciumento e, pior que isso, teimoso feito uma mula.

Santiago, acreditando que não fora ouvido, aproximou-se num rápido galope até emparelhar com sua montaria e repetiu a pergunta. Soltando um longo suspiro, Thomas teve de lhe dar atenção:

— Primeiro, não foi um *encontro*, não do jeito como insinuou com essa vozinha de filho da puta. E ela não é a minha patroa, pois nunca vi adolescente mandar em macaco velho.

— Vixe, quantos anos tem a mocinha?

— Acho que uns vinte anos, por aí, alguém me disse a idade dela, mas esqueci — comentou, desinteressado. — Mas aparenta uns quinze, dezesseis. É meio anã, por isso parece mais nova.

— Bonitinha?

— Não.

— Menina muito nova é assim, ainda está em fase de *mutação*. — Riu, ajeitando-se no lombo do cavalo. — Acho que a mulher só fica bonitaça mesmo depois dos vinte e quatro. Sei lá, parece que antes disso falta alguma coisa... Experiência, talvez.

Os dois olharam na mesma direção, para além do curral, onde um dos vaqueiros preparava o aparelho de musculação.

— Experiência ou malandragem?

— Bem, sei que você prefere a combinação de ambas — disse o mais novo, catando um cigarro da carteira enfiada no cós frontal do jeans. — O bom é que ter uma patroa novinha vai ser moleza. Imagina a insegurança da garota diante de um bode velho como você.

— Insegurança? A pirralha já começou a me dar ordens — reclamou, apertando os maxilares. — Era para eu estar agora cortando a grama do chiqueiro onde elas moram. Uma ova que ia deixar o treinamento do Furor de lado. Já tinha compromisso, cacete, o mato que espere.

— Elas não sabem usar um cortador de grama?

— São duas folgadas, isso sim.

— Duas? Vixe, duas mulheres mandando em você? — gargalhou.

— Mulher não vi, não.

— A outra é o quê? Namorada?

— Parece que são amigas, duas hippies doidas. Uma tem cabelo curtinho, até que é bonita, mas fala mais que a boca. Cheguei a ficar tonto de tanto que a moleca falava. A outra, a sobrinha do seu Augusto, é toda estranha... e mandona.

— DNA de juiz, quer o quê? — debochou.

— Só que a danada se atirou pra cima de mim na noite em que fui preso. Quer mandar em mim como se tivesse condições pra isso, não sabe nem beber.

— Aposto que são maconheiras.

— Cabra, se pegar as duas fumando um baseado, vou contar para o juiz é na hora.

— O povo moderninho diz que maconha é droga recreativa. — Santiago coçou a nuca, e o chapéu deslizou para metade da testa.

— Ah, é? E o resto é o quê, droga de trabalho? — Thomas balançou a cabeça, resignado. — Depois o Mário vem dizer que a nossa mãe é hippie, até parece. Uma coisa é se vestir como se fosse um hippie, é o que a velhota faz; outra bem diferente é viver à base do paz e amor sem mexer o rabo pra trabalhar.

— Não fala isso muito alto, vai passar vergonha, parece um velhote resmungando da juventude — falou, rindo em seguida.

Thomas sabia que oferecia bastante material para a diversão de Santiago. Achou melhor encerrar o papo e acompanhar o touro até o redondel, onde Furor treinava, forçando a musculatura e queimando gordura ao andar na areia fofa. A velocidade da máquina foi aumentando aos poucos, até chegar a doze quilômetros por hora. O exercício auxiliava os músculos das pernas para que o animal pudesse saltar, uma vez que nas competições de montaria, ao contrário do que acontecia com os cavalos, os touros não aqueciam antes de entrar na arena.

Quando o equipamento chegou à velocidade máxima, Thomas conduziu Furor de volta ao curral com o resto do gado.

Apeou do cavalo e o levou pela rédea até a sombra de uma árvore. Sentou-se na grama e tirou o chapéu, abanando-se com ele.

— A gente precisa pôr o Killer na arena — começou a falar, vendo o irmão sentar-se ao seu lado enquanto tragava fundo o cigarro, olhando ao longe em direção ao horizonte. — É um touro valioso, que nos custa caro, precisa ter serventia.

— O ideal era vender o bicho — comentou o outro. E, exalando a fumaça pelo nariz, prosseguiu, sério: — A questão toda é que o Mário ainda se sente conectado ao touro. Acredito que nem seja por causa do acidente em si.

— A morte do pai, não é?

O silêncio recaiu sobre ambos no mesmo instante que o vento tépido balançou os galhos mais frágeis da figueira.

— Isso mesmo. O Killer apareceu na vida dele quando o pai desapareceu, entende? É como se um substituísse o outro. O Mário competia por amor às arenas, era verdade, mas também para manter o sonho do seu Breno, o de ser fazendeiro mesmo não entendendo porra nenhuma do negócio de terras.

— Santiago, a gente vive do negócio de terras — argumentou, incisivo. — Não podemos mais ver a Majestade do Cerrado como a nossa casa, o nosso lar ou a propriedade familiar de cem cabeças de gado. — Suspirou, sentindo uma onda de angústia atingi-lo em cheio.

— É o nosso coração que pulsa nessa terra, a nossa vida e a nossa infância. Então é normal que o Mário se sinta emocionalmente ligado ao animal que...

— Caralho, será que estou falando árabe? Não assimilou ainda o que eu quero dizer? — Irritou-se sem, no entanto, elevar a voz. — Temos que mudar o modo de olhar em torno. Alguém precisa ver que isso aqui é mais que uma fazenda, é uma propriedade rural associada ao agronegócio. Chega de nostalgia e romantismo. Não é mais uma questão de saldar as dívidas e sim de crescer, de expandir, de nos tornarmos quem merecemos ser, os melhores de Santo Cristo, os Lancaster.

Santiago fitou-o por entre a fumaça do cigarro e parecia analisá-lo.

— Os melhores em quê, pode me dizer?

Thomas pensou por um momento se valia a pena se incomodar com Santiago. Abrir o jogo. Falar o que realmente pensava a respeito. Ser honesto e autêntico sem lhe poupar os sentimentos.

Sim, valia a pena. Porque lealdade era isso: a verdade cuspida na cara.

— Só o Mário tem chance de ganhar alguma grana com rodeio, mas ele já tem trinta e cinco anos e um joelho que poderá não aguentar muitas quedas. Talvez a carreira dele dure mais cinco anos ou menos, ou mais, quem sabe? É uma aposta. Você é o mais novo, mas não é o mais habilidoso...

— Sou melhor que você.

— É verdade. E estou cagando pra isso — disse, sincero. — Aí eu me pergunto: se dois cabras da família estão atrás do sucesso nas arenas, quem irá administrar a fazenda?

— O Mário consegue.

— Então ele precisará ter mais colhões e vender o Killer — afirmou Thomas.

— Isso é problema entre ele e o touro, não vou me meter.

— Porque você se borra de medo do Mário — acusou-o.

— Não, terapeuta de araque, é que eu respeito as decisões dele. A fazenda, e tudo que tem aqui dentro, é dele, não recebemos herança do pai, a não ser uma pilha de contas.

Aquela conversa não tinha futuro. Se quisesse de fato tomar as rédeas da situação, precisaria falar com o irmão mais velho, o Lancaster cabeça-dura, e não o Lancaster paz e amor, igual às doidas do sítio caindo aos pedaços.

* * *

Quando se quer uma coisa, a gente não espera acontecer. A gente vai e faz. Foi o que Thomas disse a si mesmo antes de bater à porta do escritório da fazenda para ter uma prosa de negócios com Mário.

O cenário que encontrava era sempre o mesmo. No rádio antigo, que pertencera ao patriarca da família, tocava "Estrada da vida", de Milionário & José Rico, sintonizado na estação local. O som era péssimo, com chiados, justamente por ser um aparelho velho. No dia em que ele parasse de tocar música não teria como consertá-lo.

Thomas tirou o chapéu e o jogou no sofá. Preferiu ficar de pé enquanto examinava rapidamente o local. A mobília simples e gasta, uma mesa, a cadeira atrás dela, o sofá próximo à porta e, ao fundo, o balcão de porta de correr onde eram guardadas as pastas com documentos. Havia também um notebook onde Mário digitava algo com dois dedos — como se dizia por aí, catando milho. E foi quando o irmão notou sua chegada que Thomas parou de analisar o cenário, concluindo que havia um problema sério de apego por ali e não se relacionava apenas ao touro Killer. O irmão jamais mexeu na decoração do escritório do pai. E isso o incomodava sobremaneira.

— Lidar com a papelada é o sonho de todo vaqueiro.

— Um mal necessário — rebateu Mário, suspirando em seguida. — A gente tem um contador, mas prefiro eu mesmo dar uma olhada nas contas.

— É assim que pretende se concentrar para os rodeios que virão? — questionou, preparando o terreno para o assunto que o levara até lá.

O outro novamente ergueu os olhos da tela do notebook e o encarou, franzindo o cenho diante do tom seco da pergunta.

— Vou treinar à tarde.

— O pior horário para isso, com esse sol de rachar vai se desidratar em poucas horas. Melhor que treine à noite.

— Sim, senhor.

— Bem, você é o peão profissional da família, só estou aconselhando como irmão — comentou sem jeito.

— E veio só para me dar conselhos?

— Você me conhece mesmo, não é, ô seu besta?

— Somos feitos do mesmo material. — Sorriu.

Thomas puxou o cigarro que mantinha apagado detrás da orelha. Riscou o fósforo e pôs fogo na ponta, que ardeu em chama.

— Tem razão quanto à grana das montarias clandestinas, não é isso que irá nos tirar do atoleiro — admitiu num tom sério. Esperou o irmão voltar totalmente a atenção para ele e prosseguiu: — E depender da sua vitória logo na primeira competição, após anos longe dos rodeios, é uma aposta meio arriscada no momento.

— Pode deixar que resolvo o problema — ponderou. E, a seguir, arqueando a sobrancelha, acrescentou: — Cuida em não desapontar a dona Albertina agora que trabalha para o amigo dela, ok? Faz a coisa certa, paga a conta do advogado e continua treinando no Furor. Você está invicto nas montarias e se empenha por demais da conta na lida na fazenda.

— E o Killer?

— O que tem o Killer?

— Sou eu quem organiza as competições e tenho uma solução para aumentarmos os lucros com as montarias.

Mário recostou-se na cadeira, avaliando-o com ares de crítica.

— Ninguém monta no Killer.

— Ele é um touro de rodeio. Não vê que está punindo o bicho ao não deixá-lo entrar na arena?

— Estou poupando o nosso melhor animal para futuramente vendê-lo.

— Esse *futuramente* é quando? — Thomas inclinou-se para a frente, as pernas afastadas numa evidente postura de desafio. — Quando estivermos vendendo a casa-sede também, as picapes e as nossas roupas? Quando um daqueles fazendeiros podres de rico oferecer uma miséria pelas nossas terras e você for forçado a aceitar porque será a única saída antes que o banco tome tudo de nós? Temos uma pequena fortuna no nosso pasto e simplesmente não fazemos nada, apenas paliativos. Não quero perder a fazenda. Não vou ser vaqueiro na terra dos outros de novo. Você nunca passou por isso, a gente perde a dignidade. Para muito fazendeiro, o peão vale bem menos que o seu gado... — Parou de falar abruptamente ao sentir a garganta se fechar, parecia que o estrangulavam com mãos invisíveis.

Tudo que ele falava para Mário era como se já fosse realidade, como se já estivesse vivendo como um vaqueiro miserável ganhando um salário de merda, trabalhando feito uma mula.

Antes a válvula de escape era o sexo casual e a cachaça na cabeça. Qualquer distração ou entorpecimento que o fizesse se esquecer de si mesmo. Durante um tempo foi assim no Texas. As orgias com as esposas dos patrões, ao contrário do que ele imaginava até então, jamais foram diversões; eram uma espécie de droga que o alienava da realidade. Fingia que se divertia. Fingia que tudo era festa e putaria. Fingia que estava tudo certo. Fingia que o fracasso era não ter se tornado um peão profissional cheio da nota. Pouco se importava com dinheiro e fama. Pouco se importava com qualquer coisa. Talvez ele precisasse mesmo era de um propósito de vida, como Mário tinha ao decidir voltar a montar.

Ninguém acabou com os sonhos de Thomas, porque não havia sonho algum para realizar.

— O que está acontecendo com você? — perguntou Mário — De uns tempos para cá, deixou de ser o piadista de sempre para se tornar um rabugento irritadiço. É a crise dos trinta e dois? Bem, passei por ela aos trinta e sobrevivi.

— Acho que foi a cadeia.

— Olha, procura arejar a cabeça... digo, sem ir ao salão country esmurrar alguém. Apenas continua com o trabalho na fazenda e monta nos fins de semana e, de preferência, aguentando os oito segundos, ok? Eu dou um jeito no resto.

— Você é centralizador demais, Mário, e isso não é um elogio.

— Pois é, mas qual Lancaster é coberto de qualidades, hein, me diz? — indagou, alçando a sobrancelha com ar provocador.

Capítulo doze

Ramona guardou as bijuterias no bolsão, recolheu o pano fino que revestia a mesa de exposição e depois a dobrou, deixando-a ao lado do fogãozinho.

O interior da barraca era apertado, só servia para ficar ali dentro quando chovia muito. Antes o lugar fora de um chaveiro, que se instalara no centro da cidade. Quando resolveu se mudar para outro estado, tentou vendê-lo para Goretti, talvez servisse como ponto de comércio à beira da estrada. Ramona ouviu a conversa, pois dividia espaço na barraca da amiga. Na época, ela levava apenas a mesa dobrável e espalhava as bijuterias. Depois comprou a barraquinha do chaveiro, que tinha uma pequena porta lateral e a abertura na frente, uma espécie de bancada. A bem da verdade, era mais como uma lata de sardinha de madeira, quente pra caramba.

Olhou em volta, o tráfego estava calmo àquela hora na estrada que ligava a região das fazendas ao centro urbano.

— Será que o caubói vai se atrasar no primeiro dia?

Voltou-se para Jaque, que mordia uma maçã e a encarava com ar despreocupado. A amiga falou:

— Não viu a picape ali do outro lado da estrada?

Ele chegou dez minutos antes do horário combinado, levou a Silverado para o acostamento, abriu a janela e se manteve ao volante, fumando.

— Sabe, pensei que ele fosse mais divertido. — Jaque parecia decepcionada. — Andei sondando algumas informações com a Goretti sobre os Lancaster gringos, e ela me disse que os dois voltaram quebrados.

— Montar em touro é assim, cada queda quebra uma coisa.

— Não, Ramona, quebrados no sentido de sem grana, financeiramente fodidos.

— Ah, como nós duas? — Sorriu amargamente.

— Aham. — Deu mais uma mordida na fruta e continuou: — Parece que ele tem preferência por mulher comprometida ou mais velha...

— Por acaso estou interessada em saber sobre a vida do meu motorista?

— Sempre é bom saber com quem se anda, não acha? — provocou-a. — Ele é muito bonito, né? Aquela covinha no queixo, meu Deus do céu! E sexy, o cara cheira a sexo selvagem...

— Não acho que seja tudo isso — interrompeu-a enquanto atravessava a pista de asfalto.

— Por favor, né?

— O cara não se ofereceu para esse trabalho, o meu tio deixou bem claro que fazia um favor à mãe do Thomas, ou seja, como você espera que ele seja di-ver-ti-do se é obrigado a fazer o que não quer?

— É que eu acho caubói tão divertido! — Suspirou, deslumbrada. — O charme deles é justamente esse modo de viver sem frescura... e, claro, a virilidade inata. É incrível como nascem diferentes dos outros homens, já notou? Parecem mais viris, protetores e fortes.

Ramona endereçou um olhar significativo à amiga antes de abrir a porta traseira da picape e se acomodar no banco, como se dissesse: *Não enche a bola de quem já se acha.*

— Como foi o seu dia, Thomas? — A amiga sentou-se ao lado do motorista, toda alegrinha.

— Entra e fecha a porta — foi a resposta mal-educada que recebeu.

Ele nem se deu ao trabalho de olhar para as duas, ignorou-as como se fosse um robô dirigindo um veículo. O rosto fechado lhe dava o aspecto de um homem mais velho que os seus trinta e poucos anos, pois salientava as rugas no canto dos olhos e os ossos dos maxilares debaixo da pele morena curtida pelo sol e com a barba por fazer.

Diabo de hômi bonito e grosso!

— Pelo visto não foi bom. — Jaque pouco se importava em tomar coice na cara, desde que fosse de um garanhão. Era o que Ramona acabava de descobrir da amiga.

— Deu um jeito no mato? — ela foi direto ao assunto, assim o Mister Antipatia era colocado no seu devido lugar.

— Não.

— E por que não?

— Porque eu não quis.

— Acha que as coisas funcionam assim? Eu dei uma ordem, e você tem que cumprir. — Procurou não se alterar, mas foi incisiva.

— Quando eu tiver tempo, cumpro a ordem.

— Isso faz parte do trabalho, e não das suas horas de folga. Não é um hobby, ô Lancaster.

Viu-o fitá-la pelo enquadramento do retrovisor.

— Baixa a bola aí atrás que eu não sou o seu empregado — ameaçou num tom fraco.

— Mas claro que é!

Vixe, a voz saiu esganiçada demais!

— Gente, por favor, não vamos brigar por besteira. Se o mato esperou até agora, pode esperar mais uns dias.

Ramona recostou a cabeça no banco, sentindo uma tremenda dor na musculatura da coluna cervical. Era ali o seu ponto de tensão. Quando queria gritar, esmurrar, arrancar as tripas de alguém, todo o gesto reprimido se alojava entre suas vértebras. Esfregou a nuca com a mão e deixou os olhos vagarem pela planície que ladeava a rodovia. O verde salpicado de amarelo encobria a terra vermelha. Arbustos aqui e ali e, mais adiante, o mato fechado. À medida que a picape deslizava pelo asfalto, a paisagem mudava e novamente se via uma clareira aberta.

— Essa terra é seca, dura, hostil e misteriosa, parece que se mostra e se esconde da gente — falou para si mesma. Sentindo que era observada, olhou para o retrovisor, encarando o par de olhos azuis. — Como as pessoas daqui.

Notou os sulcos do rosto dele se acentuarem, não viu se sorria, mas era o que parecia fazer.

— O pôr do sol do horário de verão — comentou aleatoriamente Jaque.

Depois ninguém falou mais nada.

* * *

Ramona acordou com o barulho do celular tocando no criado-mudo. O sinal, por aquelas bandas, não era muito bom, mas quando a pessoa simplesmente queria dormir, bem, ele funcionava. Resmungou, irritada, por precisar atendê-lo. Toda vez que tinha o sono interrompido, custava-lhe voltar a dormir e então ela ficava rolando na cama, pensando besteira, remoendo problemas, claro, como a falta de grana, de namorado e da memória, que a deixara na mão havia seis anos. Os médicos lhe disseram que talvez um dia ela se recordasse de tudo ou de partes do passado, talvez fragmentos de lembranças. Não existia um tempo exato para isso acontecer, nem a certeza de que voltasse a ser normal, ou seja, a ter um passado como referência antes dos catorze anos. O avô lhe mostrou várias fotografias dos pais e contou o que sabia sobre sua mãe, antes de ela se casar e sair de casa. Depois, da vida de casal, ele não sabia quase nada, pois morava sozinho, acumulando coisas.

Deu uma olhada na tela do celular e leu o nome da amiga. Que estranho, raramente ela lhe telefonava, já que se viam todos os dias.

— O que foi, Goretti? Sua mãe está bem?

Goretti morava com a mãe, uma velhinha agitada que adorava bater perna do centro da cidade. Às vezes ela aparecia por lá, na barraca da filha, mais comia fruta e bebia os licores do que a ajudava. Era nítido que ambas se davam bem.

— *Uma coisa horrível!* — respondeu com a voz abafada pelos soluços.

Imediatamente Ramona se pôs sentada na cama, sentindo o coração disparar.

— Calma! O que aconteceu com a sua mãe?

— *O Joaquim...* — ela começou, aos tropeços, a voz trêmula se misturando ao choro. — *Ele veio aqui em casa me avisar que atearam fogo na minha barraca. Estou indo pra lá agora, precisava te avisar... Você tem os números do rapaz da banca do mel e do casal do caldo de cana?*

— Não. — Pulou pra fora da cama, puxou a camisola pela cabeça e continuou: — Não tenho o telefone de ninguém, só o seu. Vou tentar ir para lá, não sei como, mas darei um jeito — disse, abrindo a gaveta para pegar um vestido qualquer, enfiar-se dentro dele e montar na bicicleta, não via outro jeito de chegar logo.

— *Certo. O Joaquim pediu ajuda, mas você sabe que a corporação dos bombeiros fica na cidade vizinha. Bem, vamos logo para lá!*

Encerrou a ligação e correu para a sala, tropeçou numa cadeira e a derrubou. Se Jaque não fosse tão impressionantemente trágica, com tendência a crises de ansiedade, podia acordá-la e seria menos perigoso duas garotas pegarem carona na madrugada do que fazê-lo sozinha.

Abriu a porta do quarto da amiga e notou que de fato seu sono era profundo. Foi até a cama dela e a sacudiu. Nada.

Ah, que se danasse, ela ia ligar para o motorista.

Sabia que tomaria uma patada, mas valia o risco. O pavor de saber que um incêndio podia estar consumindo sua barraquinha somou-se ao medo de enfrentar sozinha a estrada. Tinha medo da escuridão que encobria o perigo.

Ele atendeu no segundo toque, e ela assimilou que não o acordara.

— Me perdoa ligar a essa hora, mas é uma emergência.

— *Está parindo?* — A voz seca não demonstrava sinais de sonolência.

— Thomas, acho que a minha barraquinha está pegando fogo. — Assim que pronunciou a frase, sentiu uma dor imensa, pois intuía que era isso mesmo que acontecia a quilômetros dali.

— *O quê?*

— Preciso ir para lá. Se você não me levar, vou pegar carona. Entenda que não é uma ameaça, não quero brigar.

— *Me dá dez minutos que já estou aí.*

Foi o que ele disse pouco antes de desligar.

Ela já estava arrumada e foi para o alpendre esperá-lo. Abraçou-se ao próprio corpo, tomada por um sentimento que reconhecia como familiar: a dor da perda.

Tempos atrás, ela e Goretti comentaram sobre a fragilidade de deixar as barracas sem um segurança à noite na estrada vicinal. Santo Cristo, contudo, sempre foi uma cidade pacata, sem crimes que não se relacionassem a brigas ou roubos de galinha, gado, cavalo. Além disso, era complicado contratar um segurança se nem todos os donos de barraca podiam arcar com esse custo adicional.

Assim que a picape aportou na entrada do sítio, Ramona correu até ela, abriu a porta e entrou.

Thomas deu ré e rapidamente acelerou, pondo-se na estrada.

— Alguém a avisou sobre o tal incêndio? — perguntou ele sem tirar os olhos da estrada deserta e mal iluminada.

— A Goretti foi avisada pelo Joaquim. — Sentiu que ia sufocar. Abriu a janela e colocou a cabeça para fora, puxando o ar da rua com força.

— O Joaquim é aquele perneta de boca torta? — Ela fez que sim com a cabeça, e ele continuou: — O cabra bebe todas, podia estar chapado na cachaça e fez uma pegadinha pra sua amiga.

Ela deitou a cabeça no encosto do banco.

— Acho que não. — Levou a mão ao estômago. — Minha intuição não falha, sinto que estou perdendo tudo.

— Não fala besteira.

— É o meu ganha-pão, entende isso?

— Sou milionário, não entendo nada de falta de grana — zombou, com azedume. — Só quero que não se apoquente antes da hora, parece até o Mário.

— O Mário é intuitivo?

— Aham, tanto quanto um poste de luz. — Ele balançou a cabeça, parecendo contrafeito quando prosseguiu: — Aquele lá é tão realista que chega a ser pessimista demais.

— Como assim?

Ele a olhou rapidamente antes de voltar sua atenção para a frente.

— A nossa fazenda continua no vermelho, ele sabe disso e já tomou algumas decisões sensatas para contornar a situação. Só que nós podemos resolver o problema de vez se vendermos o touro que o derrubou. Mas, pra ele, isso não vai resolver nada, então ele prefere ver a família continuar remando num barquinho em alto-mar, afundando aos poucos, bem ao estilo dos pessimistas que acreditam que nada possa ser feito, deixa para o destino, ele resolve, é o que esse povo negativo pensa. — Riu-se com amargor.

Ramona queria lhe dizer que não era pessimista nem otimista. Que, na verdade, seguia sua intuição sem pensar muito. A força vinha do Universo, do indecifrável, e não de uma mente atolada de convicções erradas. Afinal, a gente nem sabia o que acontecia depois da morte ou o motivo de nascermos e existirmos... De repente, ela parou de filosofar consigo mesma e foi como se um raio tivesse atingido o topo do seu crânio.

— Meu Deus do céu! — Gemeu, levando a mão à boca, em desespero.

Thomas reduziu a velocidade ao se aproximar do acostamento, onde ardiam em chamas as barraquinhas à beira da estrada. O clarão do fogo, em meio à escuridão da área, mostrava um cenário de destruição. Antes que a picape parasse, Ramona abriu a porta para saltar.

— Nada disso. — Thomas a segurou pelo antebraço, contendo-a. — Vou parar aqui, e a gente vai até lá ver o estrago.

Ela concordou com um meneio de cabeça, engolindo as lágrimas.

Viu o rapaz do mel parado do outro lado da estrada, as mãos na cabeça num gesto de desespero. Não havia o que fazer. As instalações eram precárias, precisavam dos bombeiros para acabar com o incêndio.

Assim que pôde, ela saiu da picape e correu em direção à sua barraquinha. Sentiu a mão ao redor do antebraço, e era Thomas a segurando, impedindo-a de se aproximar.

— Não há o que fazer.

Acatou a frase como uma sentença de morte.

Goretti se aproximou e parou ao seu lado. Por um momento elas nada disseram uma para a outra, apenas ficaram olhando o incêndio. Viu quando os demais vendedores chegaram, e o cenário sombrio se tornou ainda mais desolador. Homens e mulheres choravam a perda do seu negócio, do lugar de onde tiravam seu sustento e o da família.

— É evidente que o incêndio não começou agora — disse Goretti, a voz controlada, os olhos vazios. Ela parecia atordoada. — As chamas avançaram rápido, consumindo tudo. Nem que tivéssemos um rio por perto, para enchermos baldes de água, adiantaria alguma coisa. Agora só nos resta ficar olhando para o fim.

Ramona sentiu as pernas enfraquecerem e caiu de joelhos, escondendo o rosto entre as mãos. Chorou a perda de sua segunda casa, assim como chorou ao ouvir o choro dos outros, tão desamparados, tão lutadores, tão sobreviventes como ela. Era injusto ter o sonho incendiado.

Thomas se agachou ao seu lado.

— Ninguém perdeu a vida. Você precisa se agarrar a isso. — A voz grave soou branda.

— Eu sei. Mas aqui está parte da nossa vida. — Voltou-se para ele e, por entre as lágrimas, falou: — Sempre passei mais tempo à beira da estrada do que no sítio. Amanhã, Thomas, irei para onde? E depois de amanhã? E as outras pessoas? E a Goretti, como vai cuidar da mãe dela se não tem mais a sua fonte de renda? No meu caso, era mais que uma fonte de renda; era o meu sonho, o sonho de ser independente e me realizar como artesã. O material que uso para fazer as bijuterias ficava na barraca e agora acabou.

— Sei que dói, é como quando a gente cai do touro antes dos oito segundos. Mas depois temos que levantar do chão e montar de novo, para cair uma segunda, terceira, quarta vez que seja. Não há o que fazer, você caiu do touro. Mas a boa notícia é que não perdeu as pernas e poderá montar no bicho outra vez. Entendeu, ô patroa? — Piscou o olho para ela, sem sorrir, parecendo tentar consolá-la num gesto de solidariedade sem a intenção de os aproximar, tornando-os amigos.

— Era tudo ilegal — comentou baixinho, limpando as lágrimas. — Sem alvará, sem porra nenhuma. A prefeitura fazia vista grossa para a feirinha, não via problema em deixar de arrecadar imposto com um bando de miseráveis.

— Disse a sobrinha de um juiz — analisou Thomas com sarcasmo.

— Você não sabe nada da minha vida — irritou-se, pondo-se de pé. Voltou-se para Goretti antes de perguntar: — Acha que foi acidental? Um curto-circuito, quem sabe?

— Faz tempo que desconfio de uns viciados que andam por aí. Sei que usam as barracas para se drogar, isso de madrugada. O Joaquim encontrou um galão de gasolina atirado no mato e algumas seringas em torno... — Ela balançou a cabeça, incapaz de continuar. Por fim, meio engasgada, completou: — A polícia já os tinha prendido uma vez quando tentaram fazer o que, enfim, conseguiram. A essa hora devem estar em outra cidade, se drogando e incendiando os lugares.

Ramona abraçou-a.

— Nós estamos nessa juntas, uma vai ajudar a outra, somos uma família.

— Você sabe que não é verdade — disse Goretti, afastando-se para fitá-la. — Agora cada um terá que se virar por conta própria. Esse incêndio vai chamar a atenção da imprensa local e, por sua vez, da prefeitura. E a gente não poderá mais montar barracas de comércio ilegal. Cada um terá que seguir o seu caminho, encontrar uma saída, dar um jeito na própria vida.

— Mas é mais fácil seguir em frente com as amigas — rebateu, sentindo-se decepcionada com a atitude fria de Goretti.

— Me desculpa, Ramona, mas você não faz parte do nosso grupo, tampouco da nossa classe social. O que faz é brincar de ser maluca da estrada, mas no fundo não passa de uma garotinha de classe média que se rebelou contra a família. É isso — declarou num tom meigo, acariciando-lhe a face com a mão. — Quero que seja feliz e pare de se punir por algo que você não fez.

— Por que está me dizendo isso? — A sinceridade da outra a machucou. Goretti falava o que pensava e ponto-final. No entanto, tal atitude não a tornava uma pessoa melhor, pois o que ela pensava nem sempre correspondia à verdade dos fatos.

— Você podia ter uma vida maravilhosa, viajando pelo mundo, estudando numa boa faculdade, conhecendo gente rica e culta. Mas abriu mão de tudo isso pra morar no meio do mato e trabalhar à beira da estrada. Quem faria isso, hein? — Antes que Ramona tivesse chance de dizer que a jornada de cada um era única, Goretti continuou: — É certo que você se culpa pela morte dos seus pais, conversei sobre isso com a Jaque. Nem vem fazer essa carinha, que não cola comigo. Sei que não se lembra deles nem de nada antes do acidente, mas isso não significa que as informações não estejam armazenadas no seu inconsciente. Eu leio muito, sabe. Não sou apenas a feirante da estrada, como os clientes pensam.

— Não me analisa, Goretti. O momento agora é de pensar em recomeçar. — Apontou para a fileira de barracas pegando fogo.

— Não há o que pensar, amanhã isso tudo será apenas um amontoado de tábuas queimadas.

O caminhão dos bombeiros chegou antes que o fogo se alastrasse mata adentro.

Quando eles terminaram de apagar o incêndio, dava para ver que não havia sobrado nada além de escombros queimados. No outro dia, a prefeitura mandaria um caminhão de entulhos para limpar o acostamento, foi o que lhe disse um dos bombeiros.

— O que provocou o incêndio?

O bombeiro negou com a cabeça antes de falar:

— É cedo demais para qualquer especulação. Mas já posso adiantar que não foi acidental, o cheiro de gasolina é bastante forte.

Goretti a olhou, confirmando silenciosamente a própria teoria a respeito do assunto.

* * *

Thomas parou a picape diante do alpendre. Porém, Ramona nem se mexeu. Uma mistura de sentimentos bagunçava sua cabeça, e um deles era o medo, mas também havia tristeza, frustração e luto.

— Amanhã venho cortar o mato.

Ela saiu do transe e se voltou para fitá-lo.

— Deixa pra lá, talvez eu tenha que vender o sítio, nem adianta me apegar a isso também — disse, conformada, dando de ombros.

— Já? Mal começou a viver e já jogou a toalha? — A pergunta foi feita num tom sério, mas havia um ar de divertimento no canto dos olhos dele.

— Não é uma questão de desistir ou não. Dá pra perceber que não tenho de onde tirar dinheiro, não é?

— Engraçado isso, a primeira coisa que você pensou foi em se desfazer do teto que te abriga.

— Oh, como sou má e ingrata para as bênçãos de Deus! Me diz, Thomas, como se faz para brotar dinheiro da terra?

— Bem... — começou, com ar sarcástico, a mão debaixo do queixo como se analisasse a fundo a questão. — Você tem uma vaca velha que não serve pra nada, então não terá leite para vender. O solo é duro e, provavelmente, infértil, logo não conseguirá plantar nada que possa negociar com os comerciantes. Não tem experiência com fazenda, nem plantação, nem criação de gado, tampouco tem peões para ajudar ou dinheiro para pagar a consultoria de um bom agrônomo. Além disso, esse pedaço de terra é um sítio, não chega nem a ser uma fazenda. Portanto, se quiser vendê-lo terá de negociar com gente urbana que gosta de curtir o fim de semana no meio do mato, ou seja, os fazendeiros do agronegócio, que poderiam pagar uma boa grana pelas terras, não irão se interessar por essa miséria de hectare. Dito isso, de modo bastante didático e lúcido, só posso lhe dar um conselho.

— Pegar a mochila e cair na estrada sem lenço nem documento? Ou comprar uma espingarda e meter o cano da arma dentro da minha boca e puxar o gatilho?

— Eu jamais daria conselhos imbecis — respondeu, seco.

Ramona suspirou pesadamente.

— Acho que não quero conselho, preciso apenas deitar e dormir. — Saiu da picape e fechou a porta.

Ouviu o barulho seco dos passos atrás de si, virou-se e deu de cara com Thomas.

— Por que não vende as suas bugigangas no centro, como os outros hippies fazem? — perguntou, as mãos na cintura numa postura de desafio.

— Não são hippies, isso só existiu nos anos 1970. Agora eles se chamam *malucos da estrada* ou *malucos da terra*.

— Bom, *maluca* eu já sabia que você era, mas não me parece a que se encolhe numa cama como se fosse um bebezinho chorando pela mãe.

— Sou bem assim.

— Diabos! — reclamou, pondo e tirando o chapéu num maneirismo que mostrava sua impaciência. — Autopiedade é foda de aguentar.

— Não posso nem sofrer em paz, é?

— Sofrer para quê, me diz? Vai adiantar? Pega o que sobrou e leva para o centro da cidade, vende lá, tem mais público para comprar.

— Mas tem mais concorrentes também. Além disso, cada um já tem o seu ponto demarcado, não é chegar e já espalhar as bijuterias e ponto-final.

— Eu demarco o ponto pra você nem que seja na porrada — falou bem sério.

— E aí volta pro xilindró. Não, muito obrigada.

— Acha que vou parar de brigar porque fui preso? O que vou fazer é brigar e me safar antes que a polícia chegue, isso sim. Ninguém muda um touro velho, *fia*. E você vai ter que treinar os punhos se quiser viver em paz consigo mesma.

— Como assim?

Ele vasculhou seu rosto com olhar atento, parecendo analisar a feição que exibia rastros de esperança em meio à tristeza.

— Pelo que entendi, o seu tio pode lhe dar uma vida boa, mas você prefere viver do seu jeito. Já tomou a decisão, agora tem que ir até o fim. — Ele parou de falar e olhou ao redor, como se procurasse as melhores palavras. Balançou a cabeça de um jeito que demonstrava resignação e a encarou: — Eu tinha um ano a mais que você quando fiz o meu pai acreditar em mim e me dar grana para viver no Texas, como peão de rodeio. Desde garoto, só pensava em montar em touro. Sempre fui um péssimo aluno, vivia na sala da diretoria por causa das brigas, matava aula, em suma, odiava ficar sentado por horas ouvindo sobre coisas que não me interessavam. Eu só pensava em montar em touro, era esse o meu foco. Não deu certo lá fora, talvez não dê certo aqui, mas eu lutei para conseguir viver do meu jeito.

O olhar que lhe endereçou era duro e sério, exigindo dela uma reação à altura do que ele havia dito.

— Está tentando me motivar? — Esforçou-se para sorrir, mas falhou na intenção.

— Não sei fazer isso.

Ela o encarou fixamente por um tempo, apreciando o fato de ele ser generoso e incentivá-la a lutar.

— Seres humanos normais pensam como você, é uma questão de sobrevivência, eu acho. Mas, no meu caso, é diferente. Sou como um vaso vazio, não tenho um passado nem referencial. Não sei se sabe, mas sofri um acidente anos atrás, perdi a memória e foi como se eu tivesse nascido com catorze anos de idade. Não há registro algum de quem eu fui antes disso. Talvez eu também matasse aula e sonhasse em ser artesã ou cantora de rock. Talvez eu tenha dito isso aos meus pais e eles me encorajaram a seguir em frente ou me disseram que eu não tinha talento pra merda nenhuma. Às vezes tenho flashes de memória, os médicos disseram que isso poderia acontecer ou, de repente, num belo dia eu me lembraria de tudo numa enxurrada só. Às vezes, cenas do que vivi me vêm à mente, me pego lembrando da minha mãe e a vejo sentada à mesa da cozinha, fumando e folheando o jornal. — Suspirou pesadamente. — Semanas atrás, me lembrei disso de novo, mas de um modo mais completo. Ouvi a voz dela dentro da minha cabeça dizendo que precisava arranjar um emprego. "O seu pai vai me deixar", ela disse. É pouco, entende? É pouco material de referência para ser usado.

— Então foca no agora.

Ela balançou a cabeça em sinal afirmativo, sentindo as lágrimas se juntarem à beira das pálpebras.

— Acho que o meu tio tem razão, não sei viver direito.

— Isso é besteira, essa coisa de viver direito. Vai dormir, descansar a cabeça, amanhã vai acordar com uma boa ideia.

— Vai contar para o juiz que perdi o meu ganha-pão?

— Se ele me perguntar, vou responder a verdade.

— Gosto da sua sinceridade.

— Hum, interessante. Vou lembrá-la disso quando me chamar de grosso ou de cavalo — comentou, esboçando um leve sorriso de canto de boca. — Boa noite, patroa — acrescentou, batendo dois dedos na aba do chapéu.

— Boa noite, Thomas — respondeu, vendo-o entrar na caminhonete.

Jaqueline a esperava sentada no sofá, bebericando chá na caneca de cerâmica.

— Acordei com o barulho da picape. Onde vocês foram?

Ramona jogou-se ao seu lado e deitou a cabeça para trás, fitando o teto com infiltração.

— Puseram fogo nas barracas.

— Meu Deus!

Virou-se para a amiga ao vê-la pálida.

— Não se preocupa que nada nos atingirá. Vou dar um jeito, ok?

— Mas a gente vive... vivia da grana da barraquinha. Você sabe que sou péssima cartomante.

Ela parecia apavorada, e Ramona não podia deixá-la se sentir mal. Jaque possuía uma estrutura psicológica fragilizada, tudo a abalava de modo exagerado. Embora o que aconteceu fosse sério e trágico.

— Acho que vou vender as bijuterias no centro.

— Mais perto da fiscalização da prefeitura, é?

— Posso arranjar emprego em uma loja.

— Com o seu currículo?

— Que currículo?

— Viu, nem currículo tem — Jaque afirmou, azeda. — Quem pôs fogo nas barraquinhas?

— Viciados.

— Trastes.

— Não temos certeza disso.

— A polícia não vai prender ninguém, e a imprensa local nem vai noticiar, porque é pobre se fodendo. Vão dizer inclusive que agora a estrada está mais bonita para se ver a paisagem sem os indigentes vendendo suas porcarias — declarou à beira do choro.

— Nada disso importa. — Ramona puxou a amiga para um abraço. — Podia ter sido pior, sempre pode ser pior.

Capítulo treze

Cleide Maria era a única cliente de Jaque até o momento. A bem da verdade, a quarentona loira, professora do ensino fundamental, solteira e que morava no centro da cidade fora indicada por uma antiga cliente da amiga. Às vezes as pessoas precisavam de respostas imediatas, tinham pressa, não esperavam a vida agir. Faltava-lhes paciência para esperar o rolar dos dias a fim de avaliarem melhor o painel que se abria diante de seus olhos. Então elas procuravam alguém que supostamente visse o futuro e lhes respondesse o que gostariam de ouvir.

Jaque era excelente na arte de falar o que as pessoas queriam ouvir. Por isso também era uma excelente cartomante.

— A Clarissa e a Verônica vão te procurar esta semana. As duas não aguentam mais me ouvir falar de você e querem de tudo que é jeito que ponha as cartas para elas.

— Farei com o maior prazer — disse Jaque, sentada à mesa, empertigada no vestido longo. Vestia-se como era esperado de uma mística. Os vestígios do choro e do desespero da madrugada foram escondidos debaixo da maquiagem pesada, com direito a cílios postiços. — Elas ainda estão casadas?

Da cozinha, Ramona ouvia as perguntas de sondagem da amiga. Era certo que Jaque não as conhecia, mas era assim que começava a magia da leitura do futuro: catando uma informação aqui e outra acolá.

— Elas estão loucas para casar. Mas, toda vez que encontram um cara, ele logo pergunta se elas têm casa própria. Parece que eles querem mesmo é um lugar seguro para morar, e não uma esposa.

— Pilantras.

— É o que eu digo a elas. Antes, só as mulheres precisavam casar para garantir estabilidade financeira, mas agora até os homens fazem isso. É o fim da picada.

— Garanto que as duas ainda acreditam no amor e em todas aquelas frescuras.

— Sim, madame Jaqueline, acreditam no príncipe encantado, em casar de véu e grinalda ao som de "Hallelujah".

— Na versão do Leonardo Cohen?

— São todas fãs do Bon Jovi.

— Ah, bom. Pensei que fossem mais velhas... digo, conservadoras. Afinal, querem casar, sabe? Bem, quem quer casar hoje em dia? — Riu-se, embaralhando as cartas.

— A Clarissa e a Verônica.

Quando Cleide foi embora, feliz da vida, pois as cartas mostravam que ela receberia um dinheiro inesperado, Jaque disse:

— A Cleide vai morrer.

Ramona se engasgou com o café.

— Viu nas cartas?

— Não, soube pela Goretti, dias atrás, que a Cleide está com câncer no pâncreas. As duas são amigas — afirmou, dando de ombros de modo displicente. — Parece que a coisa evoluiu para a metástase. Ela me perguntou sobre sua saúde, sem mencionar o câncer, e respondi que a vida era cheia de surpresas e que ela receberia um dinheiro inesperado.

— Mentiu?

— Amenizei.

— Porra, você mentiu para uma mulher com câncer?

— Eu já minto pra ela faz tempo. Desde quando você acredita que eu tenho poderes mediúnicos? Tudo é inventado, lembra?

— Não se sente mal mentindo para as pessoas, Jaque?

— Eu só digo o que elas querem ouvir, a maioria sai feliz da vida. Viu a Cleide? Nem pensou no câncer a comendo viva, deve estar imaginando quanta grana vai receber e de onde virá. Pra falar a verdade, eu até tenho o dom... — sorriu de modo travesso — ... o dom de falar a coisa certa para a pessoa certa. E esse dom você não tem, já percebi na relação com o seu tio.

— Não vou pedir dinheiro pra ele.

— Quem mandou fazer isso?

— Uma hora você irá me pressionar.

— Ramona, se você quer ser independente, precisa esquecer do seu tio rico, só isso.

— E é o que farei, Jaque.

— Então estamos acertadas. — Ela contou as várias cédulas de vinte reais. — Ó, já temos uma graninha extra. E até amanhã a Clarissa e a Verônica estarão por aqui querendo saber se vão se casar ou não antes de morrerem... talvez de câncer.

— Como se sente? Digo, sobre ontem. Parecia estar na pior e agora consegue fazer piada com a desgraça alheia.

— Bom, a desgraça é alheia, não é mesmo? Nunca fiz piada com a minha própria desgraça, aí seria de mau gosto.

— Me sinto como uma piada sem graça. — Ramona foi até a janela da cozinha, olhou para fora e continuou: — Temos um sítio improdutivo e um bando de bicho para alimentar.

— Bichos improdutivos também.

— Gente que eu amo.

— Bicho não é gente. E, quando a coisa apertar, o primeiro que será sacrificado será o porco. Teremos carne congelada para o mês inteiro.

— Continua com as piadas que você será a primeira a ser sacrificada — ameaçou-a.

— Olha quem chegou — desconversou Jaque, que também se aproximou da janela. — Por que ele veio se você não tem mais trabalho?

Viu Thomas sair da picape e a contornar, depois ele baixou a tampa da caçamba e subiu nela.

Jaque praticamente voou porta afora, guardando as cédulas no bolso traseiro do short e gritando:

— O QUE É ISSO AÍ, BRUTÃO?

Foi para o alpendre, curiosa, vendo-o descer uma tábua larga para usar como rampa.

— Nunca viu um trator cortador de grama?

— Mas nós temos um cortador — respondeu Jaque.

— É, eu vi. — Crispou os lábios para baixo. — Aquilo lá que vocês têm é para gramado de casa, e não para um sítio. Esse aqui é da fazenda, peguei emprestado e vou cobrar a gasolina do juiz.

O negócio parecia um trator de brinquedo, vermelho e preto, mas Ramona sabia que era um modelo de uso profissional, utilizado para cortar a grama das propriedades rurais.

Subiu na bicicleta com a intenção de ver o resultado do incêndio da madrugada. Queria também dar uma força aos que perderam tudo como ela. Era certo que eles estariam por lá, junto aos destroços de suas barracas, catando o que sobrara do fogo.

— Aonde pensa que vai? — Ouviu a voz masculina às suas costas, pouco antes de dar a terceira pedalada.

— Vou ver o que sobrou da minha barraca — respondeu sem olhar para trás.

— Passei por lá, nem adianta gastar os pneus da bicicleta. Não sobrou nada, só a carcaça da sua barraca. E a estrutura de alvenaria da mulher da cachaça, a tal da Goretti, está comprometida. Os bombeiros derrubaram boa parte dela, e o resto do que sobrou das barracas será destruído.

— Preciso ver como ficou — disse, parando a bicicleta, um tanto incerta se teria estômago para ver os destroços do lugar que tanto amava.

— A prefeitura vai passar o trator e derrubar tudo. É o que sempre fazem com instalações clandestinas. É melhor que sossegue o rabo aqui antes de se meter em encrenca maior.

Ele estava sério e falava no mesmo tom. Tirou o chapéu e puxou a camiseta pela cabeça, jogando-a na caçamba da picape. Depois tornou a pôr o Stetson, uma vez que protegia a pele do rosto do sol da manhã, e sentou-se no trator, dando a partida. O barulho do motor era alto, ainda assim a voz de Jaque soou bastante audível.

— Ele está certo.

— Quero ver o meu cantinho — insistiu.

Thomas dirigiu o trator até ela.

— Os bombeiros chegaram tarde demais. Acredita em mim, você não vai querer ver um monte de madeira queimada e pessoas chorando por tudo que é lado.

— Por isso mesmo, eu quero vê-las e as consolar. Éramos amigos e não concorrentes. Você não sabe o que é depender da venda de algo que você mesmo produz, é diferente de montar num touro que você não criou, não pôs no mundo.

— Mas como é que eu iria pôr um touro no mundo, *fia*? Só se eu transasse com uma vaca. — O tom jocoso não era acompanhado de um sorriso. Ele continuava muito sério. — Arruma as tralhas que sobraram e, mais tarde, vamos para o centro de Santo Cristo arranjar um canto pra você trabalhar, ok?

— Antes disso, vou pôr as cartas pra você, Ramona. Talvez nos ajude a escolher um lugar legal.

— Sem cartas, Jaque, não gosto das suas trambicagens — disse à amiga. Voltando-se para Thomas, retomou o assunto: — Ontem você disse para eu brigar e hoje me fala para deixar para trás. Não entendo o que quer.

— Briga pela sua vida futura, e não pelo passado — ele reafirmou. — De que adianta voltar para a estrada só para ver que tudo acabou? O ciclo se encerrou, patroa, agora é bola pra frente.

— Essa decisão sou eu que tenho de tomar e não você, um estranho que mal conheço — disse com desdém.

Girou o guidão da bicicleta e tomou o rumo da saída do sítio. Mas não foi muito longe. Thomas provavelmente pulou fora do cortador de grama, já que no minuto seguinte estava de pé diante dela.

— Ô fedelha, tenho mais o que fazer, entendeu? Você vai ficar no sítio e, mais tarde, quando eu tiver tempo, te levo para ver o cemitério de tábuas queimadas.

— Acha mesmo que vai mandar em mim? O meu tio tenta isso faz anos e não conseguiu. Obviamente não será um peãozinho de bosta que vai me impedir de fazer o que eu quero.

— O peão de bosta não vai te levar lá.

— Eu não pedi.

— Muito bem, vai e pega a estrada com a sua bicicleta. Vai demorar tanto pra chegar que não encontrará mais os amiguinhos — zombou.

— Sou jovem, e não um velho fumante e bebedor de pinga!

Thomas pôs as mãos na cintura e a olhou de cima a baixo.

— Mimada — declarou com menosprezo.

— Estúpido.

— Criançona.

— Jegue velho.

No instante seguinte ele pegou a bicicleta, com ela sentada no banco, e a carregou nos braços até o alpendre. Ramona começou a espernear para ele perder o equilíbrio e, de preferência, cair debaixo da bicicleta. Mas o camarada era forte o suficiente para aguentar o peso que carregava. Ele a desceu ao chão e, depois, pegou-a por baixo dos braços, puxando-a para si, no colo, e a deixando no sofá.

— Senta e se acalma.

— Não existe a mínima chance de você me fazer mudar de ideia — desferiu entre os dentes.

— Acho que ele só quis provar algo... — começou Jaque, pondo-se na amurada do alpendre. — Que um fumante beberrão é forte como uma mula de carga — debochou.

— Vocês duas não vão me deixar doido. — Ele olhou de uma para a outra e continuou, fixando os olhos em Ramona: — Por mim, você pode pegar a sua bicicletinha infantil e pedalar para o inferno se quiser. E se o seu tio souber e me encher o saco, mando o Excelentíssimo Senhor Juiz tomar no cu. Mas devo satisfações à minha mãe e, como as duas não sabem o que é amor de filho pela mãe, vou explicar de um modo bem simples: não vou cagar o sobrenome da minha família de novo. Portanto, quem manda nessa porra sou eu! — declarou, por fim, mal deslocando os lábios, os ossos dos maxilares projetados contra a pele.

— Minha mãe não presta, se quer saber, e a Ramona mal sabe como era a dela, pobre-diaba desmemoriada. Isso significa que a devoção que você tem por sua mãe pouco nos importa. É não, Ramona?

— Disse tudo, Jaque. — Desceu os degraus e se voltou para o caubói: — Vai me levar agora? Preciso saber, pois pretendo pedir um novo motorista ao homem que você quer mandar tomar no cu — desafiou-o, encarando-o com firmeza.

Thomas endereçou-lhe um olhar beligerante. Se ele pudesse, era certo que a pulverizava do planeta numa piscada de olhos.

Ela sentiu o estômago arder e as pernas tremerem. A bem da verdade, usou toda a coragem que tinha para jogar duro com o vaqueiro mandão. Se ele não cedesse, seria obrigada a se submeter à vontade dele.

— Vou lavar o rosto e vestir a camiseta — disse ele com dureza. — E levo a senhorita até a sua extinta barraca. — Deu-lhe as costas, pisando duro as botas no piso do alpendre.

Ela exalou o ar dos pulmões, aliviada pelo fim do embate.

— Um a zero pra você — constatou Jaque.

— Estou perdida. Hoje é dia de semana e eu precisava estar na minha barraquinha, tentando vender as minhas miçangas — comentou, sentindo-se péssima.

— Já disse, vou pôr as cartas pra você.

— E eu também já disse que você é uma malandra.

— Nem sempre — rebateu a amiga, com um sorrisinho travesso. — Tentarei interpretar o jogo das cartas, ok? Não vou te passar a perna. Quero saber se essa mudança para o centro da cidade lhe fará bem. Você sabe que Santo Cristo é movimentada que só e não terá mais a paz do acostamento da estrada.

— Isso me preocupa.

— As cartas não mentem.

— Você é que mente.

Jaqueline riu alto pouco antes de entrar em casa.

— Juro dizer a verdade, somente a verdade e nada mais que a verdade — zombou.

Capítulo catorze

Dona Leonora deixou o jantar pronto. A matriarca dos Lancaster continuava a evitar a cozinha, agora nem para lavar uma louça ela servia. Os pratos e copos iam se empilhando a ponto de um dos irmãos não aguentar ver tanta sujeira e acabar lavando. Era isso que a mãe esperava deles, que trabalhassem dentro de casa, assim como faziam no resto da fazenda, enquanto ela passeava na casa das comadres, ia aos chás da igreja e à jogatina clandestina, que insistia mentir que era coisa da cabeça deles.

A travessa de maria-isabel, um prato típico mato-grossense — que consistia em misturar carne-seca e temperos ao arroz —, tinha como acompanhamento a salada de lentilha.

Thomas chegou a tempo de ver a cozinheira deixar a casa.

— E aí, dona senhora linda, como está o humor da mãe de todos?

— Reclamando de tudo. — Deu de ombros, sorrindo mais que a boca, e completou: — Ou seja, normal.

Ele a beijou na testa.

— Obrigado por nos aguentar.

— Para com isso que eu amo vocês. — Ela lhe deu um tapinha no peito, rindo-se sem graça. — Soube que está cuidando da sobrinha do juiz Augusto. Vê se coloca juízo na cabecinha dela, aquela vida de hippie não leva a lugar nenhum. Acho até que está envolvida com drogas. Sabe como esses rebeldes são, não é?

Ele sacou um cigarro da carteira e o acendeu, a mão em concha protegendo a chama do vento. Depois que o tragou, deu uma boa olhada ao redor e viu os irmãos se aproximando, conversando entre si. Voltou-se para a cozinheira, que mexia na bolsa atrás das chaves da própria picape.

— Ela não usa drogas.

— Mas você viu aquele cabelo, um emaranhado de nós, coisa mais nojenta. É bem a aparência de uma drogada. Pobre juiz — falou, sério.

— E a sua aparência, hein, dona Leonora? — indagou ele, olhando-a com escárnio. — É a de quem come mais que a barriga, está cada dia mais gorda. — Riu alto.

A velhota não gostou do comentário.

— Você é sempre tão direto, Thomas — reclamou.

— Ué, falo o que penso, como a senhora faz. — Piscou o olho para ela.

— Certo, tem razão, vou fechar a minha boca. — E saiu resmungando enquanto balançava as ancas largas. Ao passar por Mário e Santiago, falou: — Podiam ensinar boas maneiras ao irmão de vocês. Acho que ele está confundindo sinceridade com falta de educação. — Entrou na picape e bateu a porta.

Os irmãos o encararam, parecendo mais perdidos que surdo em bingo.

— Fala o que quer, escuta o que não quer — justificou-se, erguendo as mãos na defensiva.

— Defendendo a patroa. Que coisa meiga! — zombou Santiago, dando um soquinho no ombro de Thomas.

— Só falei a verdade. A moleca é mandona pra cacete, mas não usa drogas. É *naturalmente* mandona. Eu é que tenho vontade de me chapar pra fugir da real — escarneceu, pegando Santiago por trás ao lhe dar um golpe de gravata. — Não insinua besteira, *maninho*.

— Soube que atearam fogo nas barracas da estrada. Ela se machucou?

Thomas ouviu a pergunta de Mário, mas estava ocupado em segurar Santiago, que tentava se desvencilhar do braço em torno de seu pescoço. Eram dois grandalhões brincando de lutinha no alpendre, a qualquer momento dona Albertina apareceria com a vassoura na mão mandando os dois pararem de brigar. E até convencê-la de que estavam brincando, já teriam levado várias vassouradas nas costas.

— Me solta, ô cuidador de crianças! — mandou Santiago em meio às gargalhadas.

— Pede pra sair!

— Sair de onde?

— Do armário, florzinha! — Puxou uma mecha longa da parte de trás da cabeça do irmão. — Vou cortar essa peruca pra te deixar com cara de macho.

— Macho como você, *tiozinho*?

— Ouviu o que perguntei, Thomas?

— Ouvi o quê? — indagou, forçando para colocar Santiago de joelhos, mas o cara era forte demais da conta e não cedia à sua força. — Aceita que é um franguinho cabeludo!

— Vamos entrar, cabras — disse Mário, passando por eles. — Vou passar a noite com a dona madame, não quero jantar tarde.

— E por acaso você come com a minha boca? — perguntou Santiago, dando cotoveladas nas costelas de Thomas. — Já aviso que vai doer, depois não começa a chorar.

Thomas riu alto.

— Chorar de rir vale?

— Quando vão crescer, cacete?

— Cala a boca, *fazendeiro*.

No instante seguinte, sentiu o braço de Mário em torno do seu próprio pescoço, aplicando-lhe o mesmo golpe a que ele submetia Santiago. O caçula aproveitou o momento de sua súbita fragilidade e se desvencilhou dele.

— E agora, machão, quem vai pedir para sair do armário?
Thomas perdeu as forças de tanto rir.

Santiago estava rindo alto até o minuto seguinte, quando recolheu o sorriso da boca e apontou para a porta, olhando significativamente para Mário. Era certo que o mais novo sinalizava algo para o outro. Thomas aproveitou a chance, dobrou o corpo para a frente e puxou Mário pela camisa, derrubando-o no chão.

— Puta que pariu! — gemeu o mais velho.

Não teve chance de comemorar o êxito do golpe, a pancada que levou nas costas quase lhe tirou o ar. Virou-se para trás, trincando os maxilares, segurando um *porra, caralho* na boca apertada.

— O que falei sobre a paz em família, cacete?

Era dona Albertina com a arma que varria a casa, a vassoura de piaçava mais torta que a coluna do corcunda de Notre Dame.

— Ai, mãe, quer me aleijar?

— Só se for no pinto!

Ela ergueu a vassoura para acertar Santiago, que rapidamente se esquivou.

— Epa, errou!

A velhinha então correu atrás do filho mais novo e, como ele correu, ela parou, tirou o chinelo e o jogou na cabeça dele, acertando-o na nuca.

— Errei agora, *fio*?

O outro massageou a nuca, mantendo um sorriso de deboche só para provocar a matriarca.

— O cabra já é lesado das ideias, e a senhora ainda acerta a cabeça dele — resmungou Thomas.

— Ninguém aqui tem problema mental, ora essa — declarou dona Albertina, zangada. — Levanta do chão, Mário Lancaster! Parece um abestado!

* * *

— Avisou ao Augusto que a Ramona está bem?

A pergunta da mãe, que separava a porção de arroz da salada de lentilha sem que um tocasse no outro, pegou-o de surpresa. Encheu a colher de comida e a enfiou na boca. Mastigou bem devagar, ruminando seus pensamentos. Ramona parecia querer manter distância do tio, ao mesmo tempo que o forçava a fazer suas vontades usando o juiz como escudo. A garota era uma manipuladora sacana, isso sim.

De qualquer modo, ao vê-la abraçar os desgraçados que perderam tudo no incêndio, notou o quanto sofria. E não sofria apenas por si mesma, era nítido que o choro e as palavras de incentivo eram sinceros. Ela realmente se importava com aquele pessoal. Todos ali viviam no acostamento da estrada, assim como viviam no acostamento da cidade, da vida, da sociedade. Como disse dona Leonora, a maioria era tachada de nojenta, suja, drogada, esquisita, perigosa, inviável. E Ramona preferia ser considerada alguém fora do sistema a utilizar o privilégio de ter nascido na família de um juiz. O que pensar sobre essa garota?

Que ela o confundia.

Quando Ramona voltou à picape, depois de constatar o fim do comércio ilegal, tinha o rosto inchado e os ombros encurvados. E, como era pequena e magra, parecia uma criança abandonada num lugar público. Alguém que tinha grandes chances de se tornar vítima de um malfeitor. A personalidade era forte, mas a estrutura física não a acompanhava.

— Sente-se melhor?

Ela se jogou no banco e deitou a cabeça para trás, demonstrando exaustão emocional.

— Acabou. Agora sei que acabou.

— Olha pra frente. "Se olhamos pra trás, pisamos na merda", o meu velho que falava isso — disse, sério, vendo um leve sorriso florescer nos lábios dela.

— Desde os meus catorze anos só posso fazer isso, olhar para a frente. Só que às vezes cansa seguir adiante tendo como companhia a escuridão, e não os conselhos do *meu velho* ou da *minha velha*. Me desculpa, estou meio melancólica, logo passa. Não sou choro... — Parou de falar e, em seguida, desandou a chorar, deitando a cabeça nos joelhos, o cabelo muito preto escondeu-lhe o rosto.

Aquilo lhe doeu fundo.

Ô porra, tão nova e já sofrendo feito um adulto cheio de calos.

— Aguenta firme que você mal começou a viver. — Deu uns tapinhas nas costas dela. Não sabia como confortá-la. Se fosse uma mulher adulta, a puxaria para um abraço e a beijaria. Talvez acabassem transando. O sexo amenizava a dor emocional. Sexo era vida, o oposto de sofrimento, perda e morte. Se fosse uma criança, a levaria ao parque de diversões e a entupiria de algodão-doce e pipoca até ela vomitar na montanha-russa. Mas Ramona não era uma mulher nem uma criança.

— O que quer dizer com isso? — perguntou ela em meio aos soluços.

Thomas suspirou profundamente.

— Significa que vai se foder mais vezes, só isso. — Lamentou ter que dizer a verdade.

— Me sinto bem melhor agora. — Viu-a forçar um sorriso.

— A ideia é essa, motivar as pessoas — brincou, piscando o olho para ela. — Outro dia uma criança pulou da ponte depois da minha sessão de motivação.

Ela tentou sorrir, mas não conseguiu.

— Quando o médico me disse que os meus pais não tinham sobrevivido ao acidente, eu não chorei. Não fazia a mínima ideia de quem eram — começou, as lágrimas vertendo em abundância no rosto avermelhado, a voz embargada. — E depois o meu vô morreu. Eu morei com ele um tempo, conversávamos sobre livros e filmes, nos sentíamos separados do mundo ao redor. Gostava dele. Mas, quando me disseram que ele não sobreviveu ao ataque cardíaco, também não chorei. — Ela parou de falar e o fitou. — Agora não consigo parar de chorar por causa dessas pessoas que perderam o chão. Parece que a morte nos liberta, mas a vida é só a porra de uma prisão. Você me entende?

Ele ia dizer que não, que não via a morte como um fato positivo. Era o fim de tudo. Mas, quando olhou para a garota, nada saiu de sua boca. Mergulhou no olhar molhado dela, tão cheio de desolação, e não temeu se afogar.

No instante seguinte, ela o agarrou pelo pescoço e abaixou a cabeça dele. Ramona entreabriu-lhe os lábios com os lábios dela, beijando-o como se fosse partir. Era um beijo de urgência, clamando por consolo, por um sinal de esperança. Ele a abraçou e a trouxe para seu colo, deitando-a nas suas coxas, e correspondeu à carícia, apossando-se da delicada boca com paixão e entrega. Beijá-la era gostoso e natural, além de loucamente excitante. Tomá-la nos braços era como carregar um cristal caríssimo, ossos frágeis, tão delicada e desamparada. Enfiou a mão por baixo do longo cabelo e lhe firmou a nuca ao aprofundar o beijo.

Um dos celulares tocou, e eles se separaram, ofegantes.

Ela pulou rapidamente de volta para o banco do passageiro e atendeu a ligação, evitando olhar em sua direção.

— Sim, tio. Puseram fogo em tudo, perdi o meu ponto de venda... Estou bem... Nada, tudo certo, nem um arranhão... Por favor, não. Preciso desligar.

Encerrou a ligação sem se despedir.

— Me perdoa — ela pediu, fitando o celular. — Se fosse o contrário, eu iria considerar como assédio.

— E eu iria considerar como um beijo mesmo.

Ela o encarou por baixo da franja lisa.

— Só precisava *sentir* você.

— Me sentiu.

— Sim, eu te senti. — Sorriu por entre as lágrimas.

Ele acionou o motor da picape.

— Quando o meu pai foi enterrado, enchi a cara e não voltei para casa — disse, saindo do acostamento para alcançar a estrada de asfalto. — O Mário estava no hospital, depois de ser derrubado pelo Killer, e o Santiago, na fazenda com a mãe. Me senti perdido e acabei dormindo com uma prostituta. A gente não transou. Pedi para ela me abraçar, e ela me cobrou o dobro do preço. — Riu-se, fitando-a. — Foi bom. A parte ruim foi acordar.

— E a gente sempre acorda, né?

— A gente sempre acorda em algum lugar — disse, esboçando um leve sorriso. — Vamos voltar para casa que temos um mato para aparar.

Ela assentiu, recostando a cabeça no vidro da janela e, com o balanço suave do veículo, aos poucos, adormeceu.

Agora, quando a mãe lhe perguntou se o juiz sabia sobre o estado da sobrinha, Thomas respondeu:

— Sim, eles já conversaram.

— Não diz nada à menina, mas é certo que o Augusto ficou feliz da vida com o incêndio.

— Vixe, será que não foi ele quem mandou tacar fogo em tudo? — perguntou Santiago de boca cheia.

— Ele é um juiz, e não um bandido — censurou-o Mário.

— Mas é controlador pra caramba. — Foi dona Albertina quem falou, depois de sorver um gole de sua limonada. — Essa menina passou o diabo quando morava com ele. Não tenho nada contra o Augusto, digo, é um cabra honesto, o melhor juiz de Santo Cristo. O problema é a personalidade dele. Nunca foi queridão como o meu Breno — completou, suspirando.

— O que quer dizer com isso, mãe?

Thomas achou por bem se inteirar dos fatos.

— Bom, ele é autoritário e, de certo modo, nunca se encaixou no papel de tutor. Além disso, o cara já tinha se afastado completamente da família.

— E por isso tenho que bancar o espião dele — concluiu Thomas a contragosto.

— Você está lá porque brigou com um idiota — ralhou a mãe.

— O juiz telefona pra saber da sobrinha? — Dava para notar nos olhos de Santiago a curiosidade sobre o assunto.

— Sim.

— E você entrega a menina — considerou Mário, balançando a cabeça com pesar.

— Sou pago para isso, não?

— É, sim — interveio a mãe. — Nada de arranjar briga com o Augusto também.

— Ela é triste — disse Thomas, sorvendo o resto da cerveja.

— Traz a garota aqui, no domingo, para um almoço em família.

— Não acho uma boa ideia, mãe. Ela é a minha patroa.

— Vai se danar, Thomas.

— E ainda tem a outra doida também.

— A cartomante, né? Traga-a também. — E, voltando-se para Mário, continuou: — A Natália está incluída no convite.

— Achei que ela não precisava de convite.

— Porque a fazenda é sua, é?

— Não, mãe, não quis dizer isso. — Riu-se, corando.

— Ah, bom. Entendi errado — desconversou a mãe, olhando-o com as pálpebras semicerradas.

Capítulo quinze

Thomas derrubou cinco latinhas de cerveja goela abaixo durante o jantar. Aquilo não era nada para ele, o tanque de combustível ainda marcava metade da capacidade. Sentou-se no sofá do alpendre, rompeu o lacre de uma Budweiser gelada e a sorveu, observando a noite mormacenta e cheia de pernilongos, presenteada pela estação do estio. Santiago achegou-se, havia prendido o cabelo num coque de mulher. Thomas jamais entenderia os motivos do irmão para gostar de manter aquele cabelão todo, mas era aquela coisa: cada família tinha seu doido estimado.

— Topa ir ao salão country? Estou sem sono, preciso gastar energia com uma cavala bem malvada.

— Quanto você já bebeu? — perguntou Thomas, espichando as pernas preguiçosamente.

— Quase nada, já estava considerando ter de pegar no volante para ir ao centro — respondeu. E, com um sorrisinho sacana, acrescentou: — Posso te trazer de volta pra casa, a não ser que prefira passar a noite na cadeia de novo.

— Comi mosca uma vez e terei de ouvir isso o resto da minha vida — bufou, contrariado.

— É que saiu caro, meu irmão.

— Alguém aqui além de mim está pagando o peixe?

— Está certo, mas precisa relaxar um pouco, ouvir uma boa música, beijar na boca, apertar um corpão e depois voltar para casa e bater uma.

Thomas virou-se para Santiago, que lhe endereçou um sorriso de deboche.

— Vou é *bater* na sua cara. — Bocejou alto e aproveitou para se espreguiçar, considerando se valia a pena perder parte de uma noite de sono tendo que acordar cedo no dia seguinte. — Ainda não acabei de cortar o mato do sítio e combinei com a patroa de fazer isso logo pela manhã...

— Ah, ela manda mesmo em você.

— É uma porra que manda — resmungou. — Só quero deixar claro que não passarei a noite na rua. Bebemos um troço, você arranja a tal cavala e me traz pra casa, ok?

— E se a cavala tiver uma amiga, hein?

— Bom pra ela, mostra que não é uma cavala solitária.

— Ei, vai dispensar uma boa noite de sexo? — perguntou o irmão, já de pé, encaminhando-se para a picape enquanto ajeitava o Stetson na cabeça. — Você já foi mais jovem.

— Cabra, sou vaqueiro em duas propriedades e, aos sábados, peão de rodeio. É humanamente impossível manter o apetite sexual em alta.

— Ou será que o exigente Thomas Lancaster voltou a ser seletivo?

Sentou-se no banco do passageiro e baixou o vidro da janela ao lado.

— Também. Antes qualquer bunda atrevida me excitava.

Santiago riu alto.

— E agora você quer encontrar o amor da sua vida — afirmou num tom jocoso.

— Exatamente, um peão cabeludo pra chamar de meu, bem igualzinho a você — devolveu o deboche, puxando a aba do chapéu do irmão para baixo.

***

A bebida desceu amarga, parecia uma labareda de fogo líquido queimando a garganta. Mas era apenas uísque caubói, ou seja, puro e sem gelo. Ramona preferia cerveja, normalmente se embebedava com cerveja, mas não naquela noite.

O salão country estava lotado, ainda que fosse dia de semana. Ocorre que a maior parte da clientela era composta de universitários, filhos dos fazendeiros abastados da região. Portanto, para eles, que não trabalhavam, qualquer dia era bom para se divertir.

Foi Jaque quem teve a ideia de chamar uns amigos para sair. O clima estava pesado demais no sítio após Ramona voltar da estrada. Ela se jogou na cama enquanto ouvia o barulho do cortador de grama trabalhar na propriedade. Thomas não terminou o serviço, mas prometeu voltar na manhã seguinte. Só que não foi para ela que ele avisou, e sim para Jaque. Depois de beijá-lo, sentiu-se estranha, meio que desconfortável em encará-lo. Afinal, ela o agarrou, não foi um beijo espontâneo entre ambos. A bem da verdade, desde o dia em que esbarrara nele, ali mesmo, no salão country, queria beijá-lo.

O cara era bonito, tinha um corpão e, de boca fechada, era como um príncipe encantado rústico e sistemático, um bruto cascudo másculo, cheiroso, um cara que desafiava as convenções. Por isso mesmo fora preso e cumpria pena trabalhando para ela, considerou, achando graça da situação dele.

Os amigos de Jaque eram estranhos. Ela os conheceu em tudo que era lugar de Santo Cristo, na fila do mercado, por exemplo, e também ao visitar o centro espírita. Ela pegava o telefone de todo mundo, fazia um grupo no WhatsApp e os desconhecidos acabavam se conhecendo. Quando se enchia da cara das pessoas, saía do grupo e bloqueava todo mundo. Depois os encontrava pela cidade e os cumprimentava como se fossem grandes amigos. Agora, em torno da mesa de canto, Ramona tentava beber uísque sem fazer careta vendo Jaque conversando com seus amigos: o médium, do centro espírita, de vinte e quatro anos, cabelo crespo e barba escura, e o ruivo, que aparentava menos de vinte anos, estudante de agronomia que fazia as compras do supermercado para a mãe e a avó, porque elas o sustentavam e ele precisava contribuir em casa de alguma forma, segundo o que ele lhes disse.

O cara do centro espírita pagou as rodadas de cerveja. Ramona deixou a bebida mais forte para quem tinha estômago para aguentar e topou esvaziar uma lata de cerveja após a outra. Até que o copo de uísque apareceu de volta para ela, como se estivessem numa roda de chimarrão ou do cachimbo da paz, cada um dando uma tragada na coisa. Ela bebeu um gole do uísque e empurrou o copo para Jaque.

— Vou ficar só na cerveja — avisou, sorvendo um bom gole da bebida gelada.

Não estava com ânimo para encarar um salão-country-da-vida, mas não era a primeira vez que saía para não se divertir. A ideia era apenas não pensar, remoer a desgraça a deixava mal a ponto de lhe causar uma dor de estômago daquelas. Aí teria que gastar com remédio. Preferiu assim aceitar o convite da amiga, se jogar no sofá que rodeava a mesa, beber todas e se entorpecer até esquecer o número de seu CPF, pois era o único documento cuja numeração ela sabia de cor.

Tudo ia bem... Ou melhor, tudo ia bem a caminho do coma alcoólico, quando começou a tocar "Entre tapas e beijos", de Leandro e Leonardo. A galera cantava junto na maior animação. Jaque pegou o médium pelo braço e o empurrou para a pista de dança. Ramona ignorou o olhar entre pálpebras semicerradas do universitário e fingiu se interessar pelos recém-chegados ao recinto, um par de gorilas de quase dois metros de altura. Ambos pararam no bar, e um deles olhou ao redor, como que caçando uma presa.

Quase cuspiu a bebida ao reconhecer Thomas Lancaster debaixo do chapéu preto, o jeans escuro apertado, a fivelona indiscreta chamando a atenção para aquela parte do seu corpo e a camisa de botões escura, talvez azul ou verde, a pouca iluminação do ambiente servia para incentivar a pegação e não para analisar a vestimenta do cliente.

Tentou se enfiar debaixo da mesa, embora quem esquadrinhasse com os olhos o recinto fosse o irmão dele, o tal Santiago. Thomas sentou-se na banqueta e fez sinal para o barman. Parecia mais interessado em beber do que socializar.

Como podia acontecer uma merda dessas? Ela saiu de casa para não pensar nas últimas tragédias de sua vida e dava de cara com uma delas.

Não queria ficar ali, sentada, olhando para ele feito uma boba. Mas também não tinha como voltar para o sítio sem a carona do médium. *Droga!* Deu uma olhada em direção à pista de dança, Jaque pulava e balançava os braços, energizada de álcool, e seu par mal saía do lugar, o único passinho era uma leve flexão dos joelhos.

Tentou levantar-se do sofazinho. Por Deus, como tentou!, mas alguém a segurava pelos tornozelos. Baixou a cabeça (pesada que só) e viu que não tinha ninguém debaixo da mesa. Tudo rodava e ao mesmo tempo parecia estático. Sabia que estava bêbada, era o que seu lado racional — boiando no álcool — tentava lhe dizer. *Calma, respira fundo, parece cocaína, mas é só tristeza... Renato Russo, é você?*

— Para de me olhar torto — ela xingou o estudante de agronomia.

— Como?

— De me olhar. Só vim curtir a música. — A língua grossa e pesada. — Por que não come um abacate?

— Acho que bebeu demais.

— Pedi a sua opinião? Me perdoa, não quis ser grossa, acho que bebi demais.

— Foi o que eu disse. — Ele arqueou uma sobrancelha.

— Não faz isso.

— O quê, gatinha? — perguntou com ar de sabidão.

— A sobrancelha, não levanta, parece um demente.

O cara lhe endereçou um olhar de macho ofendido.

— A Jaque me falou que você era uma garota interessante, mas até agora tudo que fez se limitou a encher a cara e arrotar.

— Não arrotei.

— Arrotou várias vezes — acusou-a.

Definitivamente aquele rapaz não era sua prioridade do momento, e sim o peão de rodeio. Precisava sair daquele canto antes que Thomas a visse. Bastava-lhe inclinar a cabeça e daria de cara com Ramona, e então ela precisaria cumprimentá-lo como se nada tivesse acontecido horas atrás. Nada aconteceu, a bem da verdade. Foi apenas um beijo. Ele a colocou no colo e correspondeu à carícia. Isso também aconteceu. Sentou-se nas coxas dele e não no pênis, diga-se de passagem, o que comprovava a inocência do ato. Ela lhe pediu consolo físico, e ele lhe deu. Nada mais do que isso. Não foi seu primeiro beijo; foi o melhor beijo.

— Epa, não vai me deixar sozinho na mesa. — O universitário puxou-a pelo pulso, e ela caiu sentada no sofá.

— O que é isso, meu chapa?

— Espera os dois voltarem da pista de dança.

O futuro agrônomo começou a gesticular com os braços para chamar a atenção de Jaque e do moreno como se estivesse manobrando um avião na pista do aeroporto. Um estardalhaço só. E, como se o movimento não fosse exagerado o suficiente para chamar a atenção de todos, ele começou a gritar o nome da amiga.

Ramona queria que um buraco se abrisse e a tragasse para seu interior. O álcool, espalhado na corrente sanguínea, parecia ter se transformado em cimento. Sentia o corpo duro, tenso. A paralisia da bebedeira. Acontecia com um ou outro. Tinha gente que bebia e se soltava; outros viravam planta com raiz. E esse era o seu caso. Presa na cadeira e na vergonha alheia. O ruivo da agronomia se virou para ela e, de repente, mudou de estratégia. Puxou-a pelos ombros e tentou beijá-la. Ramona esquivou-se a tempo de receber uma lambida na bochecha.

— Que nojo — reclamou, tentando se desvencilhar dele.

O rapaz não se deu por vencido. Pressionou-a contra o encosto do sofá e encurvou o corpo meio que por cima do dela, enquadrando-a no vão entre o sofá e a parede.

Ramona levou as mãos ao peito dele, procurando afastá-lo de si, e podia sentir o odor do bafo etílico da boca do outro... ou talvez viesse da sua própria.

— Não ouviu o que a moça falou?

A voz que rosnou parecia permeada de rispidez e desafio. Reconheceu-a como sendo a de Thomas, mas não teve coragem de olhar para ele.

O ruivo se afastou apenas para se virar e dizer ao caubói:

— O que você tem a ver conosco? — O tom era nitidamente de arrogância.

Ramona aspirou a fragrância da colônia masculina amadeirada com notas cítricas. Passara a tarde inteira com aquele cheiro delicioso impregnado na própria pele. Evitou inclusive tomar banho antes de trocar de roupa.

Em vez de ganhar uma resposta, o universitário foi presenteado por uma mão na gola de sua camisa e uma puxada com força, que o fez bater o joelho na cadeira do outro lado da mesa e depois tropeçar nas próprias pernas enquanto era carregado para fora do recinto.

— Me larga, seu caipira de bosta!

— O rapaz não entende o *não* de uma dama, é? — Thomas o levou até a porta e falou para o segurança do local: — O garotão aqui tentou se passar com uma cliente. Se eu o vir lá dentro de novo, vou quebrar a cara dele.

— Deixa comigo, Lancaster. — O segurança pegou no antebraço do jovem embriagado e o conduziu em direção ao estacionamento.

Ramona estava escorada na parede do hall de entrada e observou o desenrolar da cena. Notou quando Thomas tirou o chapéu e arou o cabelo quase loiro num gesto de impaciência. Antes de se virar, ele pendeu levemente para os lados, aparentando embriaguez. Retirou um cigarro da carteira e o acendeu. A ponta do fósforo lhe queimou os dedos, ele grunhiu e jogou o palito fora. Era nítido que havia bebido acima do normal, pois em seguida deixou o cigarro cair da boca. Inclinou-se para a frente e perdeu o equilíbrio, dando um passo adiante para firmar o corpo. Por pouco não deu de boca na calçada.

Resolveu ajudá-lo. Depois de três ou quatro passos, tropeçou nas próprias pernas e quase caiu. Sorte sua que tinha uma torre de carne e músculos para segurá-la. Agarrou-se no braço de Thomas.

— Oh, desculpa, acho que tive uma *verti-zen... vertiii-geeeem*. — O que havia acontecido com sua língua? Pesava uns dez quilos!

— Era para você estar em casa, de preferência na cama — ele falou, sério, segurando-a pelos antebraços.

O cabelo bagunçado, a barba por fazer, aquelas lindas ruguinhas em torno dos olhos... Ela não conseguia parar de olhar para as linhas profundas que lhe marcavam as mais de três décadas de vida.

— Somos dois bêbados na madrugada.

— Só você está bêbada — ele refutou, um sorriso de canto tão charmoso que ela se controlou para não o beijar.

— É melancolia.

— Não, é cerveja mesmo. Notei o mundaréu de garrafa na mesa do seu namoradinho.

— Mal conheço o cara.

— Ele não serve pra você.

— Mas não vou vesti-lo. — Riu pelo nariz.

Thomas a encarou como se a desnudasse no meio do estacionamento.

— Eu não disse que ele não serve *em* você, pa-tro-a. — Olhando-a de cima a baixo, continuou: — O juiz não me contou se você tinha namorado. Tenho que me preocupar com isso também?

— Hahaha, a minha vida sexual não é da sua *cunta*... conta.

— Tudo sobre você é da minha conta — ele rebateu, empertigando a coluna e enfiando os polegares no cós frontal do jeans.

— Essa frase podia ter saído da boca do meu tio — declarou, agora sem amenizar o tom de rispidez.

Thomas a atraía fisicamente, não podia negar, era uma questão de pele, de química, nada racional. A postura de macho alfa, no entanto, irritava-a. Ele tinha uma tendência natural a dar ordens, e ela viveu com um homem assim e fugiu dele.

— Não pensa que me ofende. O acordo que fiz com o seu tio será cumprido, e isso inclui a sua integridade física — disse com ar superior. — A senhorita voltará comigo, é só o tempo de eu chamar o Santiago para nos levar até o sítio.

— Vou ficar com a Jaque.

— Ela não é problema meu. — Deu-lhe as costas, provavelmente esperando que o seguisse. E, como ela se manteve imóvel apenas o observando se encaminhar de volta ao salão country, ele se virou e acrescentou: — Por mais que eu tenha enchido a cara, sou perfeitamente capaz de levá-la de arrasto. Quer, por gentileza, me acompanhar ou terei que bancar o homem das cavernas?

— Bancar? Que mais te falta para ser considerado um? — Cruzou os braços ao indagá-lo num tom de escárnio.

Ele a olhou detidamente como se a sondasse.

— Garotinha, você realmente não sabe com quem está lidando, não é? Um cabra que monta em lombo de touro de quase uma tonelada, correndo o risco de morrer ou ficar aleijado a qualquer momento, não é um homem que alguém quer como inimigo.

Ramona sentiu como se sua cabeça fosse uma panela de pressão prestes a explodir.

— *Peãozinho*, você também não me conhece — disse entre os dentes, sem elevar a voz. — Uma garota que sobreviveu a duas tragédias, sem um passado que conte a sua história e que vive numa cidade machista preservando-se como um espírito livre não é alguém que aceita ser mandada por macho. — Cruzou os braços junto ao peito, dando a entender que não lhe obedeceria.

O que Thomas Lancaster fez, contudo, obrigou Ramona a mudar de estratégia.

Capítulo dezesseis

Ramona se viu sozinha com Thomas no estacionamento do salão country. O segurança voltou para o interior do recinto. Assim, apenas a lua e as estrelas presenciaram a cena bizarra que se desenrolou a partir do momento que o caubói foi desafiado.

O impulso que ele deu ao próprio corpo se assemelhou ao de um touro tentando se escafeder do brete. Atordoada pelo álcool, ela o viu em câmera lenta, a perna esquerda se jogando para a frente e depois a direita, o tronco largo se locomovendo enquanto a cabeça perdia o chapéu. Mas a verdade era que ele parecia um felino se preparando para atacar, e tudo que ela tinha de fazer era correr, correr e correr.

Girou nos calcanhares e se pôs numa corrida através dos automóveis e picapes estacionados. A vantagem que tinha era o próprio tamanho, passava por espaços que o cavalão que a perseguia nem em sonhos conseguiria transpor. Ainda assim, ouvia com bastante nitidez o som das botas batendo contra o asfalto e um *puta merda* quando ele errava a fileira de automóveis pela qual escolhia alcançá-la.

Respirava pela boca quando sentiu que havia engolido um inseto. Na verdade, ele grudou na língua. Coisa mais nojenta! Tentou tirá-lo com os dedos sem deixar de correr. Mas o diabo do bicho escapou entre a gengiva e a parte interna da bochecha. Começou a cuspir meio que tentando expelir o desgraçado... obviamente já morto. Tal manobra a fez perder velocidade. Quando enfim cuspiu o inseto no chão, deu de cara com os fundos do salão country e o que viu foi uma parede de alvenaria e uma imensa lixeira vazia.

— E agora, nanica, vai pra onde?

Virou-se para trás, sabendo antecipadamente que estava encurralada entre a parede e Lancaster. Pensou em chutar o saco dele, mas precisaria chegar perto demais do homem. Podia tacar uma pedra nas guampas do arrogante, isso se tivesse uma por ali. Olhou para o asfalto pessimamente iluminado pelas lâmpadas amareladas dos postes públicos.

O que mais podia fazer?

Encarou o olhar desafiador de seu oponente. Uma voz dentro da sua cabeça gritou: *Render-se jamais!*

— Hã?

Endureceu a musculatura, preparando-se para se jogar contra ele e o derrubar. Agiria como um viking, mesmo tendo o tamanho de um pigmeu. Puxou todo o ar e estufou o peito. Sentiu que cresceu alguns centímetros. Era uma pena que havia cortado as unhas, senão teria garras afiadas para fatiar aquela cara de caubói fodão de pernas afastadas e mãos na cintura como se estivesse diante de uma criança mal-educada.

— OLHA A POLÍCIA!

Gritou e, assim que ele virou a cabeça para trás, jogou-se contra o tórax masculino. Esperava derrubá-lo no chão, pisar por cima e seguir em frente, voltando ao salão country. Encontraria Jaque e o médium se agarrando num canto ou à mesa bebendo um pouco mais e ficaria com os dois, empacando o romance, mas protegida do pau-mandado do juiz.

O que aconteceu, no entanto, desconcertou-a. Ela se chocou contra uma massa rígida de músculos, ossos e carne, firme, por sinal. E cheirosa.

Foi laçada na cintura por um par de braços que a impedia de se mover, o nariz enfiado na abertura da camisa dele, aspirando a fragrância amadeirada da colônia masculina, a boca tocando a tépida maciez de uma pele que um dia foi nívea e, agora, no entanto, puxava para a tez dourada, curtida pelo excesso de exposição ao sol. Era impossível se mover.

Presa nos braços de Thomas, fechou os olhos, absorvendo o momento. Algo acontecia ali. Era como se tudo tivesse parado ao redor. Ouvia apenas o ofegar da própria respiração. O cheiro dele a entontecia. A beleza sensual e agressiva dele a enfraquecia, roubava-lhe os pensamentos mais sensatos e a raiva que tentava nutrir por ele, pois precisava se proteger dos tipos dominadores. Mas se sentia tão frágil, tão pateticamente excitada que chegava a se envergonhar. Precisava escapar, fugir para algum lugar, como sempre fazia quando não conseguia lidar com a situação. Relaxou o corpo a fim de lhe dar a ideia de que cedia ao seu domínio.

— Por que você me dá tanto trabalho, Ramona?

Ele fez a pergunta num tom rouco de voz arrastada. E, para ela, soou como se estivessem na cama, suados depois de fazer sexo.

Não sabia o que responder, porque talvez a intenção não fosse lhe perguntar, e sim avisar que lutaria contra ela e sua rebeldia juvenil. Inútil, pelo visto, já que ele não desistia de uma boa briga. Será que tal fato se devia à personalidade forte? Ou por ser um peão de rodeio e a palavra *desistência* estivesse ligada a *resistência*? Ou talvez, simplesmente, por ser um cara endividado sem grandes escolhas na vida?

Ela jamais saberia.

O que importava no momento era bater em retirada o mais rápido possível. E não era para medir forças com Thomas, não mais. A necessidade de fuga se devia à sensação de perigo. Podia culpar o uísque, a cerveja, a ausência de uma vida sexual, a virilidade absurdamente lasciva do homem agarrado nela... Podia culpar até a noite quente pra diabo... A vontade de beijá-lo novamente era o perigo.

— É você quem me dá trabalho. — Ramona olhou para os lábios dele, os pontos de barba em torno, o queixo com a covinha.

— Nós não precisamos ser amigos, só temos que nos respeitar enquanto eu trabalhar pra você. — Ele estendeu-lhe a mão.

Era uma oferta de paz.

Tocou a palma da sua mão na dele, tão grande e de dedos longos, apertando-a levemente. Sentiu-o fechar a mão em torno da sua com delicada firmeza. Fitou-o quando não a soltou. Esperou encontrar um arzinho arrogante no seu rosto, mas não soube interpretar o que viu.

A sensação de perigo se dissipou. O que veio a seguir foi bem pior. Algo que lhe ocorrera no acostamento da estrada, quando foram ver os escombros do incêndio. A necessidade de *senti-lo*. Queria apenas tocá-lo.

— É assim que começa o domínio, com falsas promessas de paz — rebateu, puxando a mão, disposta a não ceder à própria vontade.

Mas ele não a deixou escapar. E, no instante seguinte, puxou-a para um abraço que não era um abraço, meio que a tirou do chão e a prensou contra a parede.

— Tem medo de ser dominada ou de gostar de se submeter a mim?

O beijo duro a impediu de responder. E, mesmo que tentasse articular um pensamento, nada proveitoso sairia de sua boca. Enlaçou-o no pescoço, aprofundando a carícia. Os dedos o tocaram na nuca quase raspada, sentindo a textura macia do cabelo curto. Gemeu baixinho quando ele penetrou a língua entre os seus lábios, buscando e chupando a sua. Devoravam-se num beijo longo e profundo.

Quando ameaçou se afastar, ela o buscou novamente, tomando o lábio inferior dele entre seus dentes, mordendo-o no canto, lambendo-o no queixo, deslizando a boca pelo contorno do pescoço, sentindo na língua o gosto da sua pele. Era bom, e ela queria mais. No entanto, Thomas a deteve, segurando o rosto dela entre as mãos e beijando-a na boca novamente. Depois lhe mordiscou o lóbulo da orelha, soprando para dentro as palavras num sussurro de urgência:

— Precisamos de mais do que isso.

Raspou o maxilar com a barba por fazer nos ombros dela, intercalando com pequenos beijos e mordidinhas eróticas, voltando para a curva do pescoço.

Afastou-se para encará-la, e ela viu o fogo no fundo dos olhos azuis dele.

Ele a girou no próprio eixo e a pôs de costas para si, o rosto contra a parede. Sentiu a rigidez da ereção contra seu corpo, fechou os olhos, arfou. No instante seguinte, a mão se enfiou por debaixo do seu vestido, o fundilho da calcinha foi afastado e ele a tocou intimamente.

Ramona ofegou, as pernas quase falharam ao sentir dois dedos deslizarem entre os lábios vaginais para, depois, contornar com delicadeza o clitóris sem o pressionar, apenas um toque suave. Brincou de boliná-lo, rodando o polegar no botão inchado e agora sim o friccionando numa masturbação feita por um homem que conhecia bem o corpo de uma mulher.

— Por favor... — gemeu, soltando uma golfada de ar.

— Quer que eu pare?

Fez que não com a cabeça, e ele acelerou o ritmo enquanto a outra mão soltava o cinto do jeans.

Ramona sentiu seus fluidos mornos encharcarem os dedos de Thomas.

Antes que ela alcançasse o topo do prazer, ele a virou para si, agarrando-a por trás na nuca e a beijando. Pegou-a no colo, o braço por baixo do traseiro feminino, e a trouxe para si. Ela enganchou as pernas na cintura dele, que se moveu para liberar o pau da roupa apertada. Empurrou-a com cuidado contra a parede e, sem deixar de beijá-la, pegou o pênis e o cutucou na entrada do seu sexo.

Ramona deixou escapar um gemido rouco e o abraçou nos ombros quando ele a penetrou devagar, deslocando os quadris a fim de deslizar o pau grande e grosso até o fundo. Ficou por ali, sem se mexer. Sentiu-o pulsar dentro de si. Contraiu os músculos da vagina e ouviu-o gemer, o rosto enterrado no ombro dela por entre seu cabelo.

Thomas suspendeu-a acima do pau e o enterrou novamente nela, segurando-a pela cintura. Ela colou-se nele como um ímã enquanto fodiam, gemendo alto, desesperados, enlouquecidos de tesão. Ela bateu o braço contra a lixeira ao lado, o barulho foi alto, mas não havia ninguém por perto.

— É loucura, mas não consigo parar. — A voz máscula tinha o tom do pesar e do desejo numa mistura excitante.

— Não para — ela pediu, sentindo as estocadas no ponto exato do prazer, que vinha numa sensação fina e longa, quente e poderosa como um trovão que explodiu por dentro, os estilhaços se espalharam por todo o seu corpo até alcançar o topo do crânio. Ela gritou com a boca amassada contra a camisa de Thomas.

Ele desceu as mãos e lhe apertou as nádegas, afastando-as e tornando a apalpá-las enquanto arremetia com mais e mais força até gozar forte, o corpo trêmulo, a respiração descompassada, a ejaculação expelida para dentro dela.

Continuaram abraçados.

Até que ele a pôs no chão e se recompôs, fechando o zíper da calça e ajeitando a camisa por cima. Parecia atordoado ou arrependido, ela não conseguiu avaliá-lo. De repente a lucidez tomou o lugar da embriaguez, pelo menos para ela. Thomas ainda demonstrava aquela lentidão dos movimentos típica de quem bebia demais. Tirou a carteira de cigarro do bolso traseiro do jeans e a deixou cair no chão. As mãos tremiam ao acender o cigarro com o fósforo. Tragou-o fundo e a fitou por entre a fumaça que exalou pelo nariz.

— Como se sente?

Que pergunta estranha.

Ajeitou-se no vestido e tentou sorrir.

— Está tudo bem.

— Tem certeza?

Ele se sentia culpado?

Procurou não o encarar, pois o clima não era de romantismo nem de intimidade, embora não soubesse decifrar o que acontecia ali.

— Certo. — Ele tragou mais uma vez o cigarro e arou o cabelo com os dedos antes de continuar: — O que acha de voltar para o sítio? Está tarde, e eu tenho um resto de mato para cortar logo cedo — argumentou com uma voz macia, persuasiva.

A energia para brigar se esgotou no sexo.

— Claro. Preciso avisar a Jaque para vir conosco.

Ele assentiu com um meneio de cabeça, olhando-a diretamente.

— Eu me enganei.

— É mesmo? — perguntou, aceitando o desafio de encarar o olhar que parecia lhe vasculhar a alma.

— Você é muito bonita, Ramona — disse, sério. E, sem esperar por sua reação, terminou de fumar e amassou com a bota o resto do cigarro jogado no chão.

Apesar do elogio, ainda se sentia deslocada, sem jeito, estranhamente constrangida. O sexo foi excelente, gozou nos braços de um homem gostoso, bonito acima da média, cheiroso e sexualmente experiente, um cara mais velho. Aliás, onze anos mais velho. Quis o que aconteceu, não foi estuprada, mas... O que explicar do vazio que ficou quando se separaram?

Ele estendeu-lhe a mão, e ela aceitou voltar para o salão country de mãos dadas, os dedos entrelaçados.

E o silêncio melancólico da falta de palavras.

Capítulo dezessete

À s vezes um homem fazia o que não devia. Essa foi a primeira frase que lhe veio à mente assim que amanheceu.

Thomas era um bebedor profissional — ainda que ficasse fora de órbita, não tinha ressaca. E, na noite anterior, o álcool não interferiu em suas ações nem lhe afetou a memória. Lembrava cada detalhe do que aconteceu e tinha quase certeza de que amargaria as consequências disso. Pouco se importava com o trabalho, a grana e o juiz. A consciência pesava em relação a Ramona. Ela era nova demais. A necessidade de lhe jogar na cara a tal da sua liberdade mostrava o quanto se sentia frágil, como se a qualquer momento alguém a aprisionasse numa suposta masmorra. Por Deus, ele nunca fez sexo com uma garota, com alguém tão jovem assim. Onde estava com a cabeça? Por que não se controlou?

A culpa foi daquele beijo na estrada, pensou, sentando-se na cama depois de empurrar o lençol de cima do corpo nu. Quando ela disse que o *sentiu*, a princípio não compreendeu. Mas depois, já em casa, a sentença pareceu fazer sentido. Porque ele também a *sentiu*. A parte complicada era entender a lógica dessa porra.

— Se é que tem alguma lógica — resmungou a caminho do banheiro.

Fez um bom xixi e depois se postou debaixo do chuveiro, a água nunca era fria, os canos eram aquecidos pelo sol escaldante do Centro-Oeste. Deixou um jato d'água bater forte na nuca enquanto pensava na merda feita. Diabos, transou com a patroa! Agora ia ter que comer na mão dela. Que ótimo, deu-lhe munição para chantageá-lo perante o juiz. Se a coisa se espalhasse e chegasse até os ouvidos biônicos da mãe, seria obrigado a ouvir o Sermão da Montanha até sua próxima encarnação. Uma escorregada, e o cabra descia ladeira a baixo. A bem da verdade, duas. Era sua segunda pisada na jaca, e o ano nem tinha acabado.

Secou-se rapidamente e se vestiu. Não estava com fome nem humor para sentar-se à mesa do café da manhã. Pisou leve para não chamar a atenção de nenhum Lancaster se preparando para o desjejum. Teve sorte ao chegar à porta e sair sem ser interpelado.

Na noite passada, Santiago os levou até o sítio sem fazer pergunta. Contrariado por ser tirado do salão country antes de arranjar uma cavala má, emburrou-se ao volante. Era certo que não se sentiu atraído por Jaqueline. O irmão era como ele, gostava de mulher adulta, experiente e sacana. A mãe os chamava de bagaceiros. Coisa feia de dizer a um filho. O pior era que a velhota falava a verdade. O Lancaster menos pornô era o primogênito, embora tivesse um passado que o condenava, mulherengo que só. Agora, um cordeiro em pele de lobo. O que o amor fazia com um cabra. Arrancava-lhe as bolas sem dó nem piedade, e ele até agradecia, sorrindo o melhor sorriso apaixonado. Esse era Mário, o bruto sem bolas.

Saiu da picape, já olhando ao redor à procura de Ramona. Precisavam ter uma conversa decente. Pelo menos agora ambos estariam sóbrios. Queria ser honesto com ela, deixar tudo bem claro, sem ilusões ou canalhices. Ele não era *hômi* de namorar, passear no parque, tomar sorvete ou cavalgar pela fazenda ao pôr do sol. Não era romântico, não falava frases floridas e o máximo de elogio que ouviam de sua boca era *Você é muito bonita*. Cavalheiro, do tipo que abria portas de veículos ou afastava cadeiras para as damas, de jeito nenhum. Pedia delas o que lhes oferecia, na mesma medida, achava justo. E isso significava que não tinha muitos pedidos a lhes fazer. E, apesar de ser casca-grossa, estava disposto a amar alguém, pois não tinha problema psicológico, trauma, tormento, demônios ou o que fosse. Só que ele se dava o merecido valor. Para seguir a vida ao seu lado, aceitaria tão somente uma mulher de verdade, vivida, inteligente, fêmea alfa criada na dureza da vida. Se encontrasse alguém assim, bem desse jeito, casava com ela. E continuava a não ser romântico.

Mas, com certeza, ela montaria no melhor touro.

* * *

A dor nas têmporas era latejante, alguém martelava um prego dentro de sua cabeça. Para piorar a situação, sentia náuseas, a saliva grossa e a garganta seca.

De repente precisou disparar rumo ao banheiro. Atravessou o corredor, empurrou a porta e mal teve tempo de levantar a tampa da privada, vomitou. Uma, duas, três golfadas.

— Nossa, você passou muito da conta ontem, hein?

Como podia responder à Jaque que havia bebido o de sempre se estava com a cara enfiada na privada? O próximo jato foi do suco gástrico.

Lavou o rosto na torneira da pia e escovou os dentes. O toque do cabo da escova provocou uma nova ânsia de vômito. Cuspiu um caldo grosso na pia mesmo. Depois lavou novamente o rosto e a boca com água. Secou-se e se virou para a amiga, que a observava da soleira da porta, a caneca de café preto na mão. O cheiro da bebida era repugnante.

— Cadê a sua ressaca?

— Sei beber, minha lindinha — debochou, sorrindo como uma menina travessa.

— Antes de ontem eu sabia, acho que esqueci.

— A nossa farmacinha está vazia de remédios. Vou pedir ao Thomas para que nos traga um antiácido da cidade antes de vir ao sítio.

— Nada disso, vou tomar um chá de malva.

— Melhor ainda.

Foi para a cozinha sentindo-se aliviada, embora a cabeça continuasse a doer. Colocou água na chaleira e a levou para o fogão. Riscou o fósforo e acendeu a boca. Da janela aberta, vinha um ventinho morno das oito da manhã. Thomas, portanto, estava atrasado.

— Precisamos conversar sobre um assunto bem sério... — a amiga começou a falar, sentada à mesa, a caneca entre as mãos e o semblante fechado.

— Olha, foi só sexo, entendeu?

— Hã? A gente transou ontem?

— Você transou?

— Comigo, Ramona?

— O quê?

Jaque se pôs de pé num pulo.

— Não me lembro de nós duas termos posto as aranhas pra brigar.

— Que aranha? A Creonice não foi conosco. — Instintivamente Ramona relançou o olhar para o amplo aquário, tampado e sem água, ao lado do reservatório maior, com pedra terráquea quente, onde Mana, a jiboia de dois metros, passava a noite.

Jaque também olhava para Creonice.

— Claro que ela não foi. Pelo amor de Deus, você usou LSD?

— Não — Ramona respondeu, confusa. — Eu não sei sobre o que estamos falando.

— Tudo bem — respirou fundo e voltou a se sentar. — Vamos deixar claro que nós duas não somos amantes, certo? Porque obviamente eu lembraria disso. Não sou lésbica, seria um trauma e tanto saber que fiz sexo com você.

— Mas você não fez sexo comigo, sua doida — falou, abrindo a caixinha dos remédios. — Por acaso, não temos nem um paracetamolzinho?

— Ah, isso temos, sim. Quem é que vive sem esse veneno em casa, né?

Ramona encontrou os comprimidos de analgésico no fundo da gaveta. Encheu um copo com água e ingeriu um deles. Depois se voltou para Jaque e retomou a conversa:

— Reparou que os Lancaster nos trouxeram para casa?

— Sim, senhorita, eu não estava bêbada — declarou em tom afetado.

— E não achou estranho?

— Ué, ele é o seu empregado — observou, dando de ombros de modo displicente.

— Acontece que não o chamei para nos buscar, ele já estava lá. A gente se encontrou por acaso.

— Amiga, eles sempre estão por lá, é a segunda casa daqueles dois. Viu como o Santiago é grosso? Nem nos cumprimentou.

— Como se o Thomas fosse um lorde — resmungou.

— Mas já estamos acostumadas com aquele ogro lindo.

— Gosta dele? — sondou-a.

— Por que está me perguntando isso?

Ramona puxou uma cadeira e sentou-se diante da amiga. Mordeu o lábio inferior, incerta de como entrar no assunto. Contudo, só havia uma maneira de abordá-lo.

— Fiz sexo com o Thomas. — De modo direto. — Só sexo, não estamos apaixonados, viu? Acho que você tem uma quedinha por ele, não é?

Jaque arregalou os olhos.

— Por Madonna e David Bowie!

— Estávamos um pouquinho bêbados — justificou-se.

— Aquele cara é enorme, como aguentou?

— Acha que é essa a parte importante do ocorrido? — indagou, num misto de incredulidade e impaciência.

— Bom, a parte *acho que você tem uma quedinha por ele* me pareceu uma viagem daquelas, mas... se quer falar sobre isso... — Mais uma vez deu de ombros antes de continuar: — O Thomas é gostoso, mas não é pro nosso bico. Sei disso faz tempo, Ramona, antes de ele aparecer aqui como empregado seu... ou do juiz.

— Também sei. Por isso mencionei que só foi sexo.

— Ele devia estar muito bêbado.

— Uau, obrigada. — Fez uma careta.

— Não me entenda mal, você é linda, uma bonequinha de cabelo longo e franjinha. Só que ele só anda com vagaba, entende? É um bruto libertino. — Riu-se.

— Transamos ao lado de uma lixeira — comentou, balançando a cabeça com pesar. — Agi por impulso.

— O corpo falou e você o ouviu, tudo bem, segue em frente. Não acabou de me dizer que foi só sexo? Olha, tive transas que me divertiram tanto quanto uma sessão de cinema...

— Mas é que eu tenho uma quedinha por ele — interrompeu-a, confessando sem jeito. — Não é amor... — Parou de falar, pois lhe faltou palavra.

— Ah, ele é o seu *crush*. — Riu alto.

— Acho que está mais para cruz, sabe? Aquela que Jesus carregou nas costas — comentou, desanimada. — Ele me irrita demais e, pra falar a verdade, depois que transamos me senti vazia. Foi como se um não servisse pro outro, não sei como explicar.

— Ah, mas eu sei. — Apertou a boca como se ponderasse a respeito. Em seguida, continuou: — Ele correspondeu à vontade do seu corpo, mas negligenciou a da alma. Acho que essa angústia é quando os sentimentos se perdem num ato sem sentido... — Ela estalou os dedos no ar em busca das palavras que faltaram a Ramona. — É como se de repente uma parte sua se sentisse roubada pela outra. No caso, o seu coração esperava mais, queria mais e ficou a ver navios. Ao passo que a vagina se esbaldou. Fica esse conflito, sabe? Coração versus vagina — concluiu de modo brincalhão.

— Talvez seja isso. Mas a verdade é que não gosto de gostar dele. — Baixou a cabeça, sentindo-se péssima. — Eu me recuso a alimentar qualquer migalha de sentimento pela espécie de cara que ele representa, me recuso — repetiu, irritada consigo mesma.

— Você é contra os peões de rodeio? Acha mesmo que eles machucam os touros?

Fitou Jaque, que a olhava de cenho franzido.

— Quis dizer o macho alfa que se acha o fodão.

— O juiz não é macho alfa.

— O que o meu tio tem a ver com o papo?

— Tudo, ora. Você não gosta de caras autoconfiantes porque os relaciona a comando, ao seu tio controlador, possessivo, chato pra cacete. O cabra que é, de fato, macho alfa se garante, não faz cerco, não dita regras. Eu não sei qual é a do juiz, mas tenho certeza de que não é a mesma do caubói.

— Homem é tudo igual.

— Frase feita — reclamou Jaque. — Já fomos melhores que isso, não, amiga?

Ramona apertou as têmporas a fim de relaxar a pressão.

— Nunca mais vou beber.

— Nem trepar com o Thomas? — A voz saiu num tom malicioso. Em seguida, espichou o braço e disse: — Me dá aqui essa mãozinha cheia de dedos. A conversa sobre o brutão está encerrada? Posso retomar o assunto inicial?

Ramona olhou com desconfiança para a mão estendida.

— É muito sério mesmo? Nada de afagar antes de machucar.

Jaque riu alto e a puxou para beijá-la na bochecha.

— Jamais serei uma pessoa séria, me recuso, me recuso! — imitou-a, batendo o punho na mesa.

— Palhaça.

— Mas preciso voltar a trabalhar como uma pessoa comum, uma pobre-diaba assalariada.

— Ainda tenho um pouco do dinheiro da herança no banco, pelo menos para mais alguns meses — Ramona argumentou. — Logo começarei a trabalhar no centro e você pode vender comigo.

— Para de ser possessiva, moça — brincou, para, em seguida, argumentar: — Quero ter um emprego, algo mais consistente, me virar sozinha.

— Vai me deixar? — perguntou, apreensiva.

— Agora você está bem parecida com o juiz — rebateu, contrariada. — Cada uma tem a sua vida, não é? Sou borboleta, e não árvore com raiz. Vivemos há anos juntinhas, mas um dia talvez eu queira morar sozinha ou com um roqueiro jeca, sei lá. Sempre vou te amar, porque você é a minha melhor amiga e isso jamais vai mudar. Viu, até rimou.

Ouviu a chaleira chiar, levantou-se e fez o chá. Ficou de costas para Jaque, pois não queria que visse suas lágrimas. Tudo que tinha em termos de família era a amiga e os bichos do sítio. O tio era aquele parente que se mantinha a uma distância segura. Família eram as pessoas, com ou sem patas, que a gente amava de verdade.

— Bom dia, peão. Esse atraso será descontado do seu salário. — Ouviu a voz de Jaque.

Thomas estava à porta e, assim que Ramona se virou, pregou seus olhos nos dela.

— Bom dia — disse ele, sem deixar de encará-la. — Precisamos conversar.

— Vixe, hoje é o dia da Ramona sair de uma reunião e entrar em outra — declarou Jaque de modo divertido.

— Depois, Thomas — respondeu a ele, dando-lhe as costas para preparar o chá. — Pode pegar o cortador e acabar o serviço que deixou pendente.

Por um momento, considerou que ele ainda estivesse à porta, incomodado com o tom de voz seco e firme que ela usou. Sorveu um gole do chá antes de se voltar e não mais o ver.

— O caubói magia perdeu o rebolado. Acho que não esperava essa frieza toda. Amiga, você é uma atriz e tanto — zombou, abraçando-a por trás. — Sei que as lágrimas são por minha causa. Para de ser sonsa, ainda vou continuar te azucrinando feito um espírito zombeteiro, ok?

Abraçou Jaque com força e deitou a cabeça no peito dela.

— Me perdoa ser carente desse jeito.

— Pensei que fosse amor, sua vaca.

— Claro que é amor. — Afastou-se para fitá-la. — É um amor meio egoísta, quero você comigo, na minha vida, e não voando feito uma borboleta bêbada por aí.

Jaque gargalhou tão alto que a cachorrada correu para elas, pensando que estavam de brincadeira.

Depois de trocar de roupa, Ramona foi até Thomas para a tal conversinha. Esperava ter estômago para aguentá-la. Pressentia que ouviria um papo pra lá de machista.

Bem, ela tinha mão pra quê, né?

Pra voar na cara do peão.

* * *

Dava gosto ver o gramado baixo feito um tapete verde com nuances amareladas pela ação do sol. Por mais que a propriedade fosse de pequeno porte, ainda assim era um lugar amplo contornado pela cerca de arame farpado e salpicado por árvores de médio e grande portes, os troncos largos e as copas frondosas.

Diante da casa havia um jardim que precisava de atenção. As flores eram regadas, já que chovia pouco naquela época do ano. Mas Jaque não gostava de lidar com jardinagem, e Ramona pouco entendia. O sítio foi comprado para se tornar um refúgio, um lugar para se esconder de quem a levou ao esgotamento mental. Anos atrás, ela praticamente entrou em pane com o excesso de obrigações e a pressão do tio por resultados. Ele queria mantê-

-la ocupada, treinando-a para ser uma futura adulta perfeita. A bem da verdade, a ideia era ocupá-la a maior parte do dia, além da escola, para que tivesse uma vida prática útil. No fundo, ele não sabia como lidar com uma adolescente. E, por medo de errar deixando-a solta demais, sufocou-a.

Thomas tirou a camisa e a amarrou ao redor da própria cabeça. O tórax e o dorso úmidos de suor. Ela deu uma boa olhada no peito sem pelos e no abdômen trincado. Considerou que treinasse em uma academia, afinal de contas, a montaria em touros exigia um bom preparo físico.

Balançou a cabeça, tentando afastar tais pensamentos que não levavam a nada. Ramona estava decidida a não perder de vista que ele estava ali a mando do tio dela.

Aproximou-se o suficiente apenas para ser notada. Quando ele saiu do trator, deu uma olhada nela e falou:

— A grama ficou do seu agrado? — O tom era nitidamente de zombaria.

Olhou em volta com estudado desinteresse.

— Sim, até que ficou legal.

— Ótimo. Agora vou consertar o buraco na cerca lá de trás do celeiro — falou, pegando as luvas de trabalho e as enfiando no cós do jeans.

— Fica à vontade para meter a mão na massa. — Tentou parecer displicente.

Ele tirou a camisa enrolada na cabeça e a usou para secar a testa e as axilas. Depois a esticou sobre o banco do trator cortador de grama. Foi até o registro da torneira do jardim e o abriu, a água jorrou da mangueira. E foi dali que ele a bebeu e, em seguida, lavou o rosto e a nuca.

Ramona continuou a observá-lo sem sair do lugar, à espera do momento oportuno para lembrá-lo da conversa pendente. Assim que ele voltou, com o cabelo úmido bagunçado e um leve sorriso, falou:

— Vomitou?

Que linda pergunta.
— É sobre isso que queria falar comigo? — questionou, ríspida.
— Notei a sua palidez. — Apontou para o rosto dela. — Ressaca é foda, não?

Ela suspirou, resignada.

— Pois é, passei mal.
— Hum, e já não é a primeira vez que bebe demais — considerou sem deixar de sorrir. — Deu para perceber que o seu corpo detesta álcool?
— O que o corpo faz a alma perdoa. Conhece essa música? — debochou.
— Não — respondeu, vasculhando-lhe o olhar. Em seguida, completou: — A dona Albertina, matriarca dos Lancaster, me mandou convidar a patroa para o almoço de domingo lá na fazenda.

Ramona ficou sem jeito.

E sem saber o que responder.

— Por quê?
— A minha mãe é uma velha amiga do seu tio. Não tão amiga assim, uma vez que nem se visitam.
— Não me lembro de ver a dona Albertina na casa do meu tio — considerou, intrigada.
— Bom, eles eram amigos, e não melhores amigos. Acho que o seu tio irrita a minha mãe.
— Acredito que vou simpatizar com ela.
— Ah, isso é bem possível, a velhota é meio hippie. Inclusive tem um brinco seu... quero dizer, que comprou da sua extinta barraca.

Sentiu as bochechas arderem.

— Ela me conhece?
— Sim, dona patroa. — Piscou o olho pra ela.

Ramona sorriu.

— Agradeço o convite, mas prefiro manter o nosso relacionamento estritamente profissional, ok?

— Tudo bem, mas não sou eu quem está te convidando. — Sentou-se no banco do trator e a analisou: — A minha mãe é gente boa.

— Eu sei, mas... — ela parou de falar, pois iria se repetir.

— Olha, Ramona, vamos pôr as cartas na mesa, certo? — Quando ela fez que sim com a cabeça, ele retomou: — Apesar de você ser praticamente uma adolescente, sei que é madura e responsável. Ontem eu não fiz sexo com uma menininha, mas também não posso deixar de lado o fato de que você estava embriagada...

— Você também — acusou-o.

— Pensa que sou ingênuo? Sou macaco velho, não fui seduzido por você — justificou-se.

— Ah, por acaso está tentando me dizer que você se aproveitou de mim? Está se sentindo culpado porque transou com uma garota bêbada? — escarneceu.

— Não.

— Por favor, já ouvi desculpas melhores de caras que se arrependeram de ter feito sexo comigo.

— Do que está falando? Eu não me arrependi.

— Aham, sei.

— A questão é que estávamos bêbados e fizemos besteira, só isso.

— Não, fizemos sexo, e não *besteira*.

— Que seja.

— E daí? Vai pedir demissão? — provocou-o.

— Se você não quiser me ver mais, tudo bem, eu peço.

— E as suas dívidas? Nossa, Thomas, você é um cretino, viu? — acusou-o, balançando a cabeça com pesar.

— É esse ponto aonde quero chegar. Não sirvo para ser namorado de garotinhas, entendeu?

— Acha mesmo que depois daquele sexo meia-boca vou querer te namorar? — Olhou-o de cima a baixo.

— Não gostou? — Ele pareceu confuso.

— O que acha? Oito segundos na montaria e já desaba?

Ele estreitou as pálpebras, avaliando-a com ar desconfiado.

— Admito que não foi o meu melhor desempenho e sinceramente lhe peço desculpas. Mas você também não me ajudou em nada, toda bonita e cheirosa, um beijo gostoso, um corpo delicioso, fiquei louco e duro e parti pra cima — disse, cruzando os braços diante do peito. — Você me atrai, Ramona. O que é uma merda. Vim para cá disposto a lhe dizer que realmente não namoro, que o meu negócio é foder e ponto-final. Faço esse discurso há anos para as mulheres que se metem comigo, não quero mentir, iludir ou enganar ninguém. Sou um cabra livre e pobre pra cacete. O fazendeiro é o meu irmão, eu mesmo não tenho onde cair morto. É isso aí — falou sério, embora houvesse um rastro de desilusão e amargor.

— Bem, gostei da sua honestidade. — Estendeu-lhe a mão, e ele aceitou o gesto, tomando-a na sua. — A minha vida afetiva se resume a sexo casual, você não é o primeiro. Dito isso, acho que não precisamos mudar nada no arranjo entre você e o meu tio. A noite de ontem será esquecida, e a vida segue.

— Está me dispensando como amante? — Fechou um olho, pois o sol bateu em cheio nele.

— Acho que você me dispensou antes.

— Só disse que não namoro.

— Bem... — Ela não sabia o que dizer. A mão presa na dele, os olhos a fulminando de azul, a mudança no rumo da prosa. — O que quer dizer com isso, afinal?

— Eu já disse, mas posso repetir. — Ele a puxou para os seus braços e, erguendo-lhe o queixo, a encarou. — Você me atrai. É diferente de todas as mulheres que tive, e isso me confunde também. Quero que saiba que estou à sua disposição caso queira repetir a dose de ontem. Evidentemente não será de pé ao lado de uma lixeira.

— Está me propondo sexo?

— Sexo e muito carinho. — Sorriu, beijando-a na ponta do nariz.

— Entendi — considerou, olhando-o sem desviar. — E aí eu entrarei na sua agenda de contatos.

— De forma alguma, sei o número do seu celular de cor — rebateu de modo travesso.

Ela o empurrou levemente no peito a fim de se afastar, e ele cedeu, deixando-a livre.

— Imagino que a palavra *exclusividade* não faça parte do seu vocabulário — sondou-o.

— Imaginou certo.

— Acho pouco o que você me oferece — declarou serenamente.

— Pra falar a verdade, pensei que fosse me esbofetear — assumiu Thomas, sorrindo sem jeito. — Mas eu tinha que tentar, não é?

— Claro que sim. Você é um homem e está no seu direito fazer qualquer proposta a uma mulher, mesmo as mais ridículas — ironizou sem deixar de sorrir.

— Não entendo o problema, *fia*. Você é mulher e poderia me fazer a mesma proposta. Aliás, não é isso que as mulheres querem, direitos iguais? — falou sério, na voz modulada num timbre suave. — Estou lhe propondo o mesmo estilo de vida de um homem como eu, o da liberdade sexual. Acho que temos um conflito aqui. É estranho que você se autointitule um espírito livre e independente se quer me prender a um compromisso. Resolve suas questões internas e depois me procura — acrescentou, antes de se levantar do trator e lhe dar as costas.

— Não vou te procurar.

Viu-o parar no meio do caminho e se voltar para ela.

— Orgulhosa. — Suspirou pesado e, depois de esfregar os maxilares, prosseguiu: — Olha, pelo menos vai almoçar lá na fazenda, a minha mãe quer te conhecer, e a gente não costuma contrariar a coroa.

— A gente quem?

— Eu e os dois trastes.

Achou graça de como ele se referiu aos irmãos, mas não riu.

— Vou pensar.

— É para levar a cartomante.

— A Jaque quer trabalhar no comércio ou coisa assim.

— Ah. — Ele pareceu assimilar a notícia e depois perguntou: — O que aconteceu com a diaba?

— Quer mudar de vida, só isso.

— Mais um motivo para você se aproximar dos Lancaster, assim terá mais amigos. A Natália, noiva do Mário, é elegante e sincera. Vai gostar dela — disse num tom de deboche.

— Aviso você.

— Domingo agora, ok?

— Eu não disse que vou.

— Certo, pedirei ao juiz para que venha visitá-la no domingo. O que acha?

— Você tem problemas para ouvir um *não*?

— Não — respondeu, endereçando-lhe um sorriso charmoso. — Mas eu queria muito que aceitasse.

Ramona ponderou por alguns minutos, sentindo o olhar do caubói sobre si.

— Tudo bem, mas quero deixar as coisas acertadas entre nós.

— Já sei, nada de sexo.

— Isso mesmo.

Ele baixou a cabeça e, quando a ergueu, exalou o ar com força.

— Vai ser dureza te ver por aí, toda linda, e não poder te tocar. Só não me peça para esquecer a noite de ontem.

— Tenho certeza de que você esquecerá por conta própria. — Ela sorriu.

— Ok, mereci, patroa — considerou, resignado, batendo em retirada.

Capítulo dezoito

O convite para o almoço de domingo foi antecipado para um jantar no sábado. Segundo Thomas, dona Albertina queria mostrar a Ramona e a Jaque como era uma roda de viola das boas, debaixo do teto rebaixado do alpendre, saboreando sua especialidade não premiada: a torta de caju.

Tudo que ela esperava da Fazenda Majestade do Cerrado se confirmou quando a picape passou pela porteira, aberta por um vaqueiro.

— E aí, Zé Paixão? — cumprimentou-o Thomas, tocando na aba do próprio chapéu enquanto exibia um sorriso debochado. Assim que se afastaram, ele se voltou para ela, sentada ao seu lado, e confidenciou: — Esse cabra esquelético, de barbicha rala e olhar de peixe morto tem duas namoradas, uma sabe da outra, e elas não brigam. Diz o Santiago que são apaixonadas pelo bicho feio. — Riu-se.

— O sobrenome dele é *Paixão*? — perguntou Ramona, curiosa, observando a estradinha de cascalhos cercada em ambos os lados por um bonito bosque.

— Não faço a menor ideia.

— Como é grande essa fazenda, ca-ram-ba! — exclamou Jaque, do banco de trás. — Olha lá as vaquinhas passeando!

— Pastando — corrigiu-a Lancaster. — Quem vê pensa que é da capital — provocou-a.

— Sou de Cuiabá, sim, mas fugi de lá. Peguei carona e parei em Santo Cristo. Achei legal essa simplicidade. Uma noite antes de eu passar a minha primeira madrugada no olho da rua, entrei num bar, pedi uma bebida e uma garota achou que eu fosse sapatão. Aí conheci o amor da minha vida, que agora é neurótica e quer se casar comigo, a sua patroa.

Thomas estacionou diante do amplo avarandado, e Ramona reconheceu Mário e a noiva, Natália, esperando-os ao pé da escada.

— O que deu em você para tagarelar desse jeito? Normalmente é tão calada.

— O clima familiar, senhor sarcasmo, me deixa nervosa — confessou Jaque. — Tenho alergia a jantares de família.

— Calma, a família não é sua. — Ramona virou-se para trás e a confortou. — Aqui é um ambiente seguro.

Jaqueline respirava pela boca, ressecando-a, o que salientava sua palidez.

— O que ela tem? — Thomas a fitou, parecendo preocupado.

Ramona saiu da picape antes de lhe responder e abriu a porta do banco de trás. Pegou as mãos de Jaque e a fez se voltar para si. Precisava tirá-la da bolha de ansiedade que a asfixiava.

Ela entendia o motivo de Jaqueline acreditar que havia fugido da família. Era melhor acreditar nisso do que lembrar a dor de ter sido expulsa de casa pela mãe.

— Olha para mim — pediu e, quando a amiga a fitou, falou numa voz suave: — *O amor que habita em mim saúda o amor que habita em você.*

Jaque expirou o ar aos pouquinhos pela boca, parecendo retomar o controle de suas emoções. Tentou sorrir por baixo das sardas, os olhos cintilavam as lágrimas não derrubadas, e a voz saiu num sussurro:

— *O amor que habita em mim saúda o amor que habita em você.*

— Tudo certo, né? — Ramona tomou-lhe o rosto entre as mãos e encostou a testa na dela. — Vamos ver os caubóis bonitões?

* * *

Thomas sentou-se na amurada do alpendre. Bebeu um gole de pinga e olhou para o entorno, a noite varrida pela escuridão. Não muito longe uma e outra vaca mugiam, os cães latiam e os grilos demonstravam disposição para o canto noturno. Ao longo das últimas semanas, desde que fora preso, não se sentia tão bem como agora. Queria aproveitar esse sentimento antes que se dissipasse.

Tirou o cigarro de trás da orelha e o acendeu. A labareda do fogo na ponta do fósforo iluminou a silhueta da garota miúda. Tragou fundo o cigarro, fitando-a sem desviar. Ramona era do bem. A cena que presenciou na chegada, quando acalmou a amiga, mostrou-lhe sua essência. Temia, portanto, machucá-la com sua rudeza e seu estilo de vida desapegado em relação às mulheres.

— Dona Albertina quer adotá-la — disse, balançando a cabeça simulando pesar. — Já imagino a Majestade do Cerrado virando uma comunidade hippie.

— Ela é um amor.

— Viu de onde veio o meu charme? — provocou-a.

— Engraçado, achei o Santiago mais parecido com ela — devolveu-lhe a provocação.

Antes que ele tivesse chance de rebater, ouviu a matriarca berrar lá da sala:

— VAMOS PARA O ALPENDRE QUE A RODA DE VIOLA VAI COMEÇAR!

— Mãe, a senhora quer um alto-falante de presente de Natal?

— Claro, Santiago, assim eu tenho o que jogar nas suas guampas!

A risada do irmão ressoou alta, junto com a de Jaque, que também ria de modo escandaloso.

— Parece que eles estão se divertindo. — Thomas entortou o canto da boca para baixo. — Uma coisa tenho que admitir, os Lancaster não batem bem da cabeça. O único que pensava direito era o meu pai.

— Ah, a bonequinha está aí. — Ouviu dona Albertina dizer, aproximando-se de ambos. — Você me disse que ela era mandona, mas não é nada. — Bateu no ombro do filho.

— Ela é, sim — garantiu ele, arqueando as sobrancelhas de modo significativo. — Tem o gênio do cão nesse corpo de joaninha.

— Joaninha? — A matriarca franziu o cenho e, depois, se virou para Ramona e a olhou de cima a baixo. — Mas não é que parece mesmo uma joaninha! Bonita e pequenininha, dá até para guardar num pote.

— Acho que estou com ciúme. — A noiva de Mário era uma loira linda, que se vestia de modo simples e elegante. Era dona de uma pizzaria que fazia bastante sucesso, pois era afastada do centro comercial, na região das fazendas. Um ambiente rústico com certa sofisticação. Ramona conhecia de longe apenas a fachada, que indicava o alto poder aquisitivo da clientela. Abraçada à sogra, continuou: — Não sei se estou preparada para deixar de ser sua filha mais nova. — Beijou a senhorinha na bochecha.

Era nítido que as duas se davam bem como se fossem mãe e filha. Notou isso ao longo do jantar. O carinho de Natália para com a sogra, servindo-lhe o prato, separando cada porção de comida de modo a não se tocarem, o que lhe pareceu natural, era assim que ela comia também. Tinha de sentir o gosto de cada alimento, e não o resultado da mistura deles. Viu quando Mário discretamente chamou a atenção de Thomas para o prato dela e depois apontou para o da própria mãe. Assimilou a comparação. Recebeu um olhar de aprovação do Lancaster-número-dois, como ouviu Natália o chamar.

— Sou apenas a patroa do Thomas. — Achou por bem informar à futura senhora Lancaster.

— E minha amiga — completou ele.

— Ah, eu pensei, me enganei... — Natália sorriu, constrangida, endereçando um olhar de socorro ao noivo.

— Na verdade, a Natália achou que vocês estavam namorando, mas a culpa é minha — veio Mário em auxílio da noiva, abraçando-a por trás. — Ontem o Thomas não parava de falar em você, concluí que tinham se acertado.

Percebeu a troca de olhares entre os irmãos. Fato era que Mário tentava consertar o deslize da noiva, jogando a culpa em Thomas, que mal se mexeu onde estava.

— Falei que vomitou até as tripas depois de encher a cara.

Claro que o idiota tinha que se manifestar!

— É que não sou alcoólatra como você — rebateu, tentando amenizar a rispidez da voz.

— Porque é um bebê que mal saiu das fraldas.

— E o senhor é um velho que logo precisará usar as geriátricas.

— Se você fizer a troca e passar talquinho no meu bumbum, podemos começar hoje mesmo — provocou-a, estreitando as pálpebras.

Ouviu um "*uhuuu*" e pareceu-lhe ser a voz de Santiago, pelo visto, o Lancaster mais gaiato.

— Aposto dez paus que a Ramona vai vencer essa troca de farpas — Jaqueline provocou.

— O meu filho é desbocado, mas acato a sua aposta e ponho mais dez. Dez mil, você quis dizer, é não?

— Dona Albertina, nunca vi dez mil reais na vida! — gargalhou, acompanhada pela matriarca.

— O show acabou, meu povo — disse Thomas, pulando da amurada. — Os caras da viola querem tocar, e eu não tenho pretensão de fazer uma garotinha chorar, se sentindo humilhada pelo ogrão.

— Interessante... mas quem corre atrás de mim, lá no sítio, é você. Desculpa, mas acho que é isso que se chama *humilhação*.

— Dá-lhe, cavala! — exortou-a Santiago.

— Daqui a pouco alguém vai perder o emprego, e a vaca vai pro brejo. — O tom de voz de Mário era de ponderação, mas também de alerta ao irmão mais novo.

— Se ela falar mais uma besteira, meto um beijo nessa boca linda — disse Thomas, olhando-a, obstinado.

Mais uma vez, ela corou. E se envergonhou por ter corado. Com isso, corou duplamente.

Resolveu tirar o time de campo e deixar que o caubói pensasse que ganhou a partida. Fingiu se interessar pelo loirinho, de chapéu de vaqueiro, camiseta sem estampa, jeans e botas, que trazia o violão e se acomodava em um dos bancos. Aparentava menos de vinte e dois anos, tinha a pele bronzeada, os pelos dos braços eram amarelos iguais a uma espiga de milho, a barba um pouco mais escura, olhos verdes. Ao lado dele, um camarada mais encorpado cuja aparência e idade sugeriam que fosse seu pai.

Sentiu que era observada e notou o olhar de Thomas sobre si. Ramona desviou os olhos dos dele e procurou um lugar para sentar-se. Mas dona Albertina já o tinha encontrado para ela.

— Fica aqui do meu ladinho para ouvir esses rouxinóis cantando, é uma belezura.

Sentou-se na cadeira ao seu lado, vendo que Santiago ajeitava uma almofada no encosto da cadeira de balanço para acomodar Jaque. Gostou da atitude cavalheiresca dele. E, quando viu Natália sentada no colo do noivo e o braço dele em torno de sua cintura, chegou à conclusão de que o único mal-educado e cafajeste realmente era Thomas. Suspirou, resignada, aceitando como carma o fato de gostar de homem que não prestava.

Os primeiros acordes ressoaram debaixo do teto, cujas lâmpadas atraíam as mariposas da mesma forma que os olhos azuis de Thomas atraíam os dela toda vez que tentava ignorá-lo.

O violeiro loiro tinha a voz rouca e grave quando começou a cantar "O menino da porteira". Dona Albertina cantava junto, a voz melodiosa combinava com a história contada na antiga canção.

> *Toda vez que eu viajava pela estrada de Ouro Fino*
> *De longe eu avistava a figura de um menino*
> *Que corria abrir a porteira e depois vinha me pedindo*
> *Toque o berrante, seu moço, que é pra eu ficar ouvindo*

Thomas escorou-se contra a viga da amurada e baixou a aba do chapéu. Parecia que se preparava para dormir em pé, mas talvez fosse uma artimanha para observar a todos de modo discreto. Num dado momento, Ramona notou que ele contraiu os maxilares como se tivesse acabado de pensar em algo ruim, que o desagradava. Intuiu que ele ruminava o que havia dito à mesa, durante o jantar, o compromisso de segunda-feira, a audiência preliminar. Mário tentou pôr panos quentes, argumentando que teria o melhor advogado para defendê-lo e tudo que tinha a fazer era manter a cabeça no lugar, não falar besteira, acatar as determinações da justiça e ignorar Guilherme. Percebeu o quanto aquele assunto derrubava o humor de Thomas. O ar sarcástico e provocador desaparecia, cedendo espaço a uma expressão desanimada e entristecida. Ele mal olhava na direção da mãe. Honra e honestidade, para aquela família, pelo visto, eram levadas muito em conta. Bem, ela tinha um juiz como parente. Entendia, portanto, como era importante fazer as coisas certas, ser uma pessoa correta.

> *Quando a boiada passava e a poeira ia baixando*
> *Eu jogava uma moeda e ele saía pulando*
> *Obrigado, boiadeiro, que Deus vá lhe acompanhando*
> *Pra aquele sertão afora meu berrante ia tocando*

Existia a possibilidade de um acordo, isso segundo o que o advogado havia dito a Mário. Era incrível a liderança do irmão mais velho, o quanto influenciava os outros dois. Ainda assim, formavam um trio bastante unido. Mas Thomas parecia incomodado em tratar desse assunto, por isso o mais velho assumira para si a função de se informar com o advogado contratado pela família. Então ele continuou falando a respeito. Disse que se a vítima, o tal do Guilherme, não comparecesse ou retirasse a queixa, o crime se extinguiria, bem como a denúncia contra o autor do fato, no caso, Thomas. A situação ficaria como se o crime de lesão corporal leve não tivesse existido. O advogado considerava mais provável a condenação de Thomas a uma pena de prestação de serviços comunitários. E, com isso, Ramona considerava liberá-lo das tarefas do sítio sem avisar o tio, para que ele continuasse com o acordo e, assim, recebesse o dinheiro necessário para o pagamento da sua defesa. Era certo que não daria conta de trabalhar para cumprir as determinações da justiça, da lida da fazenda da família, do sítio dela e, nos finais de semana, das montarias de touro.

Nos caminhos desta vida muito espinho eu encontrei
Mas nenhum calou mais fundo do que isto que eu passei
Na minha viagem de volta qualquer coisa eu cismei
Vendo a porteira fechada, o menino não avistei

Imersa em seus pensamentos, não viu quando Jaque e Santiago começaram a dançar. Ele a conduzia, a mão na cintura dela, sorrindo e brincando sobre alguma coisa que a amiga dizia. Aquele jantar fizera um bem danado às duas, que só se divertiam enchendo a cara no salão country. Fazia tempo que não se divertiam de cara limpa. O casal rodopiava pelo alpendre de um jeito exagerado, rindo, brincando, esbarrando em Thomas e Mário. Em seguida, o segundo pegou a noiva pela mão, e começaram a dançar agarradinhos.

— Está na hora do café — anunciou dona Albertina, levantando-se da cadeira.

— Vou buscar com a senhora — disse Ramona, pondo-se de pé.

— Obrigada, joaninha, mas não precisa. — Apertou a bochecha dela.

Sentou-se novamente na cadeira e endereçou um olhar para Thomas, que fitava o chão, o semblante fechado.

A risada de Jaque chamou a atenção do Lancaster do meio e o tirou de seus devaneios. Ele saiu de onde estava e se acomodou ao lado de Ramona.

— A história dessa música é triste. O vaqueiro não toca mais o berrante porque o menino que pedia para ele tocar foi morto por um boi sem coração — contou, apontando para os violeiros. — Se o Furor me matasse, seria a melhor morte.

Aquela frase a incomodou, sentiu-se mal imaginando-o machucado. Por pouco não disse que lhe doía imaginá-lo morto na arena ou fora dela. Mas optou por manter a conversa numa perspectiva mais leve.

— Nunca dei muita atenção à letra.

— Talvez porque esteja de olho no violeiro.

— Pode ser, é um cara da minha idade e bonito pra caramba. — Ajeitou uma mecha do cabelo para trás da orelha.

— É bem bonzinho o rapaz. Aquele é o pai dele, e a mãe trabalha na cidade, depois que tivemos de demiti-la. Ela cuidava da limpeza do curral e do estábulo com mais dois peões. Agora, temos somente um cabra para fazer isso. O que certamente o está sobrecarregando, e não vai demorar nadinha para ele pedir as contas.

— Que chato isso.

— Pois é. Se ele pedir demissão, terei que acrescentar mais uma tarefa na minha lista diária.

— Vou pegar leve com você no sítio, isso ajuda?

Ele se voltou e a fitou demoradamente.

— O que me ajuda é te beijar de novo.

— É mais fácil eu beijar esse loirinho violeiro do que deixar você me tocar.

Thomas esboçou um sorriso sarcástico.

— Então o dia que você vir o bonitinho sem os dentes da frente é porque eu descobri que ele te beijou.

— Não temos um caso e, se tivéssemos, não seríamos exclusivos, não é mesmo? Ou essa regra se aplica apenas a você?

— Pouco me importo com regras — rebateu, parecendo irritado. — Quebro as regras dos outros, posso muito bem quebrar as minhas.

— Essa fase de rebeldia não é aos quinze anos?

— Não sou rebelde, *fia*. Só quero fazer as coisas do meu jeito.

— E quais as chances de dar certo, já que é do seu jeito? — Implicar com ele já se tornara o seu esporte favorito.

— Sendo do meu jeito, até os meus erros são bem-vindos.

— Preciso aprender a ser autoconfiante como você. Imagino que ter pais amorosos contribuiu para isso.

— Sim, minha família é a base da minha existência — garantiu, sério. — Mas as porradas da vida me ajudaram a criar uma crosta de proteção em torno dos meus sentimentos. Quando caio e me arrebento, sei que o único modo de seguir em frente é levantando.

Ela concordou com um balanço de cabeça.

— Quer dançar? — ela arriscou perguntar.

— Não posso.

— Ah — considerou, decepcionada. — Eles já sabem que não temos nada, só amizade.

— Até parece que me incomodo com isso. A questão é que, se eu dançar com você, vou ficar de pau duro. Não sabe como fica indecente a minha gigantesca serpente marcando a calça. Preciso respeitar as mulheres dessa casa... menos você, é claro, pois gostaria muito que visse a minha jiboia.

— Já viu a minha? — perguntou, evitando levar a sério a cantada dele.

— Cristo, você comprou um pênis de borracha? — Thomas franziu o cenho sem deixar de esboçar no sorriso um ar divertido.

— Não, a minha jiboia é de verdade e se chama Mana.

— É mesmo?

— Sim, ela é uma querida, dócil como a Creonice, a minha aranha-caranguejeira.

— Acho que combinamos, dona patroa. Como eu lhe disse, não há um Lancaster que bata bem da cabeça.

A anfitriã voltou, trazendo uma bandeja com o bule de alumínio e as canecas de cerâmica. Natália prontamente se levantou do colo de Mário para ajudar a sogra.

— O meu filho, por acaso, está tratando você bem?

Ramona não soube precisar se a pergunta era para ela ou para Natália, pois a senhorinha estava de costas enchendo as canecas de café, enquanto a noiva de Mário retirava biscoitos de mel da lata decorada com motivos natalinos.

— Sempre tratei bem os meus patrões, só que dormia com a mulher deles — disse Thomas, com ar debochado.

— Sim, ele é um excelente funcionário. — Percebeu que a pergunta era para ela.

— Quando o meu Breno estava vivo e o Mário nos rodeios, essa fazenda era cheia de vaqueiros e suas famílias. Dói ter que mandar o nosso povo embora, que batalhou junto para crescermos. Mas estamos falidos e não tem outro jeito. — A velhinha simpática deu de ombros.

— Espero que um dia tudo mude para nós. — Tentou ser positiva, embora não acreditasse nas próprias palavras.

* * *

Thomas teve que parar a picape entre a porteira do sítio sempre aberta e a casa-sede. Uma vaca no caminho.

— Vou recolher a Malhadinha para o estábulo — disse Ramona, examinando os raios que serpenteavam no céu.

— Deixa que eu faço isso — interveio Thomas, desligando o motor do veículo. Em seguida, voltou-se para trás e acordou Jaque, atirada no banco depois de saírem da Majestade do Cerrado.

Passava da meia-noite quando a música acabou e o cansaço e o sono os acertaram em cheio. Se não fosse a aporrinhação que precisaria aguentar na segunda-feira, no fórum da cidade, teria se divertido mais. Gostou de ver a interação entre as mulheres, as gargalhadas de Jaque, a alegria de dona Albertina, a gentileza simpática da cunhada e a generosidade de Ramona. As quatro pareciam amigas de longa data, conversando, implicando com eles, contando histórias de suas vidas. Assuntos de mulher também, esmaltes, maquiagem, mas falaram ainda sobre bichos, os excêntricos filhos de Ramona, a aranha e a cobra, o olhar entre surpreso e assustado da ex-executiva, que morria de medo de répteis e insetos. Uma hora, Jaque pôs as cartas e viu que dona Albertina voltaria a ser rica. Ele sabia que ela era picareta, Ramona o alertou sobre isso. Mas achou por bem deixar a mãe acreditar que tempos melhores estavam por vir.

— Bela Adormecida, o que acha de chispar da minha picape?
— Foi assim que ele acordou Jaque.

Ela o olhou sonolenta, espreguiçou-se e se arrastou, escorando-se na porta para abri-la.

— Tchau, *fio* — disse, mais dormindo do que acordada.
— Tchau, moleca.

Ele também saiu do veículo e foi em direção à vaca, que o fitava como se esperasse por aquele encontro.

— Vamos dormir num lugar fechado, mocinha, antes que leve um raio na bunda.

A vaca nem se mexeu.

Capítulo Dezenove

Ramona entrou em casa e ligou a TV. Foi para a cozinha, abriu a geladeira e bebeu do gargalo de uma garrafinha de Coca--Cola. Voltou à sala e espichou-se no sofá, deitando a cabeça em duas almofadas. Passava na TV a propaganda de um automóvel quando Thomas entrou na casa vindo do estábulo.

Havia apenas a iluminação da tela do aparelho, o ambiente estava pra lá de intimista. Viu-o passar e sentar-se no mesmo sofá, pegando seus pés e pondo-os sobre as próprias coxas.

— Sem sono? — ele perguntou, olhando para a TV.

— Pois é.

— Gostou do jantar?

— Adorei. — Foi sincera, sorrindo ao vê-lo se voltar para ela. — A sua família é maravilhosa.

— Já fomos melhores, antes do velho Breno morrer.

— Imagino que sinta muita falta do seu pai — considerou, vendo o perfil másculo se fechar num semblante taciturno.

— Depois que ele morreu e o Mário caiu do touro, tudo foi de mal a pior. Eu e o Santiago estávamos nos ferrando no Texas, mas tínhamos o nosso porto seguro no Brasil. Só não voltamos antes por vergonha do fracasso.

— Que fracasso? Por não se tornar um peão de rodeio podre de rico? Era realmente isso que você queria?

Ele a olhou por um momento antes de falar:

— O que eu queria é impossível, não nasci com o dom. O Mário nasceu, dá para ver quando está em cima do lombo do touro, a sincronia perfeita entre os dois, é uma dança que só o peão e o bicho entendem, a dança do desafio. Mas quando eu monto, Ramona, é pura técnica. Sei o que tenho de fazer e faço. Treinei para isso, não é nada natural e espontâneo que venha de dentro de mim.

— Não vejo motivo para se comparar ao seu irmão.

— Há um abismo entre mim e ele, e isso é nítido. — Suspirou pesado antes de prosseguir: — Mas não importa. Daqui a pouco vou parecer aqueles velhos amargurados.

— Aí terá de fazer companhia ao juiz — brincou.

Esboçando um leve sorriso, ele desviou a atenção dela para um filme de faroeste com Clint Eastwood.

— O ator preferido do meu pai — disse ele.

— O meu vô adorava assistir aos bangue-bangues à italiana do Sergio Leone. Acabei tomando gosto também, mas só vejo os com o Eastwood.

— Hum, temos muito em comum.

— Que nada, só isso — falou Ramona com displicência.

Viu-o pegar seu pé e deslizar a ponta do indicador pelo contorno, a atenção voltada para a TV. Depois lhe acariciou a panturrilha. A carícia era suave e gostosa, relaxante até. Ele tinha um jeito de tocar que misturava ternura com erotismo, uma combinação que a excitava sobremaneira.

— Aproveitei para colocar o Conticunóis e a Continão com o Jagunço, a Caetana e a Belabunda no estábulo fechado. O Lambada e o Lombriga deixei num dos reservados do canil com os cães. Mas não encontrei a Paty.

Ela achou graça de ele saber o nome de todos os seus bichos.

— A Paty não sai de casa, está no aquário sem água.

— Imagino que, se ela fugir, dois dias depois vocês a encontram a meio caminho da porta — brincou.

— Um dia ela fugiu pela janela, quase caiu, a tartaruga doida. Dei-lhe uma bronca daquelas. Ei, o que está fazendo? — perguntou, ao vê-lo pegar os dedinhos de seu pé.

— Contando. Quero ver se tem cinco.

— Claro que tenho cinco dedos — afirmou, fazendo uma careta como se lhe dissesse: *Você é doido, por acaso?*

— Em San Antonio, conheci um cabra que tinha seis dedos em um dos pés. Um dia ele tirou as botas e as meias e me mostrou. Não me pareceu um dedo, parecia mais um tumor crescido debaixo da pele. Eu disse para consultar um médico, e ele riu da minha cara. Anos depois, soube que o cabra morreu de cirrose.

Ramona riu, e Thomas apertou o dedão dela.

— Aiiiii!!

— Não ria dos meus causos, são todos verídicos — falou num tom jocoso.

— Dizem que as mães sempre contam o número de dedos dos pés dos filhos recém-nascidos.

— É porque não dá para contar o número de neurônios — rebateu, espirituoso. — Pensa na decepção da minha mãe se pudesse contar quantos três neurônios funcionam na minha cabeça.

— Os outros milhões são para pensar em estratégias de sedução? — provocou-o.

— E está funcionando?

Antes que ela respondesse, ele beijou-lhe a planta do pé, depois esfregou os maxilares no dorso. Beijou também cada dedinho demoradamente. Em seguida, concentrou-se em deslizar a face pelo tornozelo, na parte de trás da perna, até alcançar a dobra do joelho, onde a mordiscou de leve. Fez o mesmo na outra perna, sem pressa alguma, dedicando-se a tocá-la.

Ela podia contrair a perna e xingá-lo, afastá-lo de si. Podia fazer muita coisa, mas tudo que queria era tê-lo ali.

Ele se sentou no sofá e correu as mãos pelas laterais das pernas dela até chegar ao quadril. Deslizou os dedos pelo cós da calcinha, tirando-a devagar. Mostrou o que ia fazer, perguntou com os olhos se tinha permissão; ainda assim, não esperou a resposta para despi-la.

Ramona sabia o que ia acontecer.

Esperava tê-lo novamente desde o dia em que haviam feito sexo.

— Eu quero. Você quer?

— Sim, eu quero. — Notou a própria voz sair rouca e arrastada.

A calcinha foi guardada no bolso traseiro do jeans dele. Encaixou-se entre as pernas dela, erguendo-lhe o vestido e mostrando no olhar, que brilhava intensamente, o quanto admirava o que via.

— Não me envergonho de dizer que você está me deixando doido — falou baixinho, desviando os olhos para os dela.

A declaração antecedeu o ato de agarrá-la debaixo do traseiro enquanto lhe mordiscava a parte interna das coxas, roçando os maxilares com pontos de barba, a textura áspera lhe provocou espasmos de prazer pelo corpo como pequenos choques elétricos. Emaranhou os dedos no cabelo dele, erguendo levemente a cintura ao senti-lo tão próximo do seu sexo.

Foi como uma delicada explosão a sensação que teve quando a língua de Thomas a lambeu de cima a baixo enquanto usava os dedos para afastar os lábios vaginais. Era uma língua larga, firme e morna, gostosa de sentir. Deixou escapar um gemido rouco quando ele a atingiu no clitóris, que pulsou em resposta, inchando a ponto de doer. Mas era uma dor prazerosa, encharcada pelo sumo de sua lubrificação. Masturbou-a com a boca, o dedo indicador enfiado na abertura da vagina entrava e saía bem devagar, depois um segundo dedo acompanhou o movimento de vaivém. Ela deitou as pernas nos ombros do homem, e ele enterrou o rosto na boceta que clamava por sexo. Era certo que Thomas queria prolongar a deliciosa tortura antes de penetrá-la, pois em seguida tirou os dedos e enfiou a língua na sua entrada, ao mesmo tempo que lhe rodeava eroticamente o ânus com a ponta do polegar, sem o introduzir, apenas o massageando, e a sensação foi devastadora.

— Me come — pediu, puxando o cabelo dele. — Me come agora.

Ele se apoiou nos joelhos e soltou o botão de pressão, baixando o zíper do jeans. Em seguida, foi a vez da boxer escura, e pegou na mão o pau avantajado.

— É isso que você quer?

— Tudo.

Quero você todo, além disso.

Viu quando ele puxou do bolso traseiro do jeans a embalagem de um preservativo e rasgou-a com os dentes. Fechou os olhos quando ele a penetrou até o fundo. Dessa vez não foi devagar, com suave deslize. Meteu tudo numa estocada violenta que a fez respirar forte.

— Deus! Que delícia! — Cruzou as pernas em torno da cintura masculina.

Thomas baixou as alças do vestidinho e agarrou os delicados seios, a palma áspera e calejada da mão grande excitou a carne macia dos bicos, que endureceram.

— Você é tão linda, Ramona — murmurou, olhando-a através das pálpebras semicerradas, a feição tomada pelo desejo.

Abocanhou o mamilo e o sugou com força enquanto ela era fodida com estocadas agressivas que deslizavam na boceta cada vez mais molhada. O sofá rangia e batia contra a parede. O som do pau batendo contra a vagina ressoava pelo ambiente, misturando-se aos gemidos de ambos.

Correntes de fogo subiam e se espalhavam pelo corpo de Ramona, montado por um homem grande e forte, que sustentava o próprio peso com os braços para não a esmagar contra o sofá.

Ele abandonou o seio e a beijou na boca. As mãos lhe tomaram a face, aprofundando a carícia. Ela era conduzida por um labirinto de sensações, estimulada pelo prazer sexual e pelo carinho, lançada ao abismo quando enfim ele começou a estocar no ponto mais sensível dentro dela, de onde emergiu o magma que a incendiou por completo. Gozou em torno do pau que a preencheu toda, assim como o coração acabava de ser preenchido por ele, Thomas, o homem inteiro, cada defeito e qualidade, desde a covinha do queixo até o modo de andar arrastando as botas. Gozando, chorando com a cabeça enterrada no ombro dele, descobriu-se apaixonada.

O abraço forte veio depois que ele atingiu o orgasmo. Ainda ofegante, não se apartou dela. Pelo contrário, colou-se ao seu corpo, girando no próprio eixo para colocá-la sobre si. Junto com o abraço, o beijo nos olhos molhados de lágrimas.

— Minha menina. — Foi tudo que ele disse, envolvendo-a nos seus braços de modo protetor.

Passaram a noite juntos. Ela o levou para seu quarto e, pouco antes de amanhecer, fizeram sexo. O dia chegou, mas o sol não se infiltrou pela veneziana de madeira. Então Thomas a possuiu novamente e mais uma vez. E, pouco antes de sair do quarto, vestindo-se com um sorriso no rosto, falou:

— Por mais que eu sinta que o meu dia será péssimo, não posso negar que ele começou muito bem.

— Fala da audiência, não é?

— Sim, dona patroa. — Voltou à cama e se inclinou para beijá-la. — De qualquer forma, já tenho um plano B.

— É um homem precavido — disse, escorando-se nos cotovelos ao vê-lo terminar de abotoar a camisa.

— Todo mundo precisa ter um plano B, não é mesmo? — Piscou o olho para ela. — E, às vezes, um C e um D também.

— Faço parte dos seus planos? — ousou perguntar, ainda que suspeitasse que ele fosse sair pela tangente.

Ajeitando o Stetson na cabeça, ele se voltou para ela e falou numa voz impassível:

— Moça, você está em todos os meus planos.

Um sentimento bom a inundou de esperança. Por um momento, sentiu que tinha chance de ser feliz com um homem, que enfim seria amada como merecia, que havia encontrado o amor da sua vida.

Mesmo fechando os olhos para os antecedentes de mulherengo, superficial e cafajeste de Thomas Lancaster.

Capítulo vinte

Deitada na cama ao lado de um caderno aberto. O calendário do ano, que enfeitava a parede da cozinha, circulado no dia de seu último período menstrual e depois vários xis riscando os catorze dias seguintes, um triângulo demarcava três dias antes e três depois do décimo quarto dia. Ramona descobriu então que teve relações sexuais no seu período fértil. E, para glorificar de pé a façanha, exatamente no décimo quarto dia. Obviamente se tomasse pílula ou se Thomas tivesse usado preservativo, ela não estaria mordendo a ponta da caneta esferográfica sentindo o estômago se contorcer de preocupação. O sexo ao lado da lixeira, a rapidinha urgente e alucinante e a consequência disso.

Todos os meses anotava o primeiro dia da menstruação e, como era regulada, não tinha erro, nunca falhava. Embora de vez em quando menstruasse duas vezes no mesmo mês e, no outro, falhasse. A causa da irregularidade era o estresse. Contudo, sabia que a chance de ter engravidado era muito alta. Fez sexo na zona vermelha de perigo, quando todas as placas em neon gritavam para se proteger. Tanto tempo sem um namorado a fez relaxar na precaução. Os anticoncepcionais lhe causavam mal-estar e sangramentos inesperados. Bêbada e pegando fogo, a combinação perfeita para um acidente de grandes proporções.

Tinha certeza de que Thomas andava com um preservativo à mão. Na noite anterior teve a prova disso, quando o viu pegá-lo do bolso do jeans com a maior naturalidade, como se estivesse sempre pronto para usá-lo. E era evidente que estava sempre pronto para transar com alguém. Será que ele também havia perdido a cabeça, como ela, e se esquecido de usar o preservativo? Ou a bebedeira o atordoou a ponto de ignorar a proteção?

Vinte e um anos de idade. Sem trabalho e com um restinho de dinheiro no banco. O sítio caindo aos pedaços. Grávida.

Meu Deus do céu! O que será de mim e dessa criança?!

Refez as contas, nunca foi boa em matemática, podia ter errado.

Precisava conversar com Jaque, desabafar, ouvir que se enganou, a conta não era aquela.

Ao chegar à sala, encontrou o bilhete sobre a mesa.

Meu amoreco,
Aproveitei a carona com o seu amante latino para entregar alguns currículos no comércio do centro.
Volto mais tarde.
Beijo na boca,

Jaque, a linda.

Sentou-se na cadeira, tomada pelo mais puro pavor. Será que não estava antecipando problemas que não existiam? O povo chamava isso de ansiedade. Medo do que ainda não aconteceu. Normalmente a mulher desconfiava de uma possível gravidez quando a menstruação atrasava. Ela, no entanto, já se considerava grávida antes mesmo da data provável do início do próximo ciclo menstrual. Quem mais seria tão louca de se considerar grávida dias depois de ter transado?

A resposta veio a jato: quem conhecia o próprio corpo e sabia fazer o cálculo do período fértil.

Precisava falar com alguém, dividir a angústia, o medo e a incerteza. Por um minuto, considerou telefonar para dona Albertina ou para Natália, mas não se sentia íntima o suficiente para tratar desse assunto com elas.

Sentou-se no sofá e abraçou-se aos joelhos.

Era uma tarde cinzenta quando o avô lhe deu um livro de Hermann Hesse. Ela jamais esqueceu um dos trechos de *Demian*, porque parecia a resposta para o que sentia e não conseguia racionalmente encontrar uma definição. "Sempre é bom termos a consciência de que dentro de nós há alguém que tudo sabe, tudo quer e age melhor do que nós mesmos."

Esse alguém se chamava intuição.

E sua intuição lhe dizia que estava grávida.

* * *

Thomas entrou no primeiro bar que viu, sentou-se na banqueta junto ao balcão e pediu uma dose de uísque sem gelo, o mais barato. Falou assim mesmo ao dono da espelunca.

— Me vê o seu uísque mais barato.

Acabava de sair da audiência preliminar. Mais fodido do que antes, com a vida desabando diante de seus olhos como um castelo de cartas sopradas pelo vento.

O juiz sentenciou a aplicação de uma pena de prestação pecuniária. E isso significava que o autor de fato, Thomas, deveria pagar à vítima, em dinheiro, o valor de acordo com os danos causados a ele. Segundo exames periciais apresentados ao juiz, o halterofilista sofreu uma fratura nasal. Seu advogado alegou que Guilherme foi atendido no hospital particular de Santo Cristo, passou por uma cirurgia reconstrutiva, ambulatorial, e salientou que, além do dano físico, houve dano moral, ao se sentir humilhado por ser obrigado a trabalhar e andar pela cidade com uma tala externa, tendo que explicar a todos o motivo do ocorrido. Ou seja, que ele, sem nenhuma intenção, derrubou chope na camisa do sr. Lancaster, o qual, vítima de seu descontrole emocional, agrediu-o física e violentamente em local público.

Depois desse relato, Thomas sabia que a conta seria pesada e amarga. Dito e feito. Por mais que o sangue lhe queimasse nas veias, a raiva sucumbiu ao desânimo. Não teve vontade de estrangular o filho da puta que o fitava com menosprezo, disposto a não ceder em relação à alta soma pedida, tampouco a parcelar o valor. Queria o montante em dinheiro vivo no prazo de um mês.

O advogado de Guilherme pintou Thomas como um sujeito violento, perigoso, impulsivo e antissocial, uma bomba-relógio prestes a explodir. Um risco à sociedade. Praticamente o chamou de sociopata. Foi como se tivesse posto um espelho diante de si mesmo, e ele não gostou do que viu. Podia ter relevado a bebida virada em sua roupa. Com isso, teria evitado afundar ainda mais no lamaçal do fracasso que era sua vida.

Ao sair do fórum, pegou seu advogado de lado e pediu-lhe que mantivesse sigilo sobre o resultado da audiência. Mário estava fora, participando do rodeio na Exposição Agropecuária de Matarana. Voltaria no meio da semana e, evidentemente, procuraria se informar sobre o resultado da audiência.

— Eu vou dar um jeito nessa situação, não quero a família inteira envolvida — enfatizou ao advogado.

— Você é o meu cliente. Não se preocupa que manterei sigilo.
— Apertaram-se as mãos.

Isso havia meia hora.

Agora ele estava diante de um copo embaçado com um líquido que sugeria uísque vagabundo.

Dez anos nos Estados Unidos apanhando, errando, tentando consertar e fracassando de vez. De volta ao Brasil, o ciclo de fracassos recomeçava. O problema não estava nos lugares onde morava. O problema era ele próprio.

Só havia uma coisa a ser feita. E foi depois do terceiro copo de uísque que ele decidiu retornar à Majestade do Cerrado e pegar o touro à unha.

* * *

Enrico levou as duas mãos à cabeça, num gesto de extrema preocupação, quando viu Thomas avançar na direção do curral. Aproximou-se dele numa corrida que levantou poeira debaixo das botas e tentou empurrá-lo com as mãos no tórax largo do Lancaster.

— Nem que a vaca tussa você vai montar no Killer.

— Quer tomar uns tabefes? — rosnou para o vaqueiro loiro quase albino, o polaco amante da pinga de alambique.

— Foda-se! O Killer não é pra você nem pra ninguém. É montaria exclusiva do Mário.

— O que acha de uma bela demissão? Assim se junta ao Jonas, na fazendona gerenciada por *executivos-bunda-mole* — falou mal separando os lábios, os maxilares duros, a rigidez por toda a musculatura.

Ali estava um homem obstinado se encaminhando para o lugar onde quem o encarava também tinha uma missão na vida: derrubar quem tentasse subjugá-lo. Mas o bicho não sabia que o ser humano, quando se sente ameaçado, quase deixa de ser racional. E, se não fosse o aspecto físico, nada os impediria de um embate entre iguais.

Abriu o cercado, com Enrico nos calcanhares.

— Você e o outro ali colocam o Killer no brete.

— A troco de quê, Thomas? É suicídio!

— Acha que sou menos peão que o Mário, é, seu bosta?

— Não é isso... A questão é que você nunca o montou. Ele é o demônio de quatro patas, não é um touro normal.

— O Furor também é acima da média — argumentou, voltando-se para o vaqueiro. — Vou abrir o jogo com você, polaco. — Pôs as mãos nos quadris e o encarou com o semblante fechado.

— Eu preciso de dinheiro, e a fazenda precisa de dinheiro. Para isso acontecer, terei que elevar o valor das apostas, mas ninguém se interessa em pagar mais para ver os Lancaster e os demais peões montarem no Furor. Os fazendeiros querem emoção, adrenalina e vão pagar caro e com prazer se eu lhes der o espetáculo desejado montando no Killer. Vão me dar o dinheiro de que eu e a Majestade precisamos.

— Ou podemos também usá-lo para pagar o seu funeral.

— É uma perspectiva válida.

— Vou chamar o Santiago — disse, resoluto.

Thomas pegou o outro pelo antebraço antes que batesse em retirada.

— Vi na mesa do Mário o seu nome na lista das próximas demissões. Ele não tem mais como pagar os peões com família, vamos tentar manter apenas os solteiros. Não quero usar o dinheiro das montarias no Furor para pagar a sua rescisão — declarou, incisivo, olhando-o nos olhos.

Enrico enfim recuou. Fez um gesto de assentimento com a cabeça e assobiou para chamar o outro vaqueiro. Ambos conduziram Killer para o brete.

Ajustou as luvas de couro, limpando a mente de qualquer pensamento. A frieza lhe revestia o corpo como uma armadura de aço que não deixava nem mesmo os raios do sol lhe aquecerem a pele. Não sentia nada. Não pensava em nada. Talvez Thomas realmente não estivesse ali, apenas o corpo e a técnica aprendida com Mário e outros peões mais experientes que ele. A bem da verdade, sentia algo sim; sentia-se morto por dentro.

Killer se debateu furiosamente no interior do cercado, corcoveando e rasgando com os cascos a terra seca. Thomas subiu no brete e avaliou o animal grandalhão que parecia ter se acalmado ao pressentir sua chegada.

Ajeitou o chapéu para trás e, com bastante cautela, sentou-se no lombo largo de quase uma tonelada. Otomano o ajudou a apertar a corda. Tudo ao redor estático. Os sons, o colorido das plantas e o vermelho do solo, o gosto do vestígio de uísque na saliva em suspenso. Eram ele e o touro. O animal enraivecido e o homem anestesiado. Era incrível como a angústia o blindava de todos os demais sentimentos. Até mesmo da paixão e do prazer de enfrentar o touro cuja linhagem o fazia valer uma pequena fortuna. Era o melhor da região, o indomável e insuperável.

Oito segundos.

Ele só precisava de oito segundos para convencer a si mesmo que daria um jeito na vida.

Inesperadamente o touro se jogou contra a porteira do brete, que não cedeu à sua investida. Thomas segurou-se na montaria. Enrico gritou algo para Otomano. E, de repente, Killer ergueu-se nas patas dianteiras e se impulsionou para tentar pular o brete antes que a porteira fosse aberta. Ele praticamente se colocou nas patas traseiras, repetindo o movimento duas, três vezes na vã tentativa de escapar. O movimento brusco fez com que o bicho prensasse Thomas contra o cercado, que tentou proteger a perna e acabou batendo apenas com o braço. Enrico e Otomano o puxaram rapidamente pelos ombros e pela cintura a fim de tirá-lo de cima de Killer.

A dor no braço era intensa. Dobrou o corpo para a frente, respirando fundo, a testa porejava o suor frio.

— Chega, *fio*, certo? Já provou que pode montar no bicho, mas ele não quer te deixar vivo — alertou Otomano, batendo amistosamente em seu ombro.

— Cabra, eu estou só me aquecendo — rebateu entre os dentes, sentindo uma puta dor no ombro.

Enrico não aceitou a afirmação.

— Sinto muito, mas a tua cabeça não está boa.

Ele apertou a boca com raiva e dor. Dobrou mais uma vez o corpo, massageando o braço esquerdo com a mão. Gemeu baixinho, sentindo como se tivessem lhe perfurado a carne com uma lança em chamas.

— Vou montar! — rosnou sem levantar a voz.

— Não, você vai é para o hospital consertar esse braço quebrado! — determinou Enrico.

Os peões tentaram segui-lo, mas ele xingou os dois de tudo que era nome. Irritados, mandaram Thomas se catar. Então foi sozinho para o pronto-socorro. Passou o resto da tarde cozinhando no hospital entre consulta, exames e o retorno ao traumatologista, que lhe disse o que Enrico já sabia: fratura no braço.

O plano B foi para o espaço. Não montaria em Killer para elevar as apostas. Na verdade, nem mesmo em Furor. Acabava de cavar com as próprias mãos mais um tanto de buraco para se enterrar. Embora a fratura não tivesse sido séria — o braço seria engessado, mas sem a necessidade de cirurgia —, a imobilização do membro superior seria mantida ao longo de pelo menos seis semanas. Mais que o tempo disponível para ele levantar a grana que pagaria sua pena.

Deitou a cabeça no volante da Silverado da fazenda.

Um vento morno soprou para o interior da cabine através da janela aberta. A leveza do ar, foi o que ele pensou, assim, sem mais nem menos. *A leveza. Onde está a leveza em meio à sensação de esmagamento no peito?*

Ramona.

Capítulo vinte e um

Era noite quando ele rodava na estrada quase sem tráfego. Dirigia com uma mão, o cigarro pendurado no canto da boca, a fumaça subindo para a aba do Stetson. O asfalto iluminado pelo amarelo-acobreado das lâmpadas dos postes públicos. Na rádio local, um cara falava sobre a previsão do tempo. Era possível que chovesse, ainda que estivessem na estação do estio. Em alguns bairros ia faltar água. O show de uma banda de rock foi cancelado, devolveriam o ingresso, favor entrar em contato com a rádio, foi o que disse o locutor. A safra de soja bateu o recorde nacional. Santo Cristo teria um novo posto de saúde. Tudo pelo social.

Killer o derrubou ainda no brete. O analgésico que lhe deram no hospital o deixou meio zureta. Um leve atordoamento se acomodou à parte mais sombria e melancólica de sua personalidade. Era estranho isso. Ele nunca foi melancólico. Tal sentimento era para pessoas profundas, e Thomas era raso, superficial e volúvel.

Os faróis iluminaram a traseira de um automóvel, que parecia reduzir a velocidade, aproximando-se do acostamento. Pisou levemente no freio sem deixar de tragar o cigarro. Tirou a mão do volante para pegá-lo e bater a cinza na janela ao seu lado.

O celular vibrou, leu o nome na tela e atendeu.

— Estou indo para o sítio.
— *Ia pedir para vir aqui.* — A voz de Ramona parecia sem energia. — *Não tenho com quem conversar, a Jaque vai passar a noite no centro com um grupo de amigos, conhecidos, sei lá.*
— Você não me parece bem.
— *E você está péssimo.*
— Eu sabia que hoje o dia seria difícil, mas parece que superou as expectativas.
— *Ainda não é meia-noite.*
— Mas logo estarei com você.
— *Thomas...*
— Ramona. — Ele parou de falar ao ver o automóvel diante da Silverado acionar o pisca, parar no acostamento e a porta do passageiro se abrir. — O que se faz quando tudo dá errado? — perguntou, observando o veículo no momento em que a porta voltava a se fechar e o motorista arrancava com tudo em alta velocidade.
— *Você é mais velho que eu, devia saber a resposta.*
O carro cantou pneu, e a atitude suspeita de quem o dirigia fez Thomas olhar em volta. Não foi difícil ver o que ficou para trás. Apertou a boca e quase triturou ao meio o cigarro que fumava.
— Não vai acreditar no que aconteceu — falou, vendo o cão abandonado no acostamento.
— *O que foi?* — Notou a preocupação na voz de Ramona.
O cachorro era grande e o focinho, preto. O olhar nitidamente confuso se voltou na direção do veículo onde seu antigo dono seguia a vida depois de deixá-lo para trás, em uma estrada que, pela manhã, se encheria de automóveis e caminhões pesados. Era certo que pouco se importava que seu animal de estimação fosse atropelado.
— Um cara abandonou um cachorro — disse, saindo da picape e a contornando por trás até se achegar ao bicho, que cheirava o mato ao seu redor, tentando reconhecer o terreno.
— *O quê?*

— Acho que é um cão idoso. Conheço mais touro que cachorro, mas acho que esse aqui é velho pra diabo.

— *Meu Deus! Sim, deve ser. Infelizmente é comum as pessoas abandonarem cães idosos. Eles dão muita despesa.*

Aproximou-se dele bem devagar para não o assustar. Sentiu uma fisgada no braço quebrado, mas era coisa de sua cabeça. Chapado de analgésico, podia até enfiar uma agulha na pele que não a sentiria. Abaixou-se ao lado do bichinho, que parecia uma criança de dois anos de idade fantasiada de cachorro. Aparentava mais de trinta quilos, o pelo bem cuidado era de cor caramelo, orelhas curtas e caídas, o rabo comprido balançou ao vê-lo.

— Ei, o corno do seu dono se mandou. — Deixou que ele lhe cheirasse o dorso da mão antes de afagá-lo na cabeça. — Conheço uma moleca que ama gente peluda assim como você.

— *Traz para o sítio.*

— Sossega o facho, Ramona — censurou-a com bom humor.

— *Ele terá amigos aqui.*

— O cabra é grande, não conseguirei pegar no colo...

— *Por favor, está com medo de um totó, seu búfalo?* — xingou-o.

— O búfalo quebrou a pata.

— *Não acredito! Você brigou? Doeu? Foi muito sério? Em que parte do braço?*

— Quando eu chegar aí, abasteço a senhorita de informações — disse e, pondo-se de pé, bateu na própria coxa. — Vamos para casa, Rodolfo.

— *Rodolfo?* — Ouviu uma risada.

— Ah, bosta, não tem tico. Vem, Rodolfa.

Torcia para que a cadela não complicasse tudo. Deu-lhe as costas, esperando que não fosse ceguinha. Não, ela não era. Ao se voltar, quase pisou nas patas dianteiras dela. Abriu a porta do passageiro, mas Rodolfa não entrou.

— Está à espera de convite, madame?

— *Pega no colo com o braço bom, ora. Nossa, como hômi faz drama com tudo.*

— Ramona, estou à base de analgésico, espero não parar numa blitz e ter que soprar o *chapômetro*.

— *Isso não existe, caubói maluco.*

Pegou o cão por baixo da barriga usando o braço bom e, com isso, teve que escorar o celular no ombro do braço quebrado. Colocou o bichinho no banco e puxou o cinto.

— Se me morder, eu te mordo — avisou-a, olhando feio para a cadela, que o lambeu. — Certo, nos entendemos.

— *Que amor.*

— É muito linda essa garotona. O dia em que eu encontrar o filho da puta que a abandonou, vou rachá-lo ao meio.

— *Para ser preso novamente? Vai, nada.*

Sentou-se diante do volante e olhou para a passageira. Ela o encarou de volta com seus olhos miúdos, a boca aberta parecia que sorria.

— Hoje o nosso dia foi uma bosta, é não, *fia*?

— *Foi mesmo.*

— Falei com a Rodolfa.

— *Ah.*

— Me dá dez minutos e estarei aí para beijar a tua boca.

— *Falou com a Rodolfa?*

— Não, agora foi com você, moleca linda.

Ouviu-a rir baixinho.

* * *

Ramona abriu a porta de casa e encontrou um homem muito alto com uma tipoia, que sustentava o braço engessado, e, ao lado dele, uma cadela encorpada, com a língua de fora num claro sinal de ansiedade.

— Sinto que você não vai deixar a Rodolfa comigo — falou sorrindo com ar cúmplice enquanto cedia passagem para ambos entrarem.

Ele deu um passo à frente, beijou-a levemente nos lábios e, tirando o chapéu, comentou casualmente:

— Como sempre, *sentiu* certo, dona patroa. — E, voltando-se para o animalzinho à porta, disse: — Vem, *fia*, é casa de gente boa.

Rodolfa entrou examinando o entorno com seus olhinhos brilhantes, farejando o ambiente. Ramona constatou que ela não era tão idosa assim.

— Dez anos, no máximo.

— Acha mesmo?

— Talvez oito ou nove. — Abaixou-se e esfregou o rosto na carinha peluda, aspirou o cheiro de cão limpo e, acariciando-lhe o dorso, a barriga e as patas, deu sua opinião: — Pois é, envelheceu, deu trabalho e a descartaram. Até então foi bem alimentada, não tem pulga, sarna, carrapato. Tem certeza de que não quer deixá-la comigo?

Thomas sentou-se no sofá gemendo alto, mas era de cansaço, e não de dor.

— Sinto muito, mas fui eu que achei a pessoa aí. Estou pobre, cada vez mais perto da miséria e da sarjeta, mas ainda posso cuidar de um cão... desculpa, Rodolfa... cadela.

Ramona gostou do que ouviu. Aquilo a tocou fundo, pois acreditava que as pessoas que gostavam de cachorros grandes eram boas e confiáveis. Thomas demonstrou ter bom coração.

— Vi que na Majestade do Cerrado tem muitos cães...

— Sim, os do Mário e da dona matriarca.

— Ah, bom.

— Ela estava na estrada bem na hora que passei, é um sinal.

— De que você deve ficar com ela?

— Não, de que eu enxergo bem mesmo dopado — brincou sem sorrir.

— O que quer beber, seu engraçadinho? — perguntou, depositando no chão, perto da cadela, uma tigela com água e outra de ração.

— Nada.

— Nem uma cerveja?

— Vim do hospital há pouco, só passei aqui para dar uma olhada nessa cara linda antes de me espichar na cama.

Sentou-se ao lado dele.

— Como foi a audiência?

— Não quero falar sobre isso — fechou-se.

— Tudo bem. E por que quebrou o braço?

— Montei no Killer.

— O touro do Mário? O perigosão? — Não pôde evitar o tom de incredulidade.

— Na verdade, não cheguei a montar direito, o bicho teve um chilique e quase pulou do brete. Bati a porra do braço no cercado. — Suspirou, expressando desânimo. — Agora estou fora das montarias na fazenda, um Lancaster a menos trazendo dinheiro pra casa.

— É só uma questão de tempo até você se recuperar — tentou consolá-lo.

Ele a encarou e pareceu forçar um sorriso.

— Queria me ver?

— Pois é, mas podemos conversar outra hora.

— O que o seu tio andou aprontando?

Baixou a cabeça, o cabelo lhe escondeu o rosto corado.

— Não foi ele quem aprontou.

— Imagino que a cartomante se meteu em encrencas.

Ramona o olhou nos olhos.

— Fomos nós que aprontamos — falou, séria. Ele arqueou uma sobrancelha, parecendo não captar o rumo da conversa. Sem rodeios, continuou: — Acho que engravidei. Não é nada certo nem chegou a data provável da minha menstruação ainda. Mas fiz uns cálculos e fizemos sexo no meu período fértil, bem no meio dele, sabe? As chances de uma gravidez são altas.

Ele examinou sua feição sem expressar o que sentia a respeito.

— Aquela foda perto da lixeira?

— Exatamente — respondeu com amargor.

— Pensei que tomasse anticoncepcional.

— Pensou isso enquanto me fodia ou depois de gozar?

— Não estou te acusando, é apenas um comentário — rebateu, estranhamente calmo.

Ela se acomodou no sofá ao lado dele, deitando a cabeça no encosto.

— Não ia falar nada para você... pelo menos enquanto não tivesse certeza. Mas a Jaque passou o dia fora, não voltará hoje e eu precisava muito desabafar com alguém.

— Fez a coisa certa, sou a outra parte envolvida no caso.

— Eu devia ter tomado a pílula do dia seguinte, mas não me lembrei, acordei mal, vomitei pra caramba...

— Ei, para de se justificar, porque eu também devia ter usado preservativo e isso nem me passou pela cabeça cheia de álcool e tesão — falou, sério, encarando-a. — O meu pai dizia: "O que não tem solução solucionado está". Vamos esperar para ver, ok?

— Pensei que fosse ficar histérico ou zangado — comentou, examinando a feição séria e serena.

— Já falei, estou chapado de analgésico. Amanhã, quando eu acordar, provavelmente me enforcarei com o rabo de uma vaca.

— Vou perder tudo — disse. Desviando seus olhos dos dele, continuou: — O juiz me ameaçou com uma internação psiquiátrica involuntária. Disse que tenho antecedentes de doença mental na família, parece que o meu pai tinha problemas psicológicos. Alegou que, se eu não aceitar a ajuda dele, que, naturalmente, é voltar a ser controlada por ele, vai pedir a minha interdição.

— Que diabo é isso?

— É o mesmo que me declarar incapaz de gerir os meus bens, no caso, o sítio. — Balançou a cabeça, desanimada. — Ele vai pedir a um de seus amigos psiquiatras que faça um laudo atestando que sofro de algum transtorno mental e entrar com a interdição, o que significa que o juiz voltará a ser o meu tutor. Estou indo de mal a pior, sem trabalho, o dinheiro acabando, um monte de bicho para alimentar e... talvez grávida de um desconhecido.

— Não sou um desconhecido — reclamou, olhando-a de cara feia. — Pra falar a verdade, sou até bem conhecido. A minha família foi uma das fundadoras de Santo Cristo, e o meu pai foi prefeito dessa terra por anos. Estamos afundados em dívidas, não posso negar, mas o sobrenome Lancaster é importante e conhecido, é até nome de rua, mocinha.

— Quando você me chama de mocinha parece um velho — resmungou, contrariada.

— E quando você se emburra parece a criançona que é.

— Criançonas não engravidam.

— Quando bebem demais e transam perto da lixeira com *desconhecidos*, aí elas engravidam, sim.

— Você me seduziu — acusou-o.

— É mesmo? Por que será que tenho a impressão de que o bruto aqui é que foi seduzido? Hum, deixe-me pensar... Ah, acho que tem a ver com a corridinha pelo estacionamento, me atiçando fingindo que fugia de mim, ou será que tem a ver com a outra noite, quando se jogou nos meus braços mentindo que tinha esbarrado sem querer e pedindo o meu telefone usando a amiga como desculpa?

— Admito que menti, a Jaque acha o Santiago mais bonito que você, mas...

— O quê? Leva a pobre-diaba ao médico dos olhos. — Ele parou de falar e a encarou demoradamente. — Acha que essa conversa é produtiva? Deu para perceber que somos o casal mais lascado da região, é ou não é? Pelo jeito que a coisa vai, é certo que você está grávida.

— A cereja do bolo — resmungou, magoada.

— Olha pra mim — pediu, demonstrando paciência e, quando ela lhe obedeceu, falou: — Vim de uma família honesta, e isso significa que vou assumir a criança. Considerando obviamente que você esteja grávida.

— Não fiz de propósito — murmurou.

— Sei disso, você preza muito o seu estilo de vida — rebateu, sorrindo levemente para ela.

— Se puder, quero que me ajude a sair de Santo Cristo caso o meu tio tente me interditar — apelou Ramona.

Rodolfa subiu no sofá e se acomodou entre ambos, parecendo se sentir bastante à vontade com eles. Thomas lhe fez um carinho na cabeça sem deixar de encarar Ramona.

— Pode contar comigo — afirmou, piscando o olho para ela.

Todas as suas dúvidas sobre o caráter de Thomas se dissiparam. Sua reação diante da possibilidade de uma gravidez inesperada a surpreendeu. Não acreditava de fato que a tranquilidade que aparentava fosse fruto do excesso de analgésicos, e sim da empatia. Ele não passava por um bom momento na vida, assim como ela, e o sofrimento unia as pessoas. Queria mesmo que fosse o amor a uni-los, pois o amava. Mais do que nunca, ali, sentada no sofá, vendo-o tão abatido e ao mesmo tempo lindo com o braço na tipoia, ferido e abalado, amava-o como homem e como o ser humano que se viu abandonado na estrada, chutado pela vida, e se deu uma segunda chance. Acariciou o pelo macio de Rodolfa, sentindo no fundo do coração que Thomas era diferente de todos os caras que conheceu na vida.

Capítulo vinte e dois

Thomas não pregou o olho naquela noite. O braço não o incomodou, mas a cabeça estava pesada demais de preocupação. Chegou tarde à fazenda e saiu antes de o sol apontar no horizonte. Pegou novamente a Silverado, abriu a porta do passageiro para Rodolfa entrar depois de alimentá-la e rumou de volta ao centro da cidade. Parou o veículo no estacionamento de uma praça e ficou por ali, vendo as pessoas abrirem seus comércios, os artesãos armarem suas tendas na rua e todo o movimento normal e cotidiano de uma cidadezinha do interior.

Às oito horas, ele já sabia o que tinha de fazer.

Bateu à porta de Augusto Levy.

Foi o próprio juiz que o atendeu, vestido com um robe escuro, a calça de pijama combinando. Os óculos de leitura no meio do nariz davam a entender que ele estava lendo o jornal enquanto fazia seu desjejum.

— Bom dia, Thomas — cumprimentou-o, sondando-o com o olhar atento. — O que faz aqui?

— Bom dia, seu Augusto. — Tocou na aba do chapéu. — Problemas com a sua sobrinha — disse apenas.

O juiz o fitou por um instante e depois lhe cedeu passagem para entrar. Mas, ao ver que era acompanhado por um cachorro, o movimento a seguir sugeriu que fosse barrar a entrada de Rodolfa. Thomas, contudo, foi incisivo:

— Se a minha amiga não pode entrar, falamos da Ramona aqui mesmo.

O outro franziu o cenho, ponderou por alguns minutos e, por fim, deixou a cadela acompanhar o dono.

***

Jaque colocou as cartas na mesa, divididas em quatro montinhos previamente embaralhados. Enquanto misturava as cartas, ela contou que Natália telefonou oferecendo-lhe emprego. Ela precisava de uma garçonete na pizzaria, queria alguém jovem e simpática, estilosa e sorridente.

— Não mencionou as minhas gargalhadas extremamente discretas — disse a amiga de modo afetado.

— Nossa, ela é muito legal.

— Não é? Achei o máximo ela se lembrar de mim.

— Ainda mais que ela está passeando, acompanhando o Mário no rodeio de Matarana — completou, gostando do gesto da cunhada de Thomas. — E você vai aceitar?

— Já aceitei. Imagina se vou perder a oportunidade de ser convidada para frequentar a Majestade do Cerrado.

— Pensei que o emprego em si fosse o motivo de sua decisão. — Olhou-a, desconfiada.

— Claro, claro. — Riu-se.

— Jaque.

— Ramona.

— Falo sério. Você disse que queria um emprego na cidade, mas a pizzaria só funciona à noite e na região das fazendas. Como irá se deslocar até lá?

— De bicicleta, ora — respondeu, dando de ombros.

— Para com isso!

— A Natália é uma mulher de negócios e já pensou em tudo. A pizzaria tem uma van que transporta os funcionários. Querida, vou ter a minha carteira de trabalho assinada. Viu só, estou me tornando uma adulta — brincou.

— Que carteira de trabalho? Nem sabia que você tinha uma.

— E não tenho, mas já fui fazer.

Ramona suspirou, resignada. Não havia uma cabrita mais doida e adorável que a amiga.

— Pelo menos não vou te perder de vista.

— Pois é, continuarei morando aqui, dormindo no quarto ao lado do seu e, de vez em quando, ouvindo os gemidos de sexo que vêm da sala — comentou com ar sacana.

— Era um filme da TV.

— Aham. Em vez de assistirem a um pornô levinho, vocês estavam era fazendo um pornô pesadão, isso sim.

— Põe logo essas cartas, quero ver se você tem um dom místico ou um dom golpista — resmungou em tom rabugento.

— Será que o Santiago é bom de montaria como o Thomas? — fingiu ar de inocente ao fazer a pergunta sem fitá-la.

— Bem, ambos são peões de rodeio, então ele deve ser bom também — saiu pela tangente.

Jaque virou a primeira carta de cada coluna para cima e deu uma boa olhada na gravura delas. Seus olhos redondos e castanhos, muito expressivos, arregalaram-se.

Ramona apertou as mãos nervosamente.

— O que viu?

— A sujeira das cartas — disse, cuspindo na ponta do dedo e o esfregando em uma delas. — Acho que é cocô de barata ou de rato ou uma mancha de caneta.

— Por Deus, dá para levar alguma coisa a sério?

Jaque sorriu sem jeito.

— Esse seu nervosismo está me deixando tensa, aí os canais com o mundo místico se fecham, fica tudo entupido, sinto muito.

— Preciso de uma resposta, apenas uma!

— Ai, por favor, não me pressiona que travo toda — reclamou, coçando a nuca.

Ela começou a cruzar uma carta com outra, colocando-as ao lado da primeira coluna.

Ramona olhava para elas e para o rosto de Jaque, tentando decifrar o que a amiga via, qual era sua interpretação, como se mostrava seu destino. Notou um sulco na testa da amiga, talvez de dúvida ou desconfiança.

— Se não vê nada, é só dizer. Não tem problema.

— Calma que a coisa está estranha aqui — afirmou, mordendo o lábio inferior.

— Estranha de que jeito?

A outra balançou a cabeça, totalmente concentrada nas mais de trinta cartas espalhadas na mesa. A dúvida permeava seu olhar. E, mais do que isso, a incredulidade.

* * *

O velho fumava charuto, um troço chique e fedido, considerou Thomas, sentado no sofá ao lado da obediente e educada vira-lata.

Dava para notar o olhar curioso do outro, precisava tirar proveito do ponto fraco do juiz, que era sua necessidade de controle, o egoísmo e a hipocrisia, uma vez que era fato a falta de amor pela sobrinha.

Foi direto ao assunto, pois queria testar a temperatura dos sentimentos dele.

— A sua sobrinha engravidou — informou, seco e frio.

Viu-o empalidecer, o charuto foi deixado no cinzeiro como se de repente lhe causasse asco.

— Isso é realmente terrível — declarou, sério e ao mesmo tempo atordoado. Ele se levantou e esfregou as têmporas, fitando o chão. Parecia tentar recolher do tapete a decisão sobre o que fazer a respeito. — Imagino que ela tenha contado pra você...

— Não, descobri pela Jaqueline — mentiu, olhando-o nos olhos.

— Meu Deus do céu. — Deixou-se cair novamente na poltrona. Era evidente o assombro no olhar que lhe endereçou: — E de quem é o bebê?

Thomas sacou um cigarro da carteira e o acendeu com o fósforo. Não tinha a mínima pressa em lhe dar a resposta. Tragou fundo e segurou as porcarias nos pulmões. Absorveu a densidade do momento. Os segundos se transformaram em minutos. Deu mais uma tragada no cigarro, bem devagar, deixando o tempo se estender e a ansiedade do outro se acumular, envenenando-o. Viu que a ponta da bota estava suja e a limpou com a mão. Somente aí, ao sentir que o juiz começaria a se impacientar, ele o encarou para responder com estudada indiferença.

— Um maluco da estrada, como os hippies se autodenominam. Aliás, aprendi isso com a Ramona.

— Um aproveitador depravado, só pode. Ela é dona de uma propriedade rural. É certo que apareceria um aproveitador. — Agora o atordoamento havia cedido ao sentimento de raiva e menosprezo. — Ele a estuprou, foi isso.

— Não.

— Como sabe? — exasperou-se.

— Porque é com essa gente que a sua sobrinha anda — zombou, sem, no entanto, perder a seriedade.

— Um hippie, um hippie sujo e nojento. Não vou tolerar isso de forma alguma! Tenho os meus contatos na polícia, mandarei puxar a ficha do... — Apertou a boca, irritado. — Quero esse camarada longe dela.

— Impossível. Sabe como a Ramona é temperamental.

— O que está tentando me dizer? — impacientou-se.

— Já disse, ela é temperamental.

Ele se pôs de pé, como se o assento da poltrona queimasse. Zanzou de um lado para o outro na sala de dois ambientes. Os ombros encurvados, o olhar tomado pelo mais genuíno asco. Provavelmente imaginava sua linhagem superior de juiz de direito misturada à de um cabeludo sem profissão definida.

— Ela faz isso para me afrontar — considerou, avaliativo. — Desde que o meu irmão morreu e fui obrigado a aceitá-la, a Ramona se rebela contra mim, não aceita regras, disciplina... Basicamente, é uma desmiolada.

— O senhor a faz se sentir inferior. — Deu-lhe nas guampas.

Augusto o encarou detidamente, e, no instante seguinte, foi possível ver seu peito estufar de soberba.

— Ela disse a você que metade da família é louca? E não me refiro à loucura criativa, e sim à que precisa de camisa de força. Pois bem, ela não se lembra da própria vida antes dos catorze anos, mas eu não perdi a memória. Até onde sei, o pai dela tinha problema mental.

— Contou isso a ela?

— Sim, mas ocultei o fato de que o casal estava à beira de um divórcio. Existe a possibilidade de a Ramona também ter o mesmo problema mental que o pai dela.

— Ainda assim, aqui em Santo Cristo, ela é conhecida por ser a sobrinha do juiz, e não por ter problemas emocionais — enfatizou, olhando-o com sagacidade. — Veja bem, é a sua reputação que está em jogo. A sua sobrinha foi lançada à própria sorte, morando num sítio, isolada de todos, sem emprego, metida com vagabundos e agora grávida de um deles.

O outro apertou a boca, retesando os maxilares. Dava para notar o quanto se importava com sua imagem. A bem da verdade, com a preservação dela. Afinal, ele construiu uma carreira impecável, honesta e digna do melhor cidadão da terra que ajudou a colonizar. Augusto Levy, ao lado de Breno Lancaster, era a referência mais sólida de justiça e integridade moral. O que em nada se referia à empatia e à bondade em relação à sobrinha.

Thomas não se sentia mal manipulando-o.

— E nada de intervenção. Não é o caso para isso, mesmo que seja influente e, é claro, que consiga alcançar seu objetivo. — Inclinou meio corpo para a frente e, de modo cúmplice, acrescentou: — Ela me pediu ajuda para fugir da cidade caso o senhor tente uma ação de interdição.

Tragou mais uma vez o cigarro sem tirar os olhos do homem. Rodolfa espalhou-se no sofá, esticou as patas, deitou a cabeça em suas coxas.

— É uma louca. — Levou as mãos à face, demonstrando aturdimento e derrota.

— Ela está desesperada — afirmou, impondo-se paciência.

— O avô dela também era assim, era contra o sistema, dizia ele, mergulhado no seu transtorno obsessivo-compulsivo. Viu como ela também é acumuladora? E quanto à carreira profissional? Nenhuma. Largou a faculdade pra vender miçangas à beira da estrada. E agora não faz mais nada, não serve para nada. Parece uma favelada em meio a um bando de bichos — irritou-se.

Mantenha a calma, Thomas.

O Killer te derrubou porque você estava de cabeça quente. Você sabe o que quer e de quem vai pegar.

— Ela não precisa de alguém que saiba apenas lhe dar ordens. Isso não funciona, é só motivo para se rebelar — despachou as palavras para fora da boca junto com a fumaça do cigarro.

— Acontece que eu, ao contrário dela, construí uma carreira de sucesso e tenho uma imagem a zelar perante a comunidade — rebateu num tom ríspido. — A vontade que tenho é colocá-la no primeiro avião para o outro lado do país. Que faça suas loucuras longe daqui — acrescentou com desprezo.

— É uma ideia. — O outro o fitou, parecendo interessado, e Thomas rapidamente completou: — Se quiser um escândalo.

O juiz demonstrou enfim de que material era feito. A parte boa de lidar com pessoas que se importavam apenas consigo mesmas, embora parecessem sentir empatia pelos outros, era que elas podiam ser facilmente manipuladas. A questão apenas era descobrir seu ponto fraco e cutucá-lo até conseguir lhes tirar o que se queria.

— Me sinto de mãos atadas — suspirou, expressando cansaço.

— Se me permite — agora, sim, Thomas relaxou, esticou as pernas, adonou-se do ambiente —, posso resolver seu problema. É por isso que estou aqui.

Augusto estreitou as pálpebras, desconfiado.

— Interessante, uma vez que fui eu quem resolveu o *seu* problema, não é mesmo?

— Então chegou a hora de aprofundarmos nossa aliança. Porque sua situação também não é nada boa.

O juiz assentiu com um meneio de cabeça, absorvido pelas ondas de autoconfiança exaladas pelo homem frio, desesperadamente frio.

* * *

— Estranha de um jeito estranho, ora. — Jaque apertou os olhos como se, com o gesto, enxergasse melhor a simbologia das cartas.

— Esquece, deixa pra lá, dá pra ver que você não vê porra nenhuma...

— Cala a boca, Ramona — pediu, juntando uma carta com outra, o olhar crítico para o jogo. — Essa carta...

— O que tem?

— É a carta da concepção. — Fitou-a antes de continuar. — Significa a concepção de uma nova ideia, novos planos, mudanças, essas coisas, sabe?

— Entendo. Talvez eu precise passar o sítio adiante se não conseguir me sustentar vendendo miçanga no centro — considerou, fazendo uma careta de desagrado.

— Ô saco, não é isso, a coisa não é tão simples assim. Aliás, é simples demais, até. A carta da concepção está perto da carta do sol e do horizonte, e essa combinação só tem um significado.

— Acho que não quero saber mais nada. — Levantou-se da cadeira, mas Jaque a fez se sentar novamente. — Verdade, Jaque, estou fora do jogo, guarda as cartas, acabou a sessão.

— Por acaso transou sem proteção com o peão de rodeio?

Ramona engoliu em seco ao enfrentar o olhar sério e hostil da amiga.

Fez que sim com a cabeça, intimidada pela expressão severa e cheia de censura da outra.

— E acha que engravidou. Por isso me pediu para jogar as cartas para você — considerou de modo crítico.

— Transei no meu período fértil.

— Daqui a alguns dias, compra um teste de farmácia para confirmar o que vou lhe dizer. — Fechou a cara e continuou: — O fato de ter sobrevivido ao acidente que matou seus pais não a torna uma pessoa má que precisa ser punida. Você transou bêbada com um cara mulherengo justamente para engravidar e se afundar ainda mais. Está se castigando por algo de que não teve culpa. Por isso mesmo não consegue se lembrar da sua vida antes do acidente. Culpa! Culpa porque não morreu com os seus pais. Sim, chora! É pra chorar mesmo! E provavelmente está grávida de um homem que te chama de moleca, que não te leva a sério e que nos considera duas loucas. Espero sinceramente ser uma charlatã de quinta categoria, porque...

Ela não terminou de falar. Levantou-se abruptamente, a cadeira caiu para trás. Chorava. A pessoa que Ramona amava com todo o seu coração chorava.

— Jaque...

A amiga juntou as cartas e as jogou pela janela. Depois se virou para ela, os olhos molhados de lágrimas, o queixo trêmulo:

— Minha carreira de cartomante acabou. Não quero mais ver desgraças.

Voltou para o quarto e bateu a porta atrás de si.

Quando começou a chover, Ramona foi para o canil. Escolheu uma das casinhas, a que tinha o cachorro de três patas, e deitou ao seu lado, encolhida.

* * *

— Me corrija se eu estiver errado, seu Augusto — disse Thomas. — O sobrenome Lancaster tem muito valor na região, é não? Sou filho do ex-prefeito e advogado que ajudou muita gente. Meus pais colonizaram essa terra e chegaram antes do senhor. Somos, como se diz, uma família tradicional de Santo Cristo. Pode-se dizer que somos como aqueles nobres de antigamente, falidos, porém com títulos importantes.

— Aonde quer chegar?

— Gostaria que não me interrompesse, é possível?

— Que audácia — resmungou.

— Sou um nobre cujo sobrenome vale mais que o seu.

— A Albertina sabe que você está aqui? — sondou-o, desconfiado.

— Não, a rainha continua no seu castelo. Mas, ainda sendo apenas o príncipe, tenho o poder de transformar sua plebeia em uma princesa respeitada por todos no reino. Imagina, burguês-sem-título, como tudo mudaria de figura se Ramona Levy se tornasse Ramona Levy Lancaster — argumentou, persuasivo.

— Está se oferecendo para casar com a minha sobrinha? — indagou, parecendo confuso e ao mesmo tempo intrigado.

— Estou me oferecendo para manter a sua reputação impecável como sempre foi e, de quebra, tornar a sua sobrinha rebelde e hippie em uma boa moça, recatada e do lar... Porque bela a Ramona já é — acrescentou com cinismo.

— E assumiria o bebê como se fosse o seu filho? — Estudou-o, por um momento, antes de completar: — Quero dizer, mentiria que é seu?

Thomas torceu o canto do lábio para baixo num esgar de *tanto faz*.

— Bem, o anúncio da gravidez seria feito após o casamento, considero então que todos imaginariam que o filho é meu.

O juiz assentiu com um meneio de cabeça, parecendo ponderar sobre a ideia.

— E por que faria isso?

Sorriu levemente antes de responder:

— Como lhe disse, sou um nobre cujo sobrenome tem valor, mas estou a um passo de perder as minhas terras. Já o senhor tem o dinheiro e está a um passo de perder a dignidade. Portanto, aceito mudar meu estado civil e o meu estilo de vida, casando-me com a sua complicada e muito jovem sobrinha. O acordo de pagamento do meu advogado será substituído pelo dote de casamento. E o valor é esse aqui. — Tirou do bolso do jeans a folha de caderno com os números que não apenas pagavam o advogado e a pena estabelecida na audiência preliminar, como também lhe dava a chance de comprar metade da Majestade do Cerrado e, assim, se tornar sócio de Mário.

O juiz esboçou um sorriso amargo depois de ler o valor do dote.

— Você não vale tudo isso — afirmou com menosprezo.

— Não, tem razão, o meu valor é bem baixo — admitiu quase sorrindo. — O que vale muito é o meu sobrenome e a história do meu pai nessa terra, além do fato de que, como futuro marido da Ramona, conseguirei fazer com que ela se reaproxime do senhor. Terá a chance de voltar a orientá-la da forma que quiser e inclusive irei incentivá-la a procurá-lo.

O outro chegou a inclinar meio corpo para a frente como se Thomas estivesse lhe oferecendo um pedaço do paraíso. Aquele homem sentia uma tremenda necessidade de controlar quem poderia sujar sua imagem de cidadão exemplar.

— Quero aquela Jaqueline fora da vida dela.

— Pode deixar comigo.

— E quero que a Ramona venda aquela porcaria de sítio. É melhor que morem na Majestade do Cerrado, assim todos acreditarão que o casamento é de verdade. Se é que ela vai aceitar.

— O senhor terá tudo isso — mentiu.

— Acha mesmo que será fácil assim lidar com a Ramona? Não me parece que aceite se casar com você, Thomas. Se ela lhe pediu ajuda pra fugir de mim, talvez fuja também de você.

— Sei como persuadi-la a casar comigo — afirmou, seguro de si.

— Uma garota descabeçada.

— O senhor quer me ensinar a fazer o meu trabalho? — perguntou com grosseria, mas sem deixar de sorrir.

— O valor é muito alto, preciso pensar.

— Eu deixarei de ser um homem solteiro, perderei as minhas namoradas e toda a farra da liberdade para limpar a barra da sua família. É pegar ou largar. Vou lhe dar cinco minutos para pensar, depois disso não me interessa mais sua reputação nem a da sua sobrinha. — Levantou-se do sofá, bateu na coxa para acordar Rodolfa e ambos se dirigiram à porta.

A mão estava na maçaneta quando ouviu a pergunta do juiz:

— Aceita cheque?

— Transfira o valor para a minha conta. — Voltou-se para o outro. — Faça a transferência on-line, sim? — Piscou o olho para ele com o acréscimo de um sorrisinho sarcástico.

Capítulo vinte e três

Thomas vendeu a alma ao diabo.
Mas soube como negociar.

A verdade era que uma faca na garganta fazia a pessoa se tornar suicida ou homicida. Ele, no entanto, não cabia em nenhum dos casos, pois fazia as coisas do seu jeito.

Ramona deu-lhe a dica com a notícia da suposta gravidez. Sem querer, a garota fez sua mente dar voltas e mais voltas, procurando uma saída não apenas para sua situação como futuro pai, financeira e literalmente quebrado, mas como alguém que busca uma oportunidade em meio à maior crise de sua vida. Ele precisava de um recomeço, de uma chance, ouvir novamente o tiro de largada para retornar à competição. Odiava sentir-se um perdedor. Odiava o sentimento de fracasso amargando a saliva, queimando o estômago, anuviando seus olhos. Era um lutador nato. Oito segundos em cima da montaria. O esporte mais perigoso do mundo. Não escolheu por acaso sua profissão como peão, ele era assim, era de sua natureza levantar-se depois de cair de joelhos.

Porém, jamais rastejava.

Chovia pesado, e os limpadores do para-brisa pareciam não dar conta do recado. O certo era desviar para o acostamento e esperar o temporal ceder, ainda mais dirigindo apenas com o braço direito. Mas o certo também era não usar Ramona em suas patifarias, assumir a criança sem a opção do casamento, embora tivesse a intenção de pedi-la em namoro. Afinal, ele gostava de conversar com ela e talvez a garota estivesse realmente carregando um filho seu na barriga. Estava tão focado na conversa com o juiz que nem sequer pensou sobre o fato de ter um filho.

Um filho! Cogitava inclusive que o gatilho que acionou a parte estrategista de sua mente foi justo o desespero de se tornar pai em um momento tão fodido, em que não via saída nem pra si mesmo, como então sustentar, educar e criar um inocente que dependeria de uma mãe jovem e perdida e de um pai falido?

Chegou ao sítio sem maiores problemas. Entrou na via de acesso que já estava tomada pelo lamaçal. *Que lugar escroto, puta que pariu*, rangeu os dentes, louco de vontade de levar aquelas duas para sua fazenda. Sim, em breve, *sua* propriedade. Não precisaria persuadir o irmão a vender metade da Majestade, pois sabia que Mário ansiava para que um milagre desses um dia acontecesse. Já haviam falado a respeito, mas a ideia era que Thomas ou Santiago juntasse o dinheiro das montarias clandestinas para injetá-lo na fazenda. O problema era que não sobrava nada para economizar até alcançar o valor necessário para a sociedade entre os irmãos.

Inclinou-se para abrir por dentro a porta do passageiro.

— Vamos lá ver a sua amiga — disse, vendo a cadela pular para o chão.

Saiu da picape e a contornou, correndo até o alpendre, onde Rodolfa sacudia a água dos pelos. Bateu à porta e depois a empurrou, sabia que nunca estava trancada. Por ali, nada acontecia, como em boa parte da cidade.

A sala e a cozinha estavam vazias. Acompanhou Rodolfa, que entrou no corredor em direção a um dos quartos. Era o de Jaque, que estava deitada na cama, virada de costas para ele.

— Se eu fosse um bandido, já teria roubado tudo.

— A TV e a torradeira, é só o que presta — falou numa voz baixa e desinteressada. Nem se mexeu.

— Onde está a Ramona?

— Não sei.

— A casa está vazia.

— Acho que ela pegou a bicicleta e saiu.

— Você, por acaso, é louca? Como a deixou sair assim? — Entrou no quarto e a sacudiu, puxando-a para trás. — Por que está com essa cara? — Avaliou o rosto inchado de quem havia chorado.

— Engravidou a minha amiga, seu canalha! — afirmou, expressando raiva e mágoa.

— Sim. — Suspirou, resignado, olhando em volta. — Agora me diz onde ela está.

— Eu-não-sei.

— Pensei que se importasse com ela — tripudiou.

— É mesmo? Já no seu caso, eu sempre soube que não se importava.

— E por isso a engravidei? Deixa de ser idiota.

— Não se importa com mulher alguma.

Deu-lhe as costas, encaminhando-se para fora sem antes bater na própria coxa para chamar a atenção da cadela, sentada no meio do quarto, fitando a garota na cama.

— Vamos, Rodolfa.

— Cuidado, Rodolfa, que esse cara é superficial e narcisista.

Thomas estacou no mesmo lugar e depois se virou para encará-la.

— Brigou com a Ramona, e ela desapareceu. Me ajuda pelo menos a procurá-la.

— A culpa é sua, seu egoísta de merda!

— Imagino que tenha lhe dado uma lição de moral, assim como o juiz adora fazer. Puta merda, todo mundo é santo nessa cidade — escarneceu. — O dia em que ela estava bêbada, trepando comigo, você também encheu a cara.

— Sorte minha que não tinha um homem vivido e cafajeste pronto pra me foder atrás do salão country — acusou-o.

— Pois é, a sua amiga não teve essa sorte — rebateu, com cinismo. — Se quer me odiar, tudo bem, não é a primeira. Mas, de minha parte, farei algo produtivo, que é procurar a Ramona.

Foi para o alpendre e olhou ao redor, esfregando os maxilares, pensativo. A moleca devia estar arrasada com a possibilidade de uma gravidez. Fora o fato de temer a tal interdição do juiz. Ele sabia que Ramona estava desesperada e temia que tivesse feito alguma besteira. A menção enfática a seus problemas emocionais, durante a conversa poucas horas antes, deixou-o tenso e em estado de alerta.

Pegou o celular e ligou para ela. Ouviu o segundo e terceiro longo toque até perceber a música que vinha do sofá da sala. Ela deixou o celular para trás.

Agora o que ele sentia estava bem próximo da agonia. Correu para o celeiro meia-boca e abriu as portas duplas. Temia vê-la pendurada com uma corda no pescoço. Em San Antonio, um peão se matou bem desse jeito. Era comum o suicídio no campo, enforcamentos no celeiro ou no estábulo. Às vezes as pessoas simplesmente atingiam seu limite e não viam mais saída para a situação. Não aguentavam mais sofrer, levar tanta porrada no lombo, ou decidiam que era melhor morrer do que sentir tamanha carga de dor. Ela era novinha, melancólica, sem mãe nem pai...

Deus do céu, onde essa garota se enfiou?

Viu Jaque aportar no alpendre e correu de volta.

— E aí?

— Eu é que te pergunto — falou, irritada.

— Faz ideia de onde ela possa ter ido? Pelo amor de Deus, como pôde brigar com uma menina triste e desamparada? Que merda de amiga você é! — viu-se gritando.

— Acho que me descontrolei — justificou-se, agora parecendo preocupada. Desceu os primeiros degraus do avarandado e olhou na direção do cercado do canil. — Às vezes, ela lê histórias de terror para os cachorros — considerou, dando de ombros.

— Fica aí — determinou e, ao ver Rodolfa segui-lo, acrescentou: — E você também.

Abriu o portão do cercado e a chamou. Alguns cães responderam por ela, latindo de dentro de suas casinhas. Abaixou-se e olhou para dentro de cada uma. Até que encontrou uma criança enroscada no próprio corpo, com a pata grande e larga de um cachorro peludo em sua bochecha. Ramona parecia estar dormindo.

Abaixou-se e inclinou-se para tocá-la.

— Ei, garota linda, vamos para casa. A cachorrada ligou para a polícia e avisou sobre a invasão de propriedade.

Viu-a erguer levemente a cabeça, sonolenta.

— O que faz aqui? — perguntou, ainda grogue de sono.

— Vim pedi-la em casamento — disse, debaixo de uma torrente d'água.

— Você não me ama.

— Pensei que fosse argumentar sobre a sua independência.

— Sem dinheiro, isso é ilusão.

— Concordo.

— Me deixa aqui, quero dormir mais um pouco com o Tião. — Abraçou-se ao cachorro.

— Se eu não fosse entalar já na entrada, ficaria com você, mas preciso que me acompanhe de volta para a casa dos humanos.

— A Jaque viu nas cartas que estou grávida, a matemática me mostrou que estou grávida, a minha intuição me diz que estou grávida.

— Aí resolveu morar num canil — provocou-a. — Não vejo lógica nisso.

— Minha vida é completamente ilógica e bugada.

— Oh, coitadinha. Imagina se todo mundo que se fode sentisse pena de si mesmo e não fizesse nada para mudar a situação. Teríamos um mundo de gente chata e mal-humorada. — Tentou puxá-la pelo braço. — Vem, antes que esse rapaz me morda. — Encarou o animal e foi incisivo: — Se me morder, eu te mordo.

— Se morder o Tião, eu chuto a sua cara.

— Ah, é, dona patroa? Vem brigar comigo aqui na chuva, ok?

Vê-la sair da casinha o fez pensar no quanto era frágil e desprotegida, não apenas em relação à aparência. Diabos, ele precisava cuidar dela.

— Vou cuidar de você — disse quando ela se pôs de pé diante dele. — Se me permitir, evidentemente. Não sou o juiz — enfatizou, arqueando as sobrancelhas.

— No momento não me sinto forte o suficiente para recusar a sua oferta. — Olhou-o por baixo da franjinha molhada.

— Você é muito corajosa, mas precisa descansar um pouco da batalha. Sou um cavalo calejado e posso cuidar de tudo por nós dois... ou três. — Sorriu levemente.

Ela pareceu acanhada com a proposta.

— Vamos logo, Thomas, não sei se pode molhar o seu gesso — disse, apontando para a tipoia dele.

Ambos correram de mãos dadas de volta para o alpendre.

* * *

Ela saiu do banheiro enrolada no robe, a toalha na cabeça. Foi para o quarto e pôs um vestido. Prendeu o cabelo num rabo de cavalo, considerando a ideia de cortar os *dreads*. Sentou-se na cama e olhou para o caderno e o calendário, resolveu guardá-los na gaveta do criado-mudo. Sabia que a obsessão e a ansiedade podiam afetar o funcionamento normal de seu organismo, talvez até interferindo no ciclo menstrual.

A chuva batia forte contra o vidro da janela e o vento fazia barulho, açoitando os galhos mais frágeis das árvores na tempestade de verão, que duraria poucos minutos. Depois o sol voltaria ainda mais forte e, com ele, o mormaço.

— Fiz sopa de capelete, como você gosta — disse Jaque, ao encontrá-la na cozinha conjugada à sala.

— Obrigada.

— Sopa é pra doente — reclamou Thomas, sentado no sofá, mexendo no celular.

— Ninguém te convidou para almoçar.

— Até parece que eu preciso de convite, Ja-que-li-ne — rebateu ele, concentrado no que lia na tela do aparelho. — Acabo de me tornar um fazendeiro, se querem saber.

— Não, nós não queremos — a amiga disse, abraçando-a por trás. Beijou-a no topo da cabeça e, em seguida, falou: — Me perdoa a falta de sensibilidade. Saiba que estou aqui para o que der e vier.

— Eu sei que sim. — Sorriu, virando-se para abraçá-la. — Mas mereci a bronca. Doeu, mas mereci.

— Pois é — começou Thomas, ainda concentrado no que fazia ao celular. — O próximo filho da puta que for grosso com você terá que se ver comigo.

— Não se meta na nossa amizade, ô ogro. A gente se ama e se dá patada, é assim que funciona.

— Patada que leva a própria amiga a dormir com os cachorros? Vá se danar com a sua amizade. — Ele agora parecia se divertir com a cara de Jaque, embora não sorrisse.

— Se mete comigo, e eu chamo o Hércules do cerrado.

— Imagino que seja o meu irmão cabeludo — resmungou. — Ainda vou passar uma tesoura naquela indecência.

— Você realmente é muito antiquado.

— Não sabe o quanto — falou, olhando diretamente para Ramona. — Vamos casar, dona patroa. Falei no canil e repito agora.

— O quê? Casamento? Acha que vivemos no século XIX, é?

— Jaqueline, por favor, vá cuidar das galinhas — ordenou ele serenamente.

— Precisamos conversar, Thomas — Ramona interveio, antes que a amiga pulasse no pescoço do caubói. E não seria por simpatizar com a ideia dele, não.

— Vou para o quarto — avisou-a Jaque. — Se precisar de mim, é só chamar.

— Ela não vai precisar de você — afirmou Thomas, sério, fitando-a.

Sustentou o olhar até ouvir a porta do quarto da amiga se fechar.

— A Jaque tem razão, ninguém mais casa por causa de gravidez.

— Eu caso, sou conservador, antiquado, careta, e o pirralho vai ter uma família. Cresci cercado de amor de pai e de mãe, isso é importante, é a nossa base. — Ele bateu com a mão no assento do sofá. — Vem ter essa conversa aqui ao meu lado.

Obedeceu-lhe, procurando manter uma distância razoável dele.

— Dias atrás, você não me parecia conservador. Pelo contrário, estava mais para um libertino que só queria sexo casual comigo.

— Bem, lá no canil você praticamente mandou à merda a sua liberdade. Viu, as pessoas mudam. — Alçou uma sobrancelha com ar sabichão.

— Admita que a ideia de casamento tem a ver com a gravidez. Se eu não estivesse grávida, você nem sequer iria namorar comigo — declarou, avaliando-lhe a feição máscula.

Para um cara que até então se sentia no fundo do poço, Thomas parecia agora estranhamente sereno e autoconfiante, tendo resposta para tudo.

— Pois é, o moleque nos uniu, mais um motivo para pensar nele, e não apenas em nós dois.

— Acontece que esse assunto se refere apenas a nós dois. Se eu aceitar o seu pedido de casamento, você vai acabar me odiando.

— É mais fácil eu te odiar se não casar comigo. — Agora ele aparentava seriedade e cautela.

Ela suspirou profundamente. A vontade de dizer *Sim, eu te amo e quero viver com você, acordar com você, ser a sua mulher* era tamanha que apertou a boca com força para a declaração não lhe escapar. Por outro lado, a intuição lhe dizia que alguma coisa estava errada, só não sabia o quê.

— Não vamos nos precipitar, certo? Daqui a alguns dias farei um teste de gravidez e aí voltamos a conversar a respeito.

— Garota, vou te engravidar de qualquer jeito porque pretendo ficar com você. — Ele foi direto, encarando-a como se revirasse sua alma.

Ramona temia se entregar, não queria que ele soubesse o efeito que a declaração lhe causara. Baixou a cabeça para esconder as lágrimas que lhe margeavam as pálpebras. Uma coisa era amá-lo; outra bem diferente era ele saber que ela o amava.

— Mas por quê? — indagou, fitando as próprias mãos deitadas no colo. — Por quê, Thomas? Eu não entendo.

Ele estendeu o braço e a tocou com o dorso da mão na bochecha, uma carícia suave que a emocionou profundamente. Precisou respirar fundo para não chorar.

— É simples — disse ele numa voz baixa e terna. — Precisamos um do outro.

Ela o encarou diante da sinceridade da declaração, e as lágrimas transbordaram.

— Também sinto isso — admitiu, tomada por uma forte emoção.

— Não sei se você vai me compreender, mas, quando vi a Rodolfa abandonada na estrada, me lembrei de você. Não posso deixá-la sozinha nesse mundo. — Pegou a mão dela e a beijou no dorso.

— Isso é piedade.

— Não, é empatia.

— Mas não é amor. — Tentou ocultar a mágoa do tom de voz.

Ele esboçou um leve sorriso.

— *Ainda* não é amor — salientou. E acrescentou: — Quantos casamentos começam com amor e paixão, pegando fogo, e anos ou meses depois acabam em divórcio? O que acha de quebrar as regras comigo e apostar que o nosso amor virá com o tempo, hein?

Ela beijou-o na boca.

Ao se afastar, ela o encarou ao responder:

— Não.

— Sim, a resposta é sim. — A mão de Thomas enganchou em sua nuca e a puxou para outro beijo, mais profundo e prolongado.

Ramona tentou se afastar; a ideia de casar por obrigação machucava seu coração. Queria que ele estivesse apaixonado por ela. Custava-lhe aceitar um casamento sem amor. Talvez fosse romântica demais, sonhadora, idealista ou apenas alguém que precisava do amor de quem ela amava.

— Acho que não. — A convicção estava indo para o espaço.

Ele demonstrou um ricto de contrariedade no canto da boca. Mas, quando voltou a falar, a voz saiu macia e persuasiva:

— Não suporto a ideia de vê-la com outro cara. Cheguei ao fundo do poço, e ainda assim você quis ficar comigo. É um gesto de lealdade bastante raro.

— Você é um vencedor, só está passando por uma fase ruim. — Tentou sorrir para lhe passar confiança.

— E se eu lhe disser que sei como retribuir essa sua lealdade? — Não esperou pela resposta e, muito sério, continuou: — Casa comigo e vem morar na Majestade do Cerrado. Quero que se torne a sra. Lancaster, venda o sítio e use o dinheiro como quiser. Fiz negócio com um ricaço da região e me tornarei sócio do Mário na fazenda. Tenho planos de vender o Killer, e, com isso, entrarão pelo menos dois milhões de reais. Voltaremos a ser ricos, poderei te dar uma vida de princesa e, de quebra, não deixarei o juiz se aproximar de você. Como minha esposa, ele jamais poderá interditá-la. Entende o que isso significa? Sou eu quem pode garantir a sua liberdade e independência. — Manteve os olhos nos dela, capturando-a para a profundidade do azul.

— Quer mesmo casar? — sondou-o, inclinada a ceder aos próprios sentimentos.

— Alguma dúvida disso? — rebateu, acariciando-lhe a face.

— E a Jaque?

— Vem com a gente para a Majestade. Ela e a bicharada. Você não vai perder mais nada nem ninguém na porra dessa vida, entendeu? A minha prioridade agora é fazer você feliz — ele falou tão sério que os ossos dos maxilares se projetaram debaixo da pele com a barba por fazer.

Para Ramona, o que ouviu soou como uma declaração de amor. Só havia uma palavra a ser dita:

— Aceito.

Capítulo vinte e quatro

O dinheiro do juiz estava na conta, e Ramona aceitou casar-se com ele. O próximo passo era propor sociedade ao irmão. Antes tudo estava dando errado, mas agora o trem parecia estar de volta aos trilhos. Thomas era um cara de sangue quente. O plano elaborado em poucas horas mostrava, entretanto, a frieza de um manipulador. O que era uma inverdade. Ele continuava movido por suas emoções. Caso contrário, não teria pisado na coleção de valores e virtudes morais que seu Breno e dona Albertina lhe ensinaram desde a infância. Diante de Ramona, sentiu-se tão cretino quanto o tio dela. Uma parte do que lhe dissera era mentira; a outra, não. Queria realmente cuidar da garota e protegê-la. Mas queria, acima de tudo, o dinheiro do dote de casamento.

Decidiu abordar o assunto assim que Mário chegou de viagem. A ideia era se tornar sócio dele antes de se casar para, em seguida, vender o touro que valia milhões. Quando vivia nos Estados Unidos não tinha tanta obstinação em se tornar um peão de rodeio rico e famoso, como muitos brasileiros que dominavam o Professional Bull Riders. Perdeu o foco e se atirou em uma vida desregrada de vaqueiro pobre. Precisou chegar ao fundo do poço para que sua verdadeira vocação emergisse. Era ele o fazendeiro da família, ao contrário de Mário, que foi obrigado pelas circunstâncias a administrar as próprias terras. E, se tudo corresse conforme esperava, muito em breve a Majestade do Cerrado voltaria a ser uma das mais importantes propriedades rurais da região.

Entrou no escritório seguido pela amiga de quatro patas.

— Epa, o que houve com o braço? — foi a primeira frase que saiu dos lábios do irmão ao se levantar de trás da escrivaninha e contorná-la para abraçá-lo. — A mãe viu isso? Ela não comentou nada.

— Não, ela ainda não sabe. — Apertou a boca com pesar. — Quebrei a porra ontem e hoje saí cedo de casa. As últimas vinte e quatro horas foram bastante agitadas.

— Muito grave? — Apontou para a tipoia.

— Nada, o bom e velho gesso vai colocar tudo no lugar.

— Não me diga que se meteu em outra briga.

— Não, não vou dizer.

— Por favor, meu irmão.

Thomas tirou o chapéu e o deitou na mesa ao lado de um troféu de oitenta centímetros, o touro pulando com o caubói em cima, a peça em dourado e, na base, a plaquinha de primeiro lugar.

— Cacete! O Lancaster fez bonito no rodeio! — Pegou o troféu e o admirou de perto, depois o devolveu à mesa e se virou para novamente abraçar o irmão. — Cabra, o pai deve estar feliz te vendo voltar às arenas... — Não conseguiu continuar, baixou a cabeça, constrangido.

— A mãe disse a mesma coisa. — Bagunçou o cabelo curto do irmão e se acomodou no sofá. — Quem é essa peluda sentada do meu lado?

— É a Rodolfa.

— Que chique, estão namorando? Acho que já temos um bom número de cachorros na fazenda, não?

— Essa é minha, não é *da fazenda*. — Sentou-se na ponta da escrivaninha e continuou: — E, daqui a alguns dias, receberemos mais um bando de cachorros, gatos, galinhas e sei lá mais quantos bichos.

— Viramos uma ONG? — brincou, acariciando a barriga da descarada, que se arreganhava toda para Mário.

— Bom, preciso contar algumas coisinhas pra você, mas vamos por partes, porque, como falei, as últimas vinte e quatro horas foram bem agitadas.

— Sou todo ouvidos — disse o outro, sorrindo.

Thomas fitou as próprias botas e depois o encarou com seriedade.

— Consegui o dinheiro para me tornar seu sócio na Majestade. Vamos quitar o empréstimo com o banco e aumentar o nosso rebanho de nelore. Tenho outros planos em mente que pretendo discutir com você, mas, por enquanto, acho melhor focarmos na quitação das dívidas.

Mário parecia confuso e ao mesmo tempo desconfiado.

— Espera um pouco. Primeiro quero saber de onde veio o dinheiro e, depois, de quanto pensa que precisa para se tornar um dos donos da fazenda.

Pegou o celular e acessou a conta bancária. Assim que o saldo apareceu, mostrou-lhe a tela. Era difícil ler os pensamentos de Mário em seu semblante, o cara sabia como escondê-los. Mas, quando ergueu os olhos e o fitou, deu para notar a preocupação estampada no olhar.

— Como tem tanto dinheiro assim?

— Isso basta para me tornar seu sócio? — questionou, incisivo.

— Eu já o considerava meu sócio, você e o Santiago, pra falar a verdade. Ambos trabalham feito cavalos sem direito a salário, não é justo.

— Falo de sociedade no papel carimbado lá no cartório do centro.

— Sério?

— Muito sério. Vou investir todo esse dinheiro numa propriedade que também será legalmente minha.

— E o Santiago?

— Que cuide do cabelo.

— Thomas... — Riu-se. — O Santiago também trabalha.

— Por mim, ele pode entrar como sócio minoritário, a parte dele pode ser a força de trabalho. Mas só terá direito a meio voto.

— De onde vem esse dinheiro? — insistiu.

— Dote de casamento.

— O quê?

— Bem, o dote de casamento é um costume antigo em que a família da noiva oferece bens ou uma quantia em dinheiro ao noivo.

— Eu sei o que é um dote de casamento — interrompeu-o Mário. — Mas para isso é preciso que se tenha uma noiva.

— Ramona.

— Quem?

— Ramona, ora. A dona patroa.

— Vai casar com a garota? — O irmão se levantou do sofá, e a impressão que Thomas teve era que a coisa ia ficar feia. — A sobrinha do juiz? O que você fez à sobrinha do juiz?

— Por que está enfatizando que o tio dela é juiz? Acha que me importo com o velho Augusto? Se quer saber, o dinheiro é dele — disse, recuando dois passos, pois Mário havia se aproximado demais, dando a entender que desceria o sarrafo nele.

— Estou tentando encontrar alguma lógica nessa conversa, viu... — Bufou, parecendo irritado. — Dá pra ser mais claro?

— O negócio é bem simples — começou, procurando as palavras certas a fim de não dar um tiro no próprio pé. — Lembra que o velho me contratou para bancar o segurança e espião?

— Motorista, melhor dizendo — corrigiu-o.

— Segurança que servia como motorista. Você não estava comigo quando ele me mandou ficar de olho na sobrinha.

— Certo, continua — pediu, as mãos nos quadris, o olhar nada amigável.

— É isso, o cara já queria que eu me infiltrasse na vida dela, e foi o que fiz. Aí começamos a ficar, gostamos um do outro e a pedi em namoro. Quando ela perdeu a barraca à beira da estrada, ele viu uma boa oportunidade de fazê-la mudar de vida, mas a Ramona não aceitou voltar a morar com ele. Assim, só lhe restou apelar para mim.

— Ainda não entendi.

— Tenho outra dívida, Mário. O juiz me sentenciou a pagar uma pena pecuniária, que não entrou no acordo com o tio da Ramona. Saí arrasado do fórum. Trabalhei todos esses dias naquele maldito sítio só para cobrir a conta do meu advogado, mas não cobria a sentença. — Fez uma pausa a fim de alinhavar os pensamentos antes de continuar: — Pensei em aumentar o valor das apostas, era um jeito de conseguir a grana em trinta dias. É, essa merda ainda tem prazo para pagar. Mas, para pegar mais grana com os apostadores, eu tinha de apresentar algo diferente, mais emocionante e arriscado.

— O Killer — Mário concluiu num tom seco.

— Pois é.

— Por acaso você levou o Killer para a arena?

— A ideia era essa, mas o bicho está possuído pelo capiroto.

— Ele é o capiroto.

— Talvez seja até o pai do capiroto. O desgramado me derrubou dentro do brete.

— Tentou montá-lo, seu infeliz?

— Para elevar as apostas, porra. Como iria pagar o cretino do Guilherme? Rodando bolsinha feito uma puta barata?

— Aí quebrou o braço — concluiu.

— Exatamente.

— E ficou fora das montarias na fazenda — acrescentou, balançando a cabeça numa expressão de pesar.

— Até seis semanas sem montar. Mas a gente sabe que os médicos gostam de exagerar para assustar os leigos.

— É, claro que sim. Quem entende de fratura de braço é a benzedeira, amiga da nossa mãe — zombou Mário com azedume.

— Posso continuar o meu relato?

— Até agora não entendi o motivo desse dinheiro todo na sua conta.

— Estou tentando explicar, é só não me interromper — disse Thomas com rispidez. — Montei no Killer com a cabeça longe, desnorteado, sem saber de onde tirar mais dinheiro. Aí o bicho teve um piti e quis pular o brete. Sim, foi bem desse jeito que fodi o meu braço. Quando voltei do hospital, vi um cara abandonar a Rodolfa, peguei ela pra mim e essa parte agora também já está explicada. — Parou de falar, procurando manter-se atento à ordem dos eventos. — Bem, aí conversei com a Ramona. A coitada perdeu o lugar onde vendia as miçangas, ou seja, estava tão fodida quanto eu. Fiquei com pena e fui conversar com o juiz, ver uma solução para a situação dela, entende?

— Muito nobre de sua parte — admitiu. Mas, em seguida, o tom foi outro: — E um tanto estranho, já que você não se importa com ninguém.

— Me importo com os Lancaster, a Ramona e a Rodolfa — enfatizou. — Um pouco com a Natália, mas nada que dê para se emocionar. Mas voltando ao assunto em questão: o Augusto cogitou interditá-la. Sabe o que é isso?

— Internar?

— Pior, é como declarar uma pessoa incapaz de tomar decisões. Ele disse que o pai dela era meio tantã, e a Ramona pode ter herdado a maluquice da família. Bem, pelo menos é isso que tencionava alegar para fazê-la vender o sítio e voltar a morar com ele. A questão é que falei sobre a intenção dela, de fugir da cidade caso o velho tente interditá-la.

— Ele não tem esse direito.

— Direito é a área dele, *fio*.

— Em que ponto da conversa rolou o tal dote de casamento?

— Pensei que quisesse tudo bem explicado, mas como prefere um resumo... — Suspirou pesadamente e acrescentou: — Enfim, o juiz quer continuar controlando a sobrinha através de mim. Me propôs que casasse com a Ramona a fim de lhe dar o meu sobrenome e tirá-la da situação de hippie-no-meio-do-mato, e em troca ele me dava o dinheiro necessário para eu me tornar oficialmente sócio da Majestade.

— Olha, isso está com cara de enredo de novela mexicana.

— Pois é, a minha vida virou um dramalhão.

— Thomas, eu quis dizer que não me convenceu. Você está mentindo.

— Certo, me pegou. — Esfregou os maxilares com barba e continuou: — Transei com a Ramona e talvez a tenha engravidado. O juiz pensa que foi outro cara, e eu me ofereci para assumir a paternidade do fedelho e me casar com ela. Por isso ele vai me pagar o dote de casamento, por uma questão de preservação da imagem.

— Engravidou uma menina, seu animal?

— Maior de idade.

— Uma menina — repetiu, estreitando as pálpebras. — Ainda assim, mentiu alegando que o filho não é seu.

— Pode ser que não seja. — Deu de ombros.

— Olha bem com quem você está falando. Vai mesmo bancar o cafajeste?

— O filho é meu — admitiu, embora não houvesse confirmação da gravidez.

— Meu Deus do céu. — Mário suspirou, demonstrando decepção. —A coitada sabe dessa mentirada toda e do dote?

— Não, e nem é para saber.

— Mentindo para a mulher com quem vai se casar. Brilhante! — escarneceu, batendo palmas de modo teatral. — O velho pagou essa fortuna pelo nosso sobrenome?

— Claro, ele pensa que a Ramona está grávida de um hippie. — Achou por bem não entrar muito em detalhes.

— Por que não assumiu o que fez?

— Oh, sim, fui contratado como um favor para a dona Albertina e acabei fodendo a sobrinha dele e a engravidando. A última coisa que ele iria querer era misturar as nossas famílias.

— Seduziu a garota. — Mário balançou a cabeça, irritado.

— Não faz essa cara, sei que sou experiente, mulherengo e filho da mãe, mas não posso deixar aquela menina vivendo do jeito que está. Gosto dela e de como ela é. Às vezes parece uma chefona da máfia mandando em mim com frieza; outras vezes é uma menininha magoada e desprotegida. Ela me deixa confuso.

— Hum.

— Hum o quê?

— Nada. — Pareceu desconversar. — Agora me diz, ela aceitou numa boa casar com você? Mal se conhecem.

— Existe sempre a opção do divórcio.

— Ah, é assim mesmo que eu e a Natália pensamos — ironizou.

— Vocês estão apaixonados um pelo outro. Não é o meu caso e da Ramona.

— Por isso não deviam casar.

— Preciso do dinheiro para injetar na fazenda.

— Está usando a garota como moeda de troca com o tio dela.

— Até parece que sou assim — rebateu secamente.

— Você diz que quer protegê-la do tio. — Encarou-o avaliativo. — Mas quem irá protegê-la de você?

Thomas pôs de volta o chapéu na cabeça sem ignorar o olhar de menosprezo do irmão mais velho. Foi até ele e apontou o dedo, mal separando os lábios para falar:

— Não se esqueça de que, antes da fazenda ser sua, ela era do nosso pai. E você a comprou porque ele não estava administrando corretamente, o que está acontecendo agora. Portanto, não vou deixar que você acabe com o legado da família. Sei que se sente o fodão por tê-la no seu nome, mas a coisa, meu irmão, está indo de mal a pior. O seu lugar é montando no touro, e o meu é administrando as terras que nos tornarão ricos outra vez.

— Sei que você é capaz disso, Thomas. Vou falar com um advogado para fazer a papelada da nova sociedade — apaziguou-o.

— Ótimo. Reúna a família, logo mais à noite, para o anúncio do meu casamento.

Mário voltou a se sentar detrás da escrivaninha e, forçando-se um sorriso amistoso, assentiu com um meneio de cabeça. Thomas bateu com dois dedos na aba do chapéu, despedindo-se dele.

Rodolfa o seguiu prontamente.

* * *

Ramona estava tensa e ansiosa ao parar no meio do alpendre da casa-sede dos Lancaster. As mãos tremiam e as panturrilhas formigavam, se é que isso era possível.

— E se a sua mãe não gostar da notícia do nosso casamento?

Thomas se virou para ela antes de chegar à porta de entrada. Trazia no rosto um sorriso confiante.

— Ela gosta de você.

— Mas talvez não para casar com o filho dela.

Ele mexeu no chapéu num trejeito todo seu, empurrou a aba para cima e depois a baixou novamente à altura dos olhos.

— Quem vai sofrer com isso será a coitadinha que se meter com o Santiago. Sou apenas o filho do meio. Se a minha existência bastasse, eu seria o caçula.

— Oh, coitado — zombou.

— A senhorita debocha porque é filha única. Isso mostra que seus pais se realizaram tendo apenas você.

— Não sei, eles morreram antes que eu tivesse chance de tirar essa dúvida.

— Meu anjo, depois de catorze anos sem um segundo filho, é bastante óbvio que eles queriam gastar toda sua energia criando a princesinha. Mas, quanto a mim, sou apenas o cara que fica entre o primogênito e o caçula, não existe nem um nome para o filho do meio.

— Existe. Filho do meio, ora.

— Gracinha. — Ele apertou a ponta do nariz dela entre dois dedos. — O que acha de me dar a sua mão, minha noiva gostosinha?

Ela fez que sim, e entraram de mãos dadas.

Jaque passou por eles, toda animada em seu vestido acima dos joelhos, um modelo reto que lembrava os usados na década de 1970. Só faltavam as botas de cano longo, que foram substituídas pelas de vaqueira.

— Como vai, dona Albertina do meu coração? — A amiga entrou, já se anunciando a todos de um jeito escandaloso. Correu para abraçar a matriarca. — Sonhei com a senhora.

— Vixe, teve um pesadelo, isso sim — disse a velhinha, apertando as bochechas de Jaque. — Como consegue ser tão bonita, minha florzinha?

— A mãe só é meiga com as mulheres — observou Santiago, levando uma pilha de pratos para a sala de jantar.

— Nada disso, sempre fui meiguinha com o seu pai.

— É verdade — disse ele, parando à porta. — Mas com os filhos, nem pensar — reclamou.

— Pois é, pra vocês, só vassoura no lombo — disse, piscando o olho de modo travesso para Jaqueline. — É ciumento.

— E bonito. A senhora só fez filho bem-dotado de beleza.

— Tenho bons genes — confessou. — Mas eles são bem-dotados no pinto também, viu?

— Mãe, já falei para não se vangloriar das suas criações. — Thomas a beijou na testa.

— Como fodeu o braço, seu filho da puta? — A cara feia da velhinha não o incentivou a contar o verdadeiro motivo.

Até que ouviu o berro vindo da sala de jantar:

— MONTOU NO KILLER.

— Obrigado, Santiago, mas a pergunta foi pra mim — rebateu, contrariado. Voltou-se para a mãe e acrescentou: — Agora já sabe.

— Quem mandou se meter com aquele touro assassino?

— A minha vontade de ganhar dinheiro.

— Essa sua ambição está te cegando para as coisas importantes da vida.

— Salvar a fazenda é importante, não? Afinal, a senhora nos chamou do Texas para isso.

— E acha que montar no Killer vai mudar a situação financeira da fazenda? Claro que não! Tem é que vender esse animal que quase matou o seu irmão.

— Ninguém se mete com o meu touro — alertou Mário, indo para a cozinha.

— Conversaremos sobre isso mais tarde. — Ele ergueu a mão que segurava a de Ramona e disse à mãe: — Estamos juntos.

Dona Albertina a avaliou detidamente como se fosse a primeira vez que a via.

— Não sou a melhor pessoa para falar se você se meteu numa enrascada ou não, joaninha. O cabra aí é meu filho, né? Mas depois sugiro que tenha uma conversa com a Natália, acho que ela pode lhe dar umas dicas de como domar um Lancaster.

Ramona sorriu, mas logo desfez o sorriso ao ver a expressão carrancuda de Thomas.

— A dona madame pegou o bruto fofinho. Mas você, dona patroa, escolheu o bruto macho, então esqueça essa coisa de me domar.

— Foi você quem me escolheu, não te pedi em casamento — desferiu, fechando a cara.

— Bom, qual a diferença se aceitou o pedido?

— O quê?

— Nada, mãe. Vou fazer o anúncio oficial às vinte horas e quatro minutos — zombou.

— Vão casar? — indagou, incrédula.

— Não responde, Ramona. Insisto em fazer o anúncio à mesa e depois brindarmos com pinga de alambique.

— Que pinga nada, o Mário comprou champanhe. Eu só não sabia pra quê.

Santiago voltou para buscar os copos, parou junto deles e deu sua opinião:

— Mais um boi castrado na família.

— Ninguém chamou a moça aqui. Vai cortar esse cabelo e depois fala comigo.

— Deixa o cabelo do seu irmão em paz — reclamou a matriarca. — Como vai casar com a moça se nem namoraram? É muita modernidade pra minha cabeça.

— Se largasse o cassino clandestino, estaria por dentro das tais modernidades.

— Thomas, eu não vou a cassino nenhum. O único programa que faço é tomar chá na casa das minhas amigas. — De repente ela se voltou para Ramona e falou: — A Gulcídia não é como a Jaque, nunca tive sorte com amigas, são tudo duas caras.

* * *

— Antes que ataquem a comida, quero anunciar algo que jamais pensei que um dia faria, embora a vontade de fazê-lo já me rondasse faz tempo — disse Thomas.

— Entrou para o curso de controle da raiva? — provocou-o Santiago.

— Não bagunça o discurso do seu irmão — ralhou a mãe.

Ignorando a pergunta do irmão, Thomas fixou seus olhos em Ramona ao tirar algo do bolso traseiro do jeans.

— Já fiz o pedido de casamento sem anel. — Foi até ela e pegou sua mão. — Agora quero pedir do jeito certo. — Ajoelhou-se, olhando-a com a seriedade exigida pela ocasião. — Quer ser a minha mulher pra sempre?

Ele parecia tão sincero e autêntico que, por um instante, ela desconsiderou que não era amada.

— É tudo que eu mais quero. — Também foi honesta. Porém, no seu caso, Thomas era amado.

— Queria que o meu Breno visse isso. — Ramona ouviu a futura sogra comentar baixinho.

Ele deslizou o anel de brilhante em seu dedo. Ficou de pé e lhe tomou o rosto entre as mãos, dando-lhe um beijo casto na testa. Deslizou os lábios até sua orelha e sussurrou:

— Vai passar a noite comigo, e todas as outras também.

Ramona abraçou-o e deitou a cabeça no peito dele. O braço sem o gesso a enlaçou, trazendo-a para si.

Dona Albertina abraçou Ramona, desejando-lhe felicidades e paciência. Depois o carinho foi estendido ao filho e, com bom humor, repetiu apenas que lhe desejava felicidades.

— Essa menina precisa de muito amor. O seu pai me fez feliz, e eu só vejo a Natália sorrindo. Portanto, não pisa na bola — avisou ao filho.

— Sei o que faço, dona mãe.

Santiago levantou Ramona do chão e rodopiou com ela pela sala. Beijou-a na bochecha de modo escandaloso, aqueles beijos longos e estalados.

— Você é louca em casar com o meu irmão — disse, rindo muito.

— Pois é, eu sei. — Sorriu sem jeito.

— Ele é temperamental, pessimista, rabugento e ronca — enumerou Santiago com bom humor. — E não tem um bom coração.

— Tem, sim — veio Mário em defesa do irmão. — Só que o órgão serve apenas pra bombear o sangue. — Riu-se. — Me deixa abraçar a minha cunhada, Santiago. — Pegou o outro pelos ombros e o empurrou de lado, como bons trogloditas que eram. Ele fez o mesmo que Thomas, embora não tenha deslizado os lábios por sua orelha. Tampouco a frase foi a mesma quando sussurrou:

— O Thomas é bem grandinho, sabe se virar. Portanto, quero que me veja como o seu irmão mais velho, ok? Se ele aprontar, vem falar comigo. — Afastou-se para encará-la. — Vou protegê-la, se precisar — enfatizou, arqueando as sobrancelhas.

— Obrigada, Mário.

Pareceu-lhe que ele falou metade das coisas que gostaria de ter dito, ou que a declaração estava meio que codificada, para que ela entendesse o verdadeiro sentido nas entrelinhas. O olhar de Mário era sério e profundo, o que a deixou ainda mais intrigada. Contudo, não teve tempo para mergulhar nos próprios pensamentos, pois, em seguida, Natália a parabenizou, e logo depois foi a vez de Jaque, que não demonstrou a mesma felicidade que os outros.

— Confio em você — disse, beijando-a no rosto depois de abraçá-la com força. E, voltando-se para Thomas, falou: — Parabéns! Ela é muita areia pra caçamba da sua picape.

— Eu sei que sim — concordou ele, sorrindo para Ramona. — É a minha menina.

— Esse *minha* não é legal. Pronomes possessivos não são mais bem-vindos no mundo feminino — declarou a amiga, de modo didático.

— Não caga as minhas palavras, ok?

— Consciência crítica, brucutu, é disso que estou falando.

— Jesus, acabei de descobrir o nome da pedra na minha bota — resmungou, fitando Jaque.

— E você é o espinho cravado na minha bunda — disse ela com um sorriso travesso. Piscou o olho pra ele de modo cúmplice e completou: — Ainda assim, gostei muito de você não ter convidado para o jantar o "tio encosto".

Dona Albertina olhou de um para o outro e falou:

— Imagino que as meninas vão morar conosco, não é? — Após Thomas concordar com a cabeça, ela continuou: — Essa fazenda vai virar uma alegria só.

— Por quê? Antes era triste? — indagou Thomas, com brusquidão.

— Era sem graça.

— Pensei que a gente morava no campo para criar gado, e não pra ficar fazendo cócegas um no outro.

— Thomas, vai tomar no teu...

— Mãe... — disse Mário, pondo-se entre ambos. — O que acha de servirmos o jantar?

— Espera que vou terminar de mandar o seu irmão...

Mário pegou a mãe no colo e colou um beijo na bochecha dela, levando-a rapidamente para a cozinha antes que soltasse o palavrão.

— Em breve, você se acostumará à dinâmica dos Lancaster — disse Natália, sorrindo. — E se apaixonará por todos eles, não apenas pelo seu noivo. Eu nunca fiz parte de uma família tão amorosa como essa — completou, com ar sonhador.

— Nem eu — falou Jaque. E, fazendo uma careta sem graça, acrescentou: — Sei que não faço parte da família. Mas posso fingir que fui adotada pela dona Albertina.

— O Santiago é o último touro solto no pasto — sugeriu Natália com ar travesso.

— Agradeço a indicação, chefa, mas o meu foco agora está no trabalho.

— Adorei ouvir isso.

Quando Natália se afastou, Jaque confessou baixinho a Ramona:

— O caralho que meu foco não está no caubói cabeludo.

A amiga considerou lhe pedir que ficasse longe do Lancaster mais jovem. Por outro lado, pensou melhor, levando em conta que ela não tinha nada a ver com a vida de Jaque.

— Só não se esquece de fingir que ele não te interessa — opinou.

A outra riu alto, muito alto.

Capítulo vinte e cinco

Quinze dias depois do jantar de noivado, Ramona escolheu um vestido branco com os ombros de fora, a cintura marcada e a saia longa de um tecido leve, com camadas de babados. Deixaria o cabelo solto e usaria uma tiara natural de delicadas flores brancas que combinava com o buquê.

O casamento não seria na igreja, embora dona Albertina fizesse questão. O problema era que a agenda do padre estava lotada para os próximos dois meses, e Thomas não queria esperar. Parecia que quando o caubói tomava uma decisão tinha de agir o mais rápido possível. Menos em relação ao exame de gravidez.

Natália insistiu em pagar um exame mais seguro, o Beta HCG, que era o de sangue. Levou Ramona à ginecologista, e, durante a consulta, a médica fez um exame de toque.

Tentou relaxar, olhando para o teto, mas só conseguia pensar no dedo indicador da médica enfiado em sua vagina.

— Transei no meu período fértil, é certo que engravidei.

Ignorando o comentário da paciente, a médica terminou o exame, retirou as luvas e, enquanto as jogava no lixo, comentou:

— O colo do útero está mais mole e o próprio útero aumentou de volume. — E, voltando-se para ela, deitada na cama ginecológica de pernas abertas, continuou: — Ainda assim, não posso afirmar que esteja grávida. Somente o exame de sangue poderá nos garantir os cem por cento de acerto.

A médica retornou à sala, onde Natália aguardava na cadeira em frente à mesa da doutora.

Vestida com um avental de bunda de fora, Ramona desceu da maca e trocou de roupa.

— Sinto que estou grávida! — berrou do outro lado do biombo.

— É provável que esteja — rebateu a ginecologista, impassível. — O seu corpo me deu pistas de que está gerando um bebê, mas é preciso que tenhamos essa certeza.

— Oh, meu Deus, um brutinho correndo pela fazenda! — disse a noiva de Mário, demonstrando empolgação.

Você está feliz porque é amada pelo noivo.

— Tenho certeza de que o Mário ficaria muito feliz se o brutinho fosse seu — comentou Ramona, procurando ocultar o tom azedo.

Natália a fitou com ternura.

— Sim, os Lancaster são apaixonados por bebês. — Riu-se com ar romântico. — Antes de te conhecer, o Thomas me disse que tinha vontade de se apaixonar como o irmão, mas sabia que seria complicado encontrar uma mulher à altura dele... e acho que se referia ao gênio — debochou.

— Nós brigamos pra caramba.

— E ficam sem se falar? — perguntou, alçando uma sobrancelha com ar divertido. Parecia até que ela já sabia a resposta.

— Bem... na verdade, não. — Baixou a cabeça corada ao admitir sem jeito. — É por isso que estou num consultório ginecológico atrás da confirmação de uma gravidez... É o resultado de uma briga.

* * *

— Talvez essa modificação no meu corpo seja estresse. Já tive todos os sintomas possíveis de gente estressada. Pálpebras tremendo, zumbido no ouvido, taquicardia, alergia de pele, perda de cabelo e de memória... Embora a memória eu tenha perdido por causa de um acidente de carro. Mas a verdade é que o meu corpo paga um preço alto pelo meu desequilíbrio emocional.

Notou o olhar surpreso da vendedora da sofisticada loja de roupas para noivas e madrinhas.

— Não se preocupa — Natália veio em seu auxílio. — As mulheres do mundo corporativo são bem assim.

— Mas você é tão calma e equilibrada.

— Treinei a minha mente para isso. Quero ter paz interior. E, quando sinto que vou explodir de impaciência ou raiva na pizzaria, respiro fundo, fecho os olhos e lembro que tenho um amor pra chamar de meu me esperando para casar.

— E por que não casa logo? Podemos casar juntas, assim economizaríamos na recepção.

— Pra mim ainda é cedo, embora eu tenha achado linda a ideia de casarmos juntas. — Sorriu com simpatia.

— Achou nada, é brega. — Encurvou para baixo o canto da boca.

— Não achei brega, não, mas está muito em cima da hora.

— Pois é, no meu caso, é uma espécie de corrida contra o tempo. Daqui a pouco estarei no formato de um balão — disse, olhando para si mesma e depois para Natália. — Imagina a anã grávida enfiada no vestido de noiva esbarrando a pança em todo mundo.

— Anã? Você é uma bonequinha mignon, isso sim — disse a outra, sorrindo. Depois a noiva de Mário aproximou-se de Ramona e confessou, num tom baixo de voz: — Sei que é uma garota legal e, se eu não trabalhasse tanto, já teríamos nos tornado amigas. Sou uma *workaholic* de carteirinha, acho que nasci assim. Pensei que, longe da TWA e morando no interior, eu fosse pegar mais leve no trabalho. Mas a verdade é que eu amo o que faço e raramente estou cansada. Só que às vezes o Mário me lembra que temos de curtir a vida de outra forma também. Hoje, por exemplo, acordei disposta a passar o dia com você e a Jaque.

— É tão legal encontrar uma mulher apaixonada por seu trabalho — admitiu, olhando a loira pelo espelho. — Eu pensava que o meu sonho era ser artesã. Mas, depois que queimaram a minha barraca, descobri que não sinto falta dos clientes, de tentar vender, argumentar, persuadir, sabe? Gosto de fazer as bijuterias e só. Queria mesmo era me dedicar ao sítio e aos bichos... quero dizer, somente aos bichos.

Jaque surgiu entre elas vestida num traje longo que lembrava um abacaxi com casca.

— O que acham do *look* "Carmen Miranda do cerrado"?

— Como consegue caminhar com essa saia colada?

— Deslizando sutilmente no piso como se estivesse patinando no gelo — respondeu tranquilamente a amiga.

— Você está linda... — começou Natália, pegando a mão de Jaque e a conduzindo para uma parte da loja onde os modelos dos vestidos para madrinhas eram discretos. — Mas pode ficar maravilhosa. O que acha?

Jaque sorriu como uma criança no parque de diversões. Contudo, as pernas estavam juntas e enroladas na saia justa, de modo que pareceu uma foca saltitante.

— Acho que você é uma excelente mentora para nós, pirralhas desajustadas.

— Jaque! — reclamou.

— Ramona! — devolveu a amiga, rindo alto. — A gente é bicho-grilo, não era assim que a Goretti nos chamava? Aliás, você vai convidar o pessoal da BR para o casamento?

— O Thomas me disse para convidar todo mundo.

— Nunca vi o meu cunhado tão feliz!

— É por causa da sociedade com o Mário. Agora ele é um fazendeiro, e não apenas peão de rodeio clandestino.

Notou quando Natália e Jaque se entreolharam, mas foi a amiga quem falou:

— Às vezes tenho a impressão de que você está me escondendo algo.

Sentiu as bochechas pegarem fogo. Vergonha, era isso que sentia. Uma puta vergonha por Natália vir a saber que Thomas a pediu em casamento sem estar apaixonado por ela.

— É que... bem, eu... — Engasgou-se. — Bom, eu queria casar antes de engravidar. Só tenho vinte e um anos, não pretendia ser mãe tão cedo. Eu e o Thomas nem chegamos a namorar e já vamos subir ao altar... Quero dizer, ficar diante do juiz de paz. — Deu de ombros, resignada.

— Você o ama, Ramona? — A cunhada de Thomas foi direto ao ponto, sondando-a com o olhar atento.

Esta era a única resposta que sairia de sua boca sem vestígio algum de hesitação:

— Amo tanto que meu coração chega a doer.

— Que coisa mais linda de ouvir — disse Natália, emocionada, abraçando-a. — Aqueles três sofreram muito na vida, viu? Por mais que sejam tinhosos, todos eles têm um bom coração.

— Sim, eu sei.

— Desculpa quebrar o momento de emoção aí, mas o tempo está passando e o casamento é daqui a três dias, não? Se vai convidar o povo da estrada, a coisa já ficou estranha — disse Jaque.

— Bem, segundo a etiqueta para esses eventos, deve-se enviar o convite pelo menos trinta dias antes às pessoas que residem no mesmo lugar da cerimônia — disse Natália.

— Só digo uma coisa — começou Jaque, ainda enfiada no abacaxi de tecido. — O presente deles vai ser baratinho e vão encher o bucho, fazendo o seu noivo gastar uma nota alta. Pobre adora uma boca-livre, e falo isso por mim. — Ergueu a mão, piscando o olho para elas. — *Open bar* também, uhuuu!

Durante o almoço, em um restaurante sofisticado cuja conta seria paga por Natália, Ramona pediu licença e foi para a calçada telefonar para Thomas.

— Estou com uma dúvida...

— *Sim, você é linda quando acorda.*

— Não é essa dúvida. — Riu baixinho, gostando de ouvir o elogio.
— *Certo, é linda quando ronca.*
— Não ronco.
— *Parece um trator velho... e lindo, claro.*
— É você quem ronca.
— *Não sei, estou dormindo, ora.*
— Escuta só, não quero que gaste muito dinheiro com o casamento.
— *Fui ao banco, paguei as dívidas da fazenda para aqueles abutres e ainda sobrou grana. Portanto, deixa comigo, ok?*
— O que acha de cada convidado trazer um pratinho de salgado ou de doce? — Ouviu a risada alta do outro lado da ligação. — Foi só uma sugestão. — Fez uma careta, percebendo que tinha falado merda.
— *Amor, a chefona dos Lancaster chamou as amigas para organizarem a recepção, aqui na fazenda, depois de chegarmos do cartório.*
— Amor?
— *Sim, o que foi?*
— Você me chamou de *amor*?
— *Falei um monte de coisa depois, ouviu?*
— Por que me chamou de *amor* se não me ama?
— *Podia ter te chamado de coelhinha, e você não é um coelho.* — Notou o tom de zombaria na voz dele.
— Você está proibido de me chamar de *amor*, seu ridículo. — Desligou na cara dele.

* * *

Ao dar entrada nos papéis do casamento civil, Ramona optou por deixar seu sobrenome de fora. Era o de sua família, mãe e pai, podia mantê-lo e honrá-lo depois de mortos. Sim, carregar o "Levy" significava perpetuar o nome de seus antepassados e vinculá-la a um passado que, aos poucos, emergia em suas recordações. Não falou para ninguém, tampouco para sua melhor amiga, mas havia voltado a se lembrar da adolescência antes do acidente fatal.

A mudança no sobrenome era marcada pela vontade de recomeçar. Viveria com uma família unida e amorosa, barulhenta, sensível e divertida. Sentia-se amparada, aconchegada debaixo das asas da matriarca, que as estendera também a Natália e Jaque. Dona Albertina as chamava de *minhas meninas*. Antes disso, Ramona recebeu o amor de um velho psicologicamente perturbado, o avô. Mas agora se lembrava de não sentir que era amada pela mãe. O mais recente lampejo de recordação se deu enquanto se vestia para o casamento. Foi como se lembrasse da cena de um filme...

A claridade do dia era intensa, ela mal via a silhueta da mãe arrumando a mala sobre a cama. O cigarro entre os dedos, o cabelo puxado num coque alto, o jeans rasgado e a camiseta cor-de-rosa.

— *Uma viagem inútil* — *ela resmungou.*

Ramona estava sentada no chão, mexendo no celular sem deixar de perceber a tensão no ambiente.

— *Um fim de semana no campo, Regina. É o que todo mundo mais quer, sair da rotina.*

— *Eu amo a rotina, me faz bem. É você que não consegue conviver consigo mesmo.*

— *Talvez eu não consiga conviver é com você.*

— *Volta então para a sua amante!*

O pai, à porta do quarto, olhou para a esposa e depois para a filha. Havia um quê de preocupação nos seus olhos castanhos quando falou:

— *Família é para sempre.*

Jaque colocou a tiara na cabeça da noiva.

Ramona se olhou no espelho e gostou do que viu. A maquiagem suave, um colar de pérola emprestado da sogra, o cabelo ainda com os *dreads*.

— Acabei de me lembrar do rosto do meu pai. — A amiga pareceu não saber como reagir. — Ele era bonito, mas eu sou parecida com a minha mãe.

— A gente se acha parecido com quem gosta mais — filosofou a outra. — De minha parte, sou a cara do Chapolin Colorado.

Ramona não pôde evitar uma gargalhada tão alta quanto as de Jaque. Ambas começaram a rir, vertendo água dos olhos. Era para ser um assunto sério que, para variar, virou piada.

Já ao lado de Thomas, ela ouviu as palavras do juiz de paz. Ele não falou que família era para sempre. No entanto, Ramona acreditava que sim. Não a família biológica, a que nos encomendava sem que pedíssemos para nascer. A família do coração, a escolhida por nós ao longo da vida. Agora, sentindo a mão de Thomas procurar e encontrar a sua, entrelaçando seus dedos nos dela, assimilava um novo começo, uma nova chance, outra vida.

Mário e Natália eram padrinhos do casamento, assim como Jaque e Santiago. Ali perto também estavam dona Albertina, dona Leonora e o marido. Sim, sua nova família. Ao assinar a certidão de casamento, antes de receber um longo e profundo beijo do marido, ela escolheu fazer parte de uma família de verdade:

Achou tão lindo o sorriso de aprovação de Thomas que não resistiu e sussurrou-lhe ao ouvido:

— Positivo.

— Eu sabia, dona patroa. — Endereçou-lhe um sorriso autoconfiante e a abraçou com força.

* * *

O celeiro estava decorado com luzinhas brancas. As portas duplas, abertas, eram o convite para o ambiente intimista, decorado com lampiões e castiçais nas diversas mesas ao longo do recinto. Ao fundo, a longa mesa retangular com o bufê e, na outra extremidade, a principal, onde ficavam os noivos com os padrinhos, dona Albertina e o juiz, que trouxera uma estranha consigo. Aparentemente um de seus casos. A mulher aparentava mais de cinquenta anos, vestia-se com elegância, aquela típica de quem nasceu em berço de ouro. O ar esnobe combinava com o namorado que ela escolhera. Ramona achou de mau gosto ele trazer uma desconhecida à recepção sem avisá-los. Mau gosto maior, no entanto, era ele próprio ter aceitado o convite, tendo a plena consciência do quanto era rejeitado pela sobrinha.

Agora ela tinha Thomas, que em momento algum permitiu a aproximação do tio.

Thomas manteve-se junto dela, possessivamente de mãos dadas, toda vez que o tio ensaiava cercá-la para comentar possivelmente algo negativo ou para criticá-la — talvez em razão de a cerimônia não ter sido religiosa, a recepção não acontecer no clube sofisticado do qual era sócio, de ele não se sentir à vontade para convidar seus conhecidos e amigos políticos, fazendeiros ricaços ou empresários porque a festa seria num celeiro e ao ar livre na Majestade do Cerrado... Bem, ele tinha vários motivos para incomodá-la.

Para a surpresa de Ramona, a sogra convidou uma banda local. Eram quatro sessentões e uma garota de setenta e um anos, a vocalista, que se apresentavam nas festas da igreja e no Festival da Torta de Caju. O show era sempre beneficente, e, como eram amigos de dona Albertina, cobraram um cachê simbólico. Tocavam um som bastante eclético, do sertanejo raiz ao rock clássico internacional.

Ramona foi até a vocalista e perguntou se ela conhecia "The story". A música, cantada por Brandi Carlile com letra de Phil Hanseroth, resumia seu amor pelo marido.

Chamou a cantora discretamente à beira do tablado improvisado e fez o pedido. Por um instante, ela não ligou o título à canção, então Ramona cantarolou a melodia. A setentona abriu um largo sorriso.

— Puta merda, faz tempo que não me pedem essa música. Acho que o romantismo tomou no rabo faz tempo. É claro que vou cantar pra você, joaninha.

Sim, ela era muito, mas muito amiga de dona Albertina, e ficaria para o resto da festa.

Voltou à mesa e, assim que começaram os primeiros acordes e a voz rouca da vocalista lançou *All of these lines across my face/ Tell you the story of who I am*[1], Ramona parou ao lado de Thomas, sentado na cadeira, e estendeu-lhe a mão.

— Acho que agora é a hora da dança dos noivos — falou, meio encabulada.

Não foi preciso esperar nem meio segundo para o caubói se levantar, ajeitar o Stetson num trejeito todo seu, cheio de charme, presenteá-la com um sorriso e pegar sua mão. Levou-a aos lábios, beijando-a no dorso sem deixar de encarar Ramona.

Ele vestia preto da cabeça aos pés. No cartório, usou inclusive um terno, parecia até um homem de negócios, de Dallas, obviamente, já que manteve o chapéu de vaqueiro. Fez a barba, cortou o cabelo e cheirava tão bem que as pernas de Ramona tremiam, o coração golpeava seu peito, era como se o amor quisesse fugir de dentro dela e pular sorrateiramente para o fundo do coração dele.

Thomas a enlaçou pela cintura e a trouxe para si. Inclinou meio corpo para baixo a fim de enterrar o nariz nas mechas do cabelo dela, beijou-a inclusive no ombro enquanto deslocava os quadris bem devagar, acompanhando a melodia romântica.

Ela sabia que ele entendia a letra, afinal, vivera por uma década no Texas. Portanto, aproveitaria para declarar seu amor quando a vocalista cantasse a parte que descrevia seus sentimentos por ele, pois lhe faltavam palavras. E essas palavras que lhe faltavam estavam todas na música.

Apertou-se ao marido, absorvendo a força de seu corpo, a fortaleza que ele significava. Thomas era mais que um homem, era

---

[1] Em tradução literal: Todas essas marcas no meu rosto contam minha história.

o amante e o marido. Era o lugar para onde voltar, o porto seguro e a tempestade de sentimentos e sensações.

Os convidados formaram um círculo em torno do casal.

Afastou-se ligeiramente dele e o encarou com um sorriso nos lábios quando a vocalista cantou em inglês o que podia se entender como:

Você vê o sorriso que está na minha boca
Está escondendo as palavras que teimam em não sair
E todos os meus amigos que me acham abençoada
Eles não sabem que minha cabeça é uma confusão
Não, eles não sabem quem eu sou de verdade
E não sabem pelo que eu passei como você sabe
E eu fui feita para você[2]

Ele baixou a cabeça e ameaçou beijá-la na boca, mas apenas roçou seus lábios nos dela. Porém, o fez de modo tão sensual que Ramona deixou escapar um gemido baixo. A boca deslizou por seus ombros nus e subiu ao longo do contorno do pescoço até parar junto à sua orelha.

— *I was also made for you.*

— Esse *also* quer dizer o que mesmo? — ela cochichou, sem graça.

— Não sabe inglês? — Franziu o cenho, sondando-a com o olhar sério.

— Mais ou menos.

— Pensei que... deixa pra lá.

— A estrofe da música? Pensou certo. Mas é que eu sei essa letra de cor, pesquisei no tradutor do Google. — Agora, sim, as bochechas ferviam. — Não vivi nos Estados Unidos como

---

[2] No original: "You see the smile that's on my mouth/ It's hiding the words that don't come out/ And all of my friends who think that I'm blessed/ They don't know my head is a mess/ No, they don't know who I really am/ And they don't know what/ I've been through like you do/ And I was made for you".

você. — E, envergonhada, ela desandava a falar besteira. — Que recebeu declaração de amor num inglês bonitinho. Sou só uma garota que escapou da faculdade na segunda semana e, como era particular, obviamente não precisei estudar para o vestibular.

— Você por acaso está zangada?

— Claro que não — respondeu Ramona.

— Eu quis dizer que também fui feito pra você — esclareceu, erguendo-lhe o queixo para beijá-la, mas ainda sem o fazer. — Não fica na defensiva comigo, Ramona.

— Não sei se você é confiável.

— Sou o seu marido e pai do seu filho — afirmou, detendo o olhar terno no rosto dela. — Pra mim, isso é muito importante.

— Foda-se.

— O quê?

Ela tentou se desvencilhar dele, mas não teve a menor chance de sair do arco dos seus braços.

— Me deixa — pediu, quase chorando.

— Garota, laço bezerro e prendo forte, é praticamente impossível que você se solte de mim.

A música terminou, e, diante da cena em que a noiva com o rosto tomado pelas lágrimas tentava se soltar do noivo, a banda não sabia o que tocar.

— Preciso fugir um pouco — implorou sem fitá-lo.

— Essa fase da sua vida acabou. — Ele foi duro. — Se fugir, será sempre na direção dos meus braços.

Ela ergueu o rosto e lhe mostrou toda a sua fragilidade.

— Fui feita para você.

— Eu sei que sim — rebateu, parecendo não entender o motivo de ela lutar contra ele.

— Não, você não sabe.

— Eu sinto.

— Não, você não sente — disse, já chorando.

Thomas a puxou para um abraço e a beijou no topo da cabeça. Ela o agarrou e abraçou com força, pois queria entrar nele e jamais sair.

— Os últimos dias foram estressantes, dona patroa.

— Te amo — sussurrou, a boca esmagada contra a camisa masculina. — Meu Deus, como eu te amo.

— Vou cuidar de você, ok? — Ele pareceu não a ouvir.

Ela ergueu o rosto banhado em lágrimas, a tiara de flores estava torta, a maquiagem borrada e o olhar do mais tolo amor.

— Eu te amo, Thomas — repetiu.

Por um momento, ele considerou se a esposa estava embriagada ou não. Olhou para trás e reparou na garrafa de água mineral que ladeou o prato de comida dela. Apertou a boca com força a ponto de marcar os ossos dos maxilares debaixo da pele, e era como se ele não contasse com tamanha fatalidade.

Num átimo, beijou-a nas pálpebras de cílios molhados.

— Vamos para a nossa noite de núpcias.

— Não precisa me amar.

— Ninguém *precisa* amar ninguém. A gente ama porque quer — falou, carregando-a para fora do celeiro.

— Eu sei — admitiu, resignada.

— Saindo à francesa? — perguntou Santiago.

— Sair à francesa é discretamente, não? — interveio Mário, sorrindo com ar safado. — O que realmente não aconteceu.

— Sejam animados e gentis. A mãe está enchendo a cara e daqui a pouco vai se agarrar com o guitarrista da banda — avisou aos irmãos.

— E aí ele vai tocar guitarra com o cu — disse Mário, o ciumento, arregaçando as mangas da camisa.

Thomas abriu a porta de seu antigo quarto de solteiro, que, agora, tinha uma decoração com detalhes femininos. Havia pétalas de flores sobre a colcha de patchwork da cama de casal e um balde de inox com uma garrafa de champanhe enfiada no gelo.

— O Santiago arrumou o quarto — considerou Thomas, balançando a cabeça com o esboço de um sorriso preguiçoso. — A minha mãe não é romântica. E eu e Mário puxamos a ela; o cabeludo é fresco como o nosso pai. — Virou-se para Ramona e acrescentou: — Se pensa que não a pegarei no colo porque estou com a pata quebrada, errou feio, mocinha.

Antes que ela pudesse reagir, ele a tomou no colo apenas com o braço bom. Ramona enlaçou-o no pescoço, aspirando o cheiro dele e acomodando o rosto na dobra de seu pescoço.

— Seja bem-vinda à sua nova vida, sra. Lancaster — disse ele, levando-a para o interior do quarto. E, antes de a pôr na cama, completou: — Vou tentar te fazer feliz, pelo menos a maior parte do tempo.

— Me sinto estúpida por ter me declarado. Imagino que tenha escutado um monte de mulher dizer que te ama. — Forçou-se a um sorriso. Desistiu.

— Sim, ouvi bastante — admitiu. Sentou-se na beirada do móvel e, sério, confessou: — Mas não cogitei em momento algum casar com uma delas. Você é muito importante pra mim, é a minha garota, a mãe do meu filho e a pessoa que me aceita como sou. E olha que eu não sou grande coisa.

— Dizem que o amor é cego — provocou-o.

Ele riu alto.

— Acredito piamente, já que você não tem motivo racional para amar um traste como eu — brincou.

— Não vou te elogiar, nem tenta, Thomas.

— Oh, por favor, acabei de casar com a menina mais linda de Santo Cristo e ela ainda está grávida de mim. Infla um pouco mais o meu ego, sim? — disse, com ar divertido.

— Inflei ao dizer que o amo. — Sorriu, encabulada.

Suspirando pesadamente, ele tomou-lhe o rosto entre as mãos.

— Vai ser fácil, muito fácil, eu me apaixonar por você.

Ela sorriu, encantada com a declaração. E, sem perder a espirituosidade, virou-se de costas e perguntou:

— Mais fácil que soltar esse mundaréu de botão?

— Deus do céu! — Ouviu-o dizer baixinho, num tom de lamento.

Capítulo vinte e seis

Ramona observou Thomas devorar dois bolinhos de mandioca com recheio de camarão. Era madrugada ainda, ele parecia faminto. Trouxera uma travessa com os canapés da cozinha e a pusera na cama entre ambos. Apontou com o dedo as delícias, indicando a ela que também comesse, enquanto ele próprio enchia a boca com evidente satisfação.

O tórax definido exibia próximo aos ombros os riscos avermelhados das marcas de suas unhas. Mordeu o lábio inferior, um tanto envergonhada por machucá-lo.

— Espero que não esteja doendo. — Tocou-o na pele ligeiramente úmida de suor, assim como estava seu próprio corpo nu enquanto se recostava na cabeceira da cama.

Ele lançou um rápido olhar para as marcas e deu de ombros.

— É difícil sentir dor quando se está quase morrendo de tesão.

— Sou uma boa amante? — perguntou com um sorriso travesso.

— Quer uma nota?

— Sim.

— Hum... — Ele olhou descaradamente para os pequenos seios dela, depois para o ventre ainda magro e, à altura do sexo, protegido pelo lençol. — De um a dez, eu dou um bom onze. — Sorriu, piscando o olho pra ela.

— Mesmo sóbria? — Arregalou os olhos de modo teatral.

— Aham. — Riu alto. — Sóbria e prenha, a melhor amante.

Ela se espreguiçou, sorrindo e esticando as pernas até tocar o pé entre as coxas masculinas protegidas no jeans.

— Come um bolinho — mandou, levando o canapé aos lábios dela. — Gostoso, não é? Foi feito por freiras cegas de mãos amputadas.

— Para, Thomas! — Riu de boca cheia.

— Educação inglesa ao contrário, como diz a minha mãe — brincou, beijando-a no umbigo. — Depois de encher a barriga de bolinho, penso em comer uma cabritinha. — Mordiscou-lhe o ventre sensualmente.

Ramona emaranhou seus dedos nas mechas curtas e macias do cabelo dele.

— Agora que vamos ter a nossa família, quero ajudar na recuperação da Majestade com o dinheiro da venda do sítio.

Ele ergueu a cabeça e a encarou, olhando-a, desconfiado.

— Nada disso, você é casada com um dos donos, não precisa pôr dinheiro seu na propriedade.

— Não quero ser sustentada por você. Acho que vou vender miçangas no centro.

— Você pode fazer o que quiser, falei que não vou tirar a sua liberdade — disse brandamente, desenhando círculos com a ponta do dedo na barriga dela. — Mas a sua vida mudou e, em breve, será a esposa de um fazendeiro rico.

— Acha que vai ficar rico?

— Tenho certeza disso, *fia* — garantiu, baixando o lençol para imprimir delicados beijos na parte interna da coxa feminina.

— Ter dinheiro é importante pra você?

— Tanto quanto para você, que recebeu uma herança, comprou o seu canto e se viu livre do tio — devolveu, olhando-a com ar irônico.

— Comprei a minha liberdade.

— Bem, de minha parte, quero trazer de volta os vaqueiros demitidos, aumentar o rebanho de nelore e dar aos Lancaster o que nos é de direito: fortuna. Sei como fazer, só preciso driblar a mula teimosa do meu irmão.

— Então me deixa te dar o dinheiro da venda do sítio — pediu, afagando-lhe a face.

— Prefiro que não venda o sítio — respondeu, incisivo. Depois, sorrindo com o canto da boca de modo sacana, falou numa voz rouca: — Essa conversa de dinheiro com uma mulher tesuda da porra, pelada na minha cama, me deixou de pau duro.

Ela gemeu baixinho em resposta à provocação dele.

Viu-o se levantar e, com o braço bom, baixar o jeans e chutá-lo para trás. Não usava a tipoia e, no gesso, dava para ver o autógrafo que ela lhe dera, além do desenho de um coração romântico.

O nu frontal de Thomas a excitava. Tão grande e encorpado, os ombros largos, o abdômen definido, o pau grande entre as coxas musculosas.

Ele se ajoelhou na cama e se inclinou em sua direção, quando Ramona abriu as pernas para enquadrá-lo entre elas. Beijou-a no espaço entre os seios antes de tomar um bico entre os dentes frontais, sem mordê-lo, apenas o manteve ali, recebendo pinceladas da ponta da língua. Depois ele o sugou com força enquanto o dedo indicador deslizava pra cima e pra baixo entre os lábios da vagina encharcada de sumo. Ramona não precisava de muito para ficar molhada, bastava vê-lo, sentir o cheiro dele, ouvir sua voz. Ela era dele e ponto-final. Queria que fosse assim e estava disposta a se entregar totalmente para aquele homem, o seu homem, o amor da sua vida.

— Promete que nunca dormiremos longe um do outro? — ela pediu, exalando forte o ar pela boca e arqueando levemente a coluna quando ele enterrou dois dedos no sexo dela.

— Prometo. — Não houve um segundo de hesitação. — Não quero e não posso ficar longe de você — admitiu, esfregando a boca nos seus lábios entreabertos, que, em seguida, foram tomados com paixão e posse.

Ele deitou e girou o corpo para colocá-la sobre si. O braço engessado dificultava algumas posições, pois não tinha como sustentar o próprio peso e ao mesmo tempo acariciá-la sem a machucar. Deu-lhe, portanto, o comando da relação sexual.

Ela se sentou no abdômen dele e friccionou o sexo na rigidez dos músculos masculinos.

— Estou montando num touro — arfou, esticando os braços acima da cabeça.

Thomas tomou um seio na palma da mão áspera e calejada, apertou-o eroticamente.

— Sou a sua montaria, meu amor, faça o diabo comigo.

— Meu amor. — Ela gemeu, fechando os olhos enquanto se erguia e segurava o pau avantajado. — Quero que seja o meu amor.

— Olhou nos olhos do marido quando se sentou bem devagar no pênis, abocanhado pelo aro de músculos apertados da boceta.

— Meu amor — Thomas repetiu, acariciando-lhe o ventre e desviando para as costas dela. Desceu a mão espalmada até sua nádega e apertou-a, enquanto um dedo lhe masturbava a entrada do ânus.

A sensação do pau crescendo e preenchendo todo o espaço da sua boceta era insana. Sentiu seus fluidos a encharcarem. Esticou os braços, segurando-se nos ombros de Thomas, e aumentou a intensidade dos movimentos de vaivém, rebolando na cabeça do pênis e depois o enterrando até o fundo, tornando a subir à borda do pau e voltando a tê-lo até a metade sem deixar de deslocar os quadris.

Viu-o apertar com força os olhos, as ruguinhas acentuadas em torno das pálpebras, os dentes frontais mordendo o lábio inferior, o semblante modificado pelo prazer. E, por Deus, ele estava ainda mais lindo!

Cavalgou-o com força, batendo a boceta contra o tronco firme do homem, o ruído do pau entrando e saindo ecoava pelo quarto assim como os gemidos de Ramona. Deitou a cabeça para trás, açoitada pelo prazer quente e forte que a subjugava.

No instante seguinte, ele a puxou para si com a mão na cintura dela, detendo-a.

— Violento assim, não, bebê — disse ele, numa voz arrastada. As pálpebras inchadas e semicerradas demonstravam o quanto se aproximava do gozo.

— Está tudo bem.

— Os primeiros meses... diabo de bocetinha gostosa... — Ele desceu o dedo por baixo dela e lhe acariciou o clitóris. — Vamos com calma... Pelo amor de Deus, menina... Não acredito que estou sendo gentil na cama. — Encarou-a com o olhar turvo. — Você está acabando com o resto da minha sanidade.

Ela o beijou na boca enquanto empinou o quadril até manter a cabeça do pau à borda do seu sexo e parou para, em seguida, rodeá-lo e o engolir, apertando a musculatura da vagina, encapsulando o pênis grosso até bater em seu fundo.

— É disso que você gosta, *meu* Lancaster? — gemeu, sussurrando as palavras junto com a respiração ofegante, a boca colada à orelha dele, o sexo deslizando pra cima e pra baixo, friccionando-o num vagar narcotizante. Ela própria temia perder o controle de novo e intensificar agressivamente o ritmo.

— Gosto de tudo, tesuda da porra! — Arfou, girando-a para baixo do próprio corpo. O braço engessado sustentou parte do peso e o outro a pegou debaixo dos maxilares para beijá-la com violência enquanto ele metia e tirava, metia e tirava, metia e tirava até fazê-la gozar.

Ela cruzou as pernas em torno da cintura dele e o abraçou, forçando-o a se deitar com todo o peso sobre si. Sentiu-se esmagada, excitada, molhada e febril.

Ele então enterrou o nariz entre as mechas do cabelo longo e úmido de Ramona e gozou, sussurrando-lhe numa voz de desespero:

— Você é o meu amor, o meu único amor.

Era uma declaração de cama, de êxtase, ela bem o sabia.
Mas por que diabos teve vontade de chorar de felicidade?

* * *

— O Killer não está mais entre nós.
Santiago tragou fundo o cigarro, empurrou a aba do chapéu para cima e apontou para o curral aberto ao dizer:
— Ficou cego, meu irmão? Estou vendo o diabo do bicho bem ali.
Thomas, escorado na amurada, mordeu a ponta de um fiapo de capim, os olhos distantes — não muito, na verdade: miravam a garota sentada no sofá do alpendre cortando as frutas para a sobremesa do almoço.
Ramona tinha prendido o cabelo num rabo de cavalo alto, usava um vestidinho simples, até os joelhos, de alcinhas e, dentro de casa, costumava andar descalça. Era uma moleca de sorriso fácil, provocava-o com sacadas irônicas e sagazes, ria muito de suas piadas, até das sem graça, e não era nada romântica como ele. Todas as manhãs, as primeiras palavras que ele ouvia eram um "bom dia, jegue lindo". A voz macia junto à sua orelha, a ponta do nariz enterrada na curva do seu pescoço, o beijo estalado na bochecha. Depois, ela virava para o lado e continuava a dormir. Afinal, quem tinha de se levantar às cinco da matina era ele, a lida o esperava antes do amanhecer. Mas ultimamente preferia ficar na cama, abraçado à esposa. Se ainda fosse mero vaqueiro e peão de montaria clandestina, mandaria tudo à merda e não a deixaria. No entanto, precisava resolver uma lista de assuntos pendentes, e um deles era a venda de um animal valioso disputado entre os donos das mais respeitadas companhias de rodeio do país.
Killer não era qualquer touro, e sim um descendente do melhor de todos, o Bandido. E, assim como o antepassado, jamais permitiu que um peão de rodeio ficasse oito segundos em cima de seu lombo. A única vez que ele foi derrotado aconteceu na

Majestade do Cerrado, quando Mário o enfrentou pela primeira vez após sua queda, cinco anos antes. Portanto, não foi em uma competição oficial.

Desde que Mário o aposentou das arenas, os donos de boiada, criadores de touros de competição e até mesmo peões de fama internacional lhe telefonavam e enviavam e-mails com propostas de compra do animal.

Naquela manhã, Thomas decidiu que Killer iria a leilão.

— Você vê o corpo dele, mas eu já o vejo transformado em uma alta soma na conta bancária da fazenda.

— Vixe, o Mário topou? — O irmão mais novo o fitou com estranheza.

— Vai topar depois de descobrir que se tornou um cabra milionário — falou, confiante.

— Ele não se importa com dinheiro.

— Mas eu me importo.

— Puta que pariu, Thomas, vai arranjar uma briga feia com o Mário. — Apertou a boca, contrafeito.

— Aí você se esconde debaixo da cama que estará seguro — debochou.

— A gente voltou para se unir a ele e salvar a fazenda, e não para destruir a família — reclamou.

— A família somente será destruída se começar a passar fome — disse secamente, cansado daquela conversa inútil.

— Vamos dar um jeito, as montarias clandestinas...

— Esquece, isso era apenas um paliativo. Ainda mais agora que estou fodido do braço.

— Monto pelos dois.

— Pode montar até por Barretos inteira que não dará conta de chamar a peonada de volta, os nossos amigos que foram demitidos, tampouco reformar e ampliar a fazenda, dar uma vida de luxo pra dona viciada em bingo e canastra e pra minha mulher também, que precisa de segurança e conforto. Aliás, ela e o meu filho.

— Filho?
— Quem disse filho?
— Você, ora.
— Pois é, vou ser pai.
— Desde quando?
— Acho que foi quando o meu esperma mais esperto cantou o óvulo mais carente da Ramona — debochou. — Que porra, me esqueci de avisar o povo do ocorrido.
— Cabra, isso é sério.
— Mas já casei com a moça e acho que me apaixonei por ela. Fica calmo, *fio*.
— E como você conseguiu ficar calmo? Por Santo Onofre, eu teria uma parada cardíaca fulminante se me dissessem que vou ser pai.
— É mesmo? Fode feito um macaco no cio, é bem provável que um dia apareça uma Monteiro-da-vida com o bucho recheado de bebê cabeludo.
— Dou pra você criar, já que parece feliz com a tragédia.
Thomas fechou a cara.
— O meu filho não é uma tragédia; é uma bênção, seu filho da puta.
— Não falei por mal. — Ergueu as mãos num gesto defensivo.
— É o seu sobrinho, talvez afilhado. Não, falei merda, o brutinho agora será afilhado do Mário.
— Que vai te matar porque vendeu o Killer.
— Pronto, a Jaque vai ser a madrinha, e o Enrico o padrinho — determinou, enterrando o chapéu na cabeça.
— Ela não tem namorado?
— Se está interessado, busque a informação direto da fonte — espicaçou.
Santiago sorriu, sem graça.
— O lance da creche é com você, meu irmão. — O outro suspirou pesadamente antes de acrescentar: — Quando será o leilão?
— Amanhã, na fazenda do Bustamante.

— E o lance inicial será de quanto?
— Não aceito menos de dois milhões.
— Ca-ra-lho.
— O Mário quer te dar uma parte da sociedade, uma porcentagem pequena, não fica alegrinho. Mas assim você também será um dos donos da Majestade. Espero que vote sempre comigo. — Encarou-o, com firmeza.
— Minha cabeça é mais parecida com a do Mário, sabe disso.
— Então vai se foder nas minhas mãos.
— Ai, cacete, você leva muito a sério essa coisa de *administração de propriedade*. Acho tudo isso um saco. — Balançou a cabeça, contrariado. — Me deixem fora dessa porra, ok? Sou apenas um peão de rodeio meia-boca que quer paz no coração.
— Você não mudou nada desde que voltou do Texas. Só pensa em montar em touro e em mulher — censurou-o.
— É que sou jovem ainda. — Sorriu com sarcasmo.
—Tem apenas dois anos a menos que eu. Talvez a sua mentalidade seja de adolescente, já que é mimado pela mamãe.
— Até parece, continuo apanhando como vocês. Acontece que você e o Mário tomam todas as decisões por mim. — Deu de ombros com descaso. — Por que vou esquentar a cabeça, não é mesmo?
Thomas o fitou detidamente antes de declarar:
— Cabra, você só vai crescer quando se apaixonar de verdade.
O que eu acabei de falar? Que diabo de ideia é essa?
— Fico feliz que você e o Mário estejam amando. Na verdade, eu também estou amando... *a mando* do diabo do sexo, *fio*. — Bateu com dois dedos na aba do chapéu e deu-lhe as costas em direção ao casarão.
Comi alguma coisa que não me caiu bem no estômago. Essa queimação dos infernos, a sensação de que algo aconteceu sem o meu consentimento. Por que quero ficar mais tempo na cama, agarrado numa garota com a qual casei apenas pra salvar a fazenda?

Viu Santiago achegar-se ao alpendre e sentar-se ao lado de Ramona. Pegou um pedaço de uma laranja já descascada por ela e o pôs na boca. Levou um tapa no ombro. Ele riu alto e tentou pegar outra fruta da travessa, mas a cunhada lhe puxou o cabelo de leve, rindo junto.

Quando ela ria parecia até que a atmosfera ficava mais leve e pura, como se estivessem numa floresta de eucaliptos.

Sempre gostei de mulher alegre, sou assim mesmo, nada de anormal.
Sentiu-se bem melhor pensando assim.

Não, não se sentiu bem melhor. Por que negar que nutria sentimentos pela esposa? Se ela mesma abriu o próprio coração e declarou seu amor por ele, qual era o problema se gostava de ficar com ela, se sentia falta dela quando estavam longe, se pensava nela o tempo todo? Afinal, ela era tudo o que ele sonhava numa mulher, embora tivesse passado a vida acreditando que jamais fosse encontrar alguém assim.

Sempre preferiu as alfas, as donas de si, porque ele não queria ser responsável por elas. E agora se sentia responsável por Ramona, mas não como uma obrigação, e sim como alguém que sente empatia, compromisso e...

— Se não fosse meu filho, te acertava um tijolo na cabeça!

Thomas levou um susto tão grande que sentiu o corpo inteiro estremecer num espasmo. Dona Albertina parecia ter se materializado diante dele. Bem, não tão diante assim, já que ele teve que baixar a cabeça para vê-la.

— Diabos, mãe, de onde a senhora veio?
— Por trás, do curral, queria te pegar no flagra.
— Flagra do quê?
— Da tua cara de pau, Thomas Lancaster.

A velhota parecia zangada vestida em sua camiseta com a estampa de Janis Joplin, o jeans rasgado nos joelhos e uma bandana na cabeça. Notou também que parecia usar o estoque de bijuterias de Ramona no pescoço, orelhas e pulsos. Era uma árvore de Natal ambulante.

— O que foi dessa vez? Parece que o meu nome agora só se associa a encrencas.

— É verdade. — Ela colocou as mãos na cintura e estreitou perigosamente os olhos. — Vou ser avó, seu bosta! Não tenho idade pra isso, vão dizer que casei grávida.

— O quê? Mãe, a senhora não teve filho muito cedo, não.

— Ah, que se foda! O que me irrita mesmo é saber pelos outros que a Ramona está grávida.

— Quem lhe disse?

— A Jaque, coitadinha, deixou escapar. Agora está louca de vergonha, achando que a amiga vai brigar com ela.

— Ô boca de jacaré.

— Não fala mal da minha cartomante!

— Mãe, eu me esqueci de contar. A bem da verdade, só tivemos a confirmação da gravidez no dia do casamento.

— E que se fodam os outros, não é?

Thomas baixou a cabeça, fitou as botas e pensou: *Cacete, vou bater o meu recorde de bola fora.*

— Bom, então é isso, vou ser pai.

— Pensei que o Mário ia ser o primeiro.

— Ele é lento.

— Puxou ao Breno, o meu velho queridão. Levou anos para pedir a minha mão em casamento. Tive que fazer charme com o Augusto para o teu pai acordar pra vida.

— Isso, mãe, conta essa história para o Mário — provocou-a, sorrindo.

O rosto da velhinha se suavizou ao encará-lo.

— Estou feliz por você, Thomas. Esse bebê vai encher a nossa casa de mais alegria ainda. Já abracei a minha nora e agora vim te abraçar também. Você é o meu orgulho!

Dona Albertina envolveu-o nos braços, e ele a beijou no topo da cabeça.

— Fiz muita besteira, me perdoa.

— Fez, sim, mas corrigiu todas elas. É isso que importa. — A seguir ela se afastou para fitá-lo ao declarar: — Todo mundo faz merda e, às vezes, o tempo inteiro. Mas, se você caga e depois limpa, o problema é só seu, os outros que cuidem do próprio cu.

— Filosofia pura, mãe — admitiu, apertando-lhe as bochechas.

— Está na Bíblia, filho.

— Acho que não tem palavrão na Bíblia.

— Na bíblia do rock, zé-mané — afirmou, puxando a aba do chapéu dele para baixo. — Agora vou contar a novidade para a velharada da canastra, do dominó, do bingo e do pôquer. Cada grupo tem umas dez fofoqueiras, até amanhã Santo Cristo inteira saberá que a terceira geração dos Lancaster está no forninho. Uhuuu!

Capítulo vinte e sete

Jaqueline se sentia arrasada depois de deixar escapar a notícia da gravidez de Ramona a dona Albertina. Por um momento, pensou que a matriarca fosse ter um AVC, os olhos se arregalaram, a boca paralisou num "o quê?" e nada mais falou. Ficou branca, sentou-se na cadeira mais próxima balançando a cabeça como se lhe custasse acreditar que Thomas tivesse espermatozoides para engravidar alguém. O que era incrível, uma vez que parecia ter posto no mundo três garanhões reprodutores.

— Achei que ele já tinha contado sobre o filho. — Nervosa, estendeu-lhe o copo de água. — Putz, falei o que não devia.

— Ele engravidou a sobrinha do juiz?

— Aham, e depois a pediu em casamento.

— Mas antes levou a sobrinha do meu amigo para a cama.

— Não, foi para os fundos do salão country.

— Que falta de respeito!

— Ela também quis. — O lance da mulher inocente ludibriada pelo homem inteligente deixava Jaque nos cascos. — Na verdade, os dois estavam bêbados.

— O meu neto foi concebido por dois bêbados?

— Acho que isso não importa muito, não — desconversou.

A velhinha bateu forte o punho na mesa, deu uma gemida e esfregou a mão, mas o semblante permaneceu fechado.

— O Augusto confiou em mim e no Thomas para cuidar da garota. Abriu o seu coração, contou as dificuldades pelas quais passava com ela, confiou no caráter do meu filho por minha causa e do pai dele. Depois que o moleque foi parar no xilindró nem tem como se falar em caráter. — Bufou, irritada. — Por Deus, eu mesma não deixaria uma filha minha nas mãos do Thomas, aquele sem-vergonha filha de uma boa senhora.

— E o Santiago? — Espichou os olhos para ler a expressão facial da senhorinha.

— Outro bagaceiro que não pode ver um rabo de saia.

Jaque sentiu sua empolgação murchar feito balão de aniversário de criança hiperativa.

— Diabos — resmungou baixinho. E, suspirando profundamente, arriscou um palpite: — Parece então que o único bonzinho é o Mário, pena que é quase marido da minha chefa.

Dona Albertina a encarou com seus olhos argutos.

— O Mário era o pior de todos, as mulheres chegavam a rogar praga para ele se apaixonar e sofrer muito. Só que Santo Onofre é amigo pessoal do meu finado marido e, em vez disso, colocou a melhor mulher do mundo no caminho dele.

— Santo Onofre é como Santo Antônio, o cabra casamenteiro? — indagou, interessada.

A outra fez que não com a cabeça.

— É o santo dos cachaceiros.

— Ah, que amorzinho, ele protege quem enche a cara — disse, encantada. — Sempre pensei que alguém do céu cuidava de mim.

— Você é cachaceira?

— De fim de semana, se é que me entende. — Piscou o olho para a senhora, que a fitava franzindo o cenho.

— O santo protege quem quer largar o vício, Jaque, e não os que são amantes do gargalo da pinga.

— Cerveja também, uhuuu!

— Vinte anos, não é?

— Sim, senhora.

— Bom, não vou falar sobre juízo para quem tem apenas vinte anos — declarou, levantando-se da cadeira. — Mas vou dar bronca num cavalo de trinta e dois que fez mais uma cagada, isso sim!

— Vou ter que me esconder do Thomas — disse, aflita.

— Quer um conselho?

— Por favor, mas que não envolva Santo Onofre, porque sou muito apegada à birita.

— Se não quer acender uma vela para Deus, procura o diabo.

— Nossa!

— O diabo de lindo, Jaque, que é o meu caçula. O Santiago te protege do gênio do cão que o meu Thomas tem. Ô se tem, puxou a mim. — Sorriu, toda se achando.

Jaque viu a matriarca sair porta afora nos seus tênis All Star. Se estivesse de botas de vaqueira, faria um barulho daqueles. Cogitou que acabava de se meter em uma encrenca danada, e a sua melhor amiga estava no avarandado, distraída em descascar frutas para a sobremesa. Podia ir até ela e avisá-la de que o noivo não tinha falado nada sobre a gravidez. O estranho nisso tudo era que Ramona se comportava como se não estivesse grávida, não mencionou o assunto na recepção do casamento, tampouco nos dias que se seguiram ao evento. Ela estava mais aérea (o que parecia um estado humanamente impossível de se alcançar), mais introspectiva, mas também mais leve, feliz, segura de si... realizada. Não havia drama, indecisão, medo ou preocupação. Ramona parecia estar realmente feliz casada e grávida de Thomas.

Jaque também estava feliz em morar com os Lancaster e trabalhar na pizzaria da chefa. Gostava de ver a bicharada solta pela planície a perder de vista. Creonice e Mana ficavam soltas pela casa e ninguém tinha chilique ao dar de cara com elas... Apenas a cozinheira, que quase desmaiou ao ver dona Albertina com a aranha-caranguejeira no ombro, assistindo ao jogo de futebol feminino.

— Vixe, essa doeu em mim! Viu só, Creonice, a zagueira levou uma bolada na vulvona! Acha que só o pinto e as bolas doem? Vai tomar uma bola na vulvona pra ver o que é dor!

— A senhora está falando com uma aranha?

— Se o assunto é vulva, sim, Leonora. Aliás, vem fazer carinho na peludinha.

Jaque riu tão alto ao ouvir o diálogo que Leonora a olhou feio, deu-lhes as costas e se enfiou na cozinha.

— Essa aí não tem sem senso de humor — disse a garota, apontando para a porta fechada da cozinha.

Viu quando Ramona se levantou do sofá, no alpendre, para entrar na sala. Correu para se enfiar em qualquer cômodo. Não sabia o que iria acontecer após o confronto de dona Albertina com o filho.

Entrou no corredor, abriu a primeira porta que viu e entrou, escorando-se nela ao fechá-la atrás de si.

O coração na garganta, podia senti-lo pulsar rápido e forte. Fechou os olhos, segurando o ar nos pulmões. Era certo que a amiga ficaria zangada com sua atitude. Afinal, esse tipo de notícia eram os pais que davam à família, e não a amiga aloprada.

Ouviu o barulho do chuveiro.

Ops!

Abriu um olho e deu uma espiada no boxe de vidro. Foi fácil reconhecer a estrutura alta e encorpada do homem de costas, esfregando o cabelo preto. A farta espuma deslizou suavemente pelo dorso largo, o traseiro pequeno e durinho, as coxas grossas e o resto das pernas afastadas. Jaque observou até mesmo o tamanho dos pés de Santiago e considerou que não calçava menos que 44. Automaticamente pensou besteira.

Prendeu a respiração para não se entregar ali, parada entre a porta e a privada, agora com os dois olhos bem abertos.

Santiago nu era mais tesudo que vestido. Dava para perceber a musculatura trabalhada na lida com o gado e no conserto das cercas, calhas e telhados. Além disso, os irmãos treinavam na academia improvisada num anexo ao celeiro, usavam equipamentos de musculação a fim de se manterem em forma para as competições. Depois os três se jogavam no rio e tomavam banho pelados, fazendo bagunça, um tentando dar caldo no outro. Jaque, à moita, espreitava a paisagem mais magnífica do Centro-Oeste: meninos crescidos rindo alto com seus imensos paus. Obviamente, tal perversão de sua parte não deixaria escapar para as demais mulheres da família.

— Veio me acompanhar no banho?

Foi então que ela descobriu que tinha o coração saudável. Ao som da voz baixa e insinuante de Santiago, o coração bateu ainda mais forte parecendo um cavalo doido galopando contra uma parede de concreto.

— Entrei no lugar errado — balbuciou, tentando manter os olhos fixos nos dele.

O caubói abriu a porta de correr do boxe e se deixou à mostra com seu nu frontal obscenamente maravilhoso.

— Curiosidade juvenil? — O ar sarcástico estava todo ali.

Mas ela não se fez de rogada.

— E se fosse *interesse* juvenil, o que você faria? — Alçou uma sobrancelha, provocando-o.

Ele a olhou de cima a baixo, demonstrando toda a malícia de um peão pornô, chegou até a espichar os cantos da boca numa sugestão de sorriso sacana. O que disse, no entanto, jogou água fria na fervura.

— Eu iria aconselhar a menina a procurar um vaqueiro da sua idade. Se quiser, posso te apresentar ao Fabiano.

— Não precisa me apresentar, eu já o conheci.

— É mesmo? Bem se vê que é rápida no gatilho.

— Bom, meu chapa, é só me dar uma pistola que mostro todos os meus truques. — Deu-lhe nas guampas de cabra metido a besta. Tesudo pra caramba, mas metido a besta.

Foi a vez de ele demonstrar surpresa, arqueando uma das sobrancelhas.

— O Fabiano de fato deve ter uma pistolinha — falou, estreitando as pálpebras como se a avaliasse. — Infelizmente não poderei ceder o meu fuzil para você treinar. Como sabe, são armas de portes e calibres diferentes. — Deu de ombros com estudada displicência.

— Mas às vezes o dono da pistola sabe fazer um bom uso dela, enquanto o cabra do fuzil atira no próprio pé.

— Pra você ver que tem homens que preferem usar o fuzil contra si mesmo a desperdiçar munição em alvos fáceis.

Alvos fáceis. Depois de décadas de evolução, um homem a chamava de *fácil*.

— Fazia tempo que não ouvia merda machista de gente da sua idade. Pensei que a demência senil ocorresse só em velhos. — Não teve como esconder o tom ríspido.

— É feminista?

— O pau, por acaso, é o seu maior trunfo?

Ele riu.

— Acho que é o cérebro.

— O Thomas é o mais inteligente.

— Verdade.

Escorado contra a parede do banheiro, o cabelo encharcado, a exposição explícita do pênis semiereto entre as coxas grossas, Santiago parecia bastante à vontade na brincadeira de provocá-la. Jaque, no entanto, começou a perder as estribeiras.

— Certo, você tem um corpo bonito e um pinto grande. Meus parabéns! O único problema é que nessa terra o que não falta é homem igual a você, basta sacudir uma árvore que cai um monte de peão pintudo de boa aparência. Meu lance é com nerd, sou ta-ra-da por *garoto* inteligente e descolado — falou, sorrindo de modo adorável.

— Oh, você partiu o meu coração.

Que escroto de merda!

Sustentou o olhar sarcástico por um ou dois minutos, tempo suficiente para esfriar a cabeça, abrir a porta do banheiro e mantê-la escancarada ao sair para o corredor.

Leonora passou por ela e, distraída, olhou para o banheiro, dando de cara com o filho de dona Albertina ainda parado, nu, à entrada do boxe.

— Jesus! Maria! José! Santiago! — Benzeu-se, sem deixar de avaliar, por entre os dedos, o diâmetro do que lhe pareceu um pesado pênis.

Somente então ele prestou atenção na velhota, puxou uma toalha do aparador e a enrolou na cintura.

Capítulo vinte e oito

Mário sentou-se na tábua mais alta da amurada que cercava o curral. O céu acobreado sugeria que a noite seria estrelada, sem nuvens aparentes. O vento morno soprava contra seu rosto, mas não lhe tirava o chapéu enterrado na cabeça.

A angústia o deixou calado o dia inteiro até chegar o momento da despedida. Olhou no fundo dos olhos de Killer e pôde se ver deslizando pelo flanco do animal até cair no chão, a pata dianteira pisar em seu joelho e nas costas. Sentiu a golfada fria da morte lhe soprar a orelha enquanto protegia a cabeça com os braços. Os salva-vidas distraíam o animal furioso que insistia em empinar e corcovear perto do peão atirado no solo. Mário engoliu a mesma terra onde deixou seu sangue. Killer, por sua vez, arremessou um dos salva-vidas contra a cerca do brete. O rapaz quebrou as costelas, não voltou aos rodeios, ficou traumatizado.

Três milhões de reais. Esse era o preço de uma separação, do encerramento de um ciclo, de uma grande inimizade unida pela dor e pelo amor.

Aquele bicho o tirou das arenas, quase acabou com sua vida, levou-o para o hospital, enquanto Breno Lancaster sofria um acidente fatal na estrada. A partir daí, ele perdeu a autoconfiança e sua missão de vida. Queria apenas confortar a mãe e não perder a fazenda da família. Odiava ser fazendeiro. Odiava Killer, sempre o odiou. Mantinha-o próximo como quem faz de tudo para não curar uma ferida, cutuca-a quando está prestes a cicatrizar, a faz sangrar até inflamar. Porque se sente apegado à dor, íntimo do sofrimento, dependente de uma profunda melancolia. Sem a dor, havia apenas a anestesia, o nada e o vazio.

Separar-se do touro era como dar adeus a si mesmo, ao Mário derrotado, manco, mulherengo, enlutado, órfão. Mas essa vida não mais existia, ele não era mais assim. Voltou a montar em Killer e venceu o primeiro campeonato profissional. A fazenda se tornaria a grande propriedade de gado nelore como o irmão planejava. O legado da família garantido.

Esboçou um sorriso ao touro, que lhe deu as costas como que o esnobando, ainda se achando superior ao peão. E, de fato, aquele animal era o melhor de todos.

Por isso precisava deixá-lo partir.

Killer não significava mais o desafio a ser vencido. Mário o superou e o venceu. Agora tudo que via no animal se resumia a um passado de sofrimento, de dor física e emocional. Às vezes as pessoas se prendiam àquilo que mais as fazia se odiar, chorar, se deprimir. Tornavam-se vítimas do próprio sofrimento sem saber ou sem querer se libertar. Apegavam-se a sentimentos ruins como um alcoólatra ou um viciado em drogas. A dor, tão conhecida, tornava-se familiar, íntima, bem-vinda, até. E afastar-se de uma dor conhecida se transformava num grande esforço de dor desconhecida, a necessária ao movimento, a revolucionária. Por outro lado, rompido o vínculo com o tormento da alma, a sensação de alívio era absurda.

Sentiu a mão grande e pesada no ombro.

— Um ciclo se encerrou, meu irmão.

Voltou-se para Thomas sem esconder as lágrimas que lhe turvavam a visão.

— Nunca pensei que ao me separar do Killer me sentiria aliviado. Parece que tirei um peso enorme dos meus ombros.

— Quase uma tonelada — brincou o outro, os olhos denunciavam a emoção compartilhada com Mário. — Nós não somos mais quem éramos. — Puxou o mais velho para um abraço rude, de tapas nas costas, de choro trancado. — Agora somos melhores.

— Obrigado por me libertar — agradeceu, sabendo mais uma vez que dona Albertina estava certa ao reunir novamente os irmãos Lancaster.

* * *

A salada de fruta estava deliciosa. Mas, em menos de trinta minutos, Ramona a despejou na privada.

Naquela noite, Natália não jantou com eles, e, se não fosse a presença (emburrada) de Jaque, podia-se dizer que era o jantar dos Lancaster. Pensar assim, que pertencia à família amorosa de Thomas, fazia Ramona sorrir igual a uma boba apaixonada que era. Assim, ficou encabulada ao erguer os olhos, ainda sorrindo, e dar de cara com o olhar avaliativo do marido, sentado do outro lado da mesa. Aliás, a disposição dos lugares era um tanto interessante. Mário e dona Albertina ocupavam as extremidades do móvel, ambos estavam no comando da família, ainda que Thomas fosse um dos donos da fazenda. Mas, em vez de ocupar a cadeira ao lado da esposa, ele escolheu se sentar diante dela, ladeado por Santiago.

A primeira vez que notou onde ele se sentaria, franziu o cenho, achando estranho, mas não precisou perguntar o motivo.

— Sou um estrategista nato e daqui tenho como paquerar a minha mulher — respondeu ao seu questionamento mudo.

E era isso mesmo que ele fazia.

Servia-lhe comida, cada porção separada, como bem sabia que ela gostava. Cortava sua carne em delicados pedaços e entregava-lhe o prato sem deixar de manter seus olhos nos dela.

Ramona sentiu o estômago fremir e um líquido morno e gostoso lhe singrar pelas veias. Durante o resto da refeição, vez por outra, ele lhe enchia o copo de suco, piscava o olho pra ela, oferecia-lhe um sorriso de canto de boca. Seduzia-a, por certo, em cada gesto, nos mínimos detalhes, o que, para um coração apaixonado como o seu, significava uma avalanche de amor e sentimento de pertinência. Não raras vezes deslizava um guardanapo sobre a mesa com algo que havia escrito antes do jantar.

> Hoje acordei mais feliz que ontem.
> E amanhã me sentirei mais feliz que hoje.
> Sabe por quê?
> Porque fui feito pra você.

Ela levava a mão à boca, tomada por uma enxurrada de emoção, tendo a mais absoluta certeza de que era amada. Contornava a mesa e o beijava na boca. Ele então a agarrava, fazendo-a sentar-se em seu colo, abraçando-a. Ninguém à mesa se manifestava, como se não quisessem quebrar o momento de carinho íntimo do casal. Porque era comum ver manifestações afetivas naquela família. Amavam-se e demonstravam cotidianamente o que sentiam. Eram escandalosos, desbocados e passionais.

Quando Mário anunciou a partida de Killer, todos aplaudiram sua decisão, dando-lhe força, mesmo que soubessem que fora Thomas quem liderara o rompimento com a carga pesada de um passado de dor.

Mas agora tudo que Ramona via eram pedaços de frutas boiando no fundo da privada.

Thomas agachou-se ao seu lado e lhe segurou o cabelo, beijando-a na nuca.

— O Santiago está preparando um chá — disse ele, secando-lhe o suor frio da testa com a mão. — Dona Albertina não chega perto do fogão, a não ser que seja para preparar a bendita torta de caju.

Ramona riu, ainda trêmula devido aos espasmos estomacais.

— Ufa, me sinto bem melhor.

— Mas agora está de estômago vazio — considerou ele em tom de crítica. — Acho melhor tomar o remédio que a doutora receitou.

— Sim, é o que farei.

Ela foi até a pia, abriu a torneira e lavou o rosto e o pescoço. Notou que era observada pelo homem à porta.

— Não tivemos lua de mel.

— Nem pensei nisso. — Deu de ombros, achando estranho ele vir com aquele papo. — Você estava envolvido com os problemas da fazenda, não me liguei no protocolo oficial do pós-casamento — brincou.

Mas Thomas estava sério.

— Como lhe disse, sou um cabra antiquado e sigo o protocolo oficial, sim. Queria levá-la a um lugar legal, para onde ninguém vai. O que acha da Disney?

Ambos riram.

— Pateta!

— Prefiro o Pato Donald — imitou a voz do personagem. Depois a puxou para si, tomando-lhe o rosto entre as mãos. — Me diz, que lugar do mundo gostaria de conhecer?

Olhou-o detidamente, e a coragem do amor que sentia por ele a fez ousar. Podia perder, doer, ser rejeitada. Mas jamais desistiria daquele homem que era tudo pra ela.

— Qualquer lugar no mundo inteiro?

— Sim, senhora. — Beijou-a na testa e depois se afastou para encará-la com um esboço de sorriso.

— O seu coração.

— Quer conhecer o meu coração? — O sorriso ampliou-se, acentuando as delicadas rugas em torno das pálpebras.

— Conhecer e fincar moradia, se possível. — Sentia as pernas tremerem. Pegou-o nos pulsos, cujas mãos ainda se mantinham nas laterais do rosto dela.

Ele balançou a cabeça devagar, mordeu o lábio inferior como se ponderasse a respeito do que diria a seguir.

— Essa é a merda de não ser um cara romântico e saber falar coisas bonitas — pareceu lamentar.

— Pessoas românticas às vezes são falsas.

— Acredito muito nisso, moça. Por outro lado, não sei como dizer que você já conhece o meu coração, mora dentro dele, inclusive, bem no fundo, e que é meio estranho que me peça isso, já que todos os dias eu demonstro claramente que amo você. — Agora ele estava sério e ao mesmo tempo terno.

— O quê?

— Acha que sou *hômi* de mandar bilhetinho, tomar banho com mulher, enroscar minha perna na dela debaixo do lençol, passear de mãos dadas pela fazenda, levar à sorveteria, padaria, confeitaria, por tudo na cidade para exibir a minha garota e deixar os cabras com inveja de quem é o meu amor e não é deles? Pensei que fosse mais esperta, dona patroa, pois lhe dei todos os sinais de que caí de quatro, fui laçado, perdi o chapéu. Ou, dizendo de um modo mais comum, sou todo teu. O jegue lindo aqui ama você, ama muito você. — Ele engasgou, respirou fundo e fez menção de lhe dar as costas e sair do banheiro.

— Por favor, não vai — pediu, tocando-o no antebraço.

— Vou fraquejar, mulher, me deixa tomar um ar lá fora — falou grosso.

— Fraquejar? — Sentiu o coração disparado.

— No dicionário feminino significa chorar.

Ela riu em meio às lágrimas.

— Fraqueja comigo, meu amor.

— Meu amor.

— Foi o que eu disse... meu amor — provocou-o, sendo agarrada e erguida do chão. — Só não me beija que vomitei ago...

Mas ele a beijou e somente a soltou quando ouviram Santiago falar do outro lado da porta.

— O chá de prenha está pronto, *fia*!

— Deixa na mesa, Hércules — mandou Thomas, olhando-a com olhos de amor. — Me apaixonei por você quando se jogou pra cima de mim, mas não acreditei que a *mulher* da minha vida seria uma garota.

— De certo modo, foi enganado pelo destino.

— Gostei de ser enganado. Acho que vou mandar um buquê de flores para o Guilherme, ô briga boa aquela.

— Também quero assinar o cartão — disse com ar divertido. — Mas ainda prefiro manter o meu tio afastado.

— Ele jamais voltará a te incomodar — garantiu, beijando-a na testa. — Agora vamos tomar o chá e uma sopa. E depois me diz o lugar que quer conhecer... um outro fora do meu coração, para ser mais exato. — Apertou a ponta do nariz dela entre os dedos com ar descontraído.

Ele a amava.

Por Deus, como ela o amava!

Capítulo vinte e nove

Um ventinho fresco batia no rosto de Ramona como uma agradável carícia. Ela e Thomas acabavam de voltar da consulta pré-natal, e estava tudo bem com o bebê. De sua parte, os enjoos haviam passado, assim como a sensação de queimação no estômago. Contudo, aos cinco meses de gestação, os seios estavam inchados e a barriga, bem maior, como se tivesse comido uma bola de futebol. A obstetra, de início, considerou que fosse uma gestação gemelar.

— Uma gravidez só e dois filhos, estamos no lucro, *fia*.

Thomas sorriu de orelha a orelha, enquanto ela se apavorava em silêncio. Mas logo, durante a ecografia, tiveram a confirmação de que havia apenas um bebê.

— Um touro como o pai, estamos no lucro, *fia*. — E novamente ele abriu um sorriso cuja duração Ramona fez questão de cronometrar: trinta e dois minutos, tempo suficiente do trajeto do centro de volta à fazenda.

Dona Albertina quis saber se haviam perguntado o sexo da criança. E Thomas:

— Queremos saber na hora do nascimento. Moleque ou moleca, estamos no lucro, dona mãe.

Ramona e a sogra se entreolharam, e a mais velha deu de ombros como se dissesse: *Esse aí está abestado de paixão.*

Agora ela tinha a cabeça do marido descansando nas suas coxas. Sentada no sofá do alpendre, admirando o ir e vir da peonada com os cavalos e a condução dos animais, sentia uma tremenda paz e por isso suspirou profundamente.

— O que está fazendo, hein?

— Pensando que temos agora quase cinco mil cabeças de gado, Thomas.

Ele riu baixinho, ergueu-lhe a batinha de algodão decorada no decote e nas mangas curtas com bordado de ponto-cruz e falou:

— Me perdoa, cabritinha, mas a pergunta foi feita para o bebê.

Sim, o fazendeiro durão conversava com o bebê o tempo todo. Às vezes lhe falava sobre as montarias, já que estava com o braço totalmente recuperado da fratura e voltara a montar em Furor, mais por diversão do que competição. Santiago, por sua vez, insistia em manter os rodeios clandestinos a dinheiro. No seu caso, pela adrenalina. Então Thomas deitava a cabeça no colo de Ramona e contava ao bebê sobre as reformas que fizera na fazenda e os planos de construir mais duas casas na propriedade, uma para ele e Ramona e a outra, para Mário e Natália. Além da construção de uma piscina e uma pracinha para os pequenos.

— Pequenos, como? A Natália não pretende engravidar tão cedo — argumentou com o marido.

— Ela que pensa. Os Lancaster engravidam a mulherada até com o poder da mente — brincou.

— Eles se cuidam, não são irresponsáveis como nós dois — provocou-o.

— E seremos irresponsáveis mais duas vezes pelo menos.

— Três filhos, Thomas? — Arregalou os olhos.

— Na verdade, prefiro duas filhas e um jegue igual ao pai.

Ela puxou o cabelo dele.

— Não fala assim do garoto, é *bullying*.

— Aiiii, ele nem nasceu — reclamou, rindo muito. — E você me *bolina* também... quero dizer, faz *bullying* comigo, sua bandida. — Ergueu a cabeça e a beijou na boca. — Três, ok? O Mimi, o Momo e o Mumu.

— Que nomes extraordinários. — Gargalhou. — Combinam mais para os filhos da Jaque.

— Por falar na diaba... onde ela está? Não ouvi nenhuma gargalhada da louca. Acho que os dois ingleses discretos não estão em casa — debochou.

— Sim. O Santiago planejou ir à agropecuária, e a Jaque se convidou para acompanhá-lo.

— Ainda vai dar em casório.

— Queria muito que isso acontecesse.

Ele a fitou com seus olhos azuis muito espertos.

— A Jaque vai ficar na Majestade porque é feliz aqui, e não por causa do meu irmão. O amor que ela sente é por você, todo mundo vê isso.

Ramona se emocionou.

— Acho que assusto vocês... digo, assusto quem eu amo, despejo toneladas de amor em cima de vocês que chega a esmagar.

— É verdade, estou todo esmagado aqui, mal consigo respirar — disse com ar divertido. Depois tocou a barriga dela levemente com os lábios e falou: — Mamãe é dramática. Linda, gostosinha e dramática.

— Fala a verdade: eu te esmago com o meu amor?

— Se você me esmagasse, eu não me sentiria tão leve. Os seus pais não se amavam mais, como você lembrou, e isso não significa que acontecerá o mesmo com a gente.

— É estranho que o casamento deles fosse terminar de qualquer jeito, mas que tenham morrido casados.

Ele a olhou com seriedade.

— Todos os dias você me conta algo que lembrou. Por que será que essas lembranças estão voltando apenas agora?

— Acho que é o estado da minha mente, sabe? Não ando mais estressada, preocupada com o meu sustento, da Jaque e dos meus bichos, além do fato de meu tio ter desaparecido do mapa.

— Pois é, ele tentou nos visitar umas três vezes e desistiu. Tenho seguranças na porteira justamente para barrá-lo à entrada.

— Você é a minha muralha de proteção — disse, orgulhosa, beijando-o.

Thomas sentou-se ao lado dela, aconchegando-a debaixo de seu braço.

— Então eu gostaria de te propor um negócio.

— Aceito.

— Sabe que sou doido de amor pela sua confiança cega em mim... — começou ele com ar divertido. — Mas a impulsividade é uma característica dos jovens, me sinto na obrigação de alertá-la a respeito.

— Me alertar de que sou jovem? — brincou.

— Gracinha. — Apertou-a forte entre os braços e, a seguir, afastou-se o suficiente para encará-la: — É sobre o seu medo de dirigir e a perda de memória.

— Pensei que fossem *negócios* profissionais.

— Mais para a frente trataremos do seu orfanato para bichos.

— ONG.

— Que seja, meu amor. Não tenta escapar pela tangente, ok?

— Thomas, nem todo mundo dirige...

— É verdade — interrompeu-a com brandura. — Até aceito que escolha tratar ou não esse medo. Afinal, o que não falta na fazenda é motorista particular para a sra. Lancaster. — Sorriu. Mas ele parecia disposto a retomar um assunto mais profundo. — Agora, acho esquisito que depois de sete anos do acidente ainda não tenha recuperado totalmente a sua memória. E mais esquisito ainda é não ter procurado ajuda pra isso. A Natália me falou que o ideal era fazer terapia com hipnose.

Ramona riu alto.

— Hipnose?

— Ué, falei besteira? Li a respeito e concordo plenamente com a minha cunhada.

— Hoje lembro mais coisas do que sete anos atrás, é um processo lento e impreciso, o médico me disse. Talvez eu nunca recupere totalmente a memória.

— Claro que não, o cérebro está preguiçoso, não é exigido — resmungou.

— Talvez eu não queira lembrar — rebateu, fitando as próprias mãos. — O que me importa o passado se o meu presente é melhor? Pra que ficar remoendo o que aconteceu se, no final, todos acabaram morrendo? Fui poupada da dor do luto, e isso, pra mim, é uma bênção. Não quero reviver o que aconteceu na estrada. Além do mais, a Ramona até os catorze anos não existe mais, sou outra pessoa, e agora sou muito feliz com os Lancaster.

— Excelente argumento, meu amor. Ainda assim, quero que saiba que pode contar comigo, certo? Sou jeca, mas sou joia.

Ele a beijou, ainda rindo.

* * *

— Sentiu esse estremecimento, papai? Oh, que fofo!

Thomas pousou a mão no ventre da esposa. Sentados no sofá da sala, havia se distraído do filme que viam quando o bebê começou a se mexer sob a palma do caubói.

Mário e Santiago preparavam a mesa do jantar e precisavam passar pela sala de estar, que ficava entre a cozinha e a de jantar. O mais velho parou, segurando a travessa de arroz feita por dona Leonora.

— Posso pôr a mão? — O sorriso adorável aflorou nos lábios do bruto.

— Na minha mulher, não. O combinado foi de ninguém meter a mão na mulher do outro — disse Thomas, a voz grossa simulava o tom de ameaça velada, mas o olhar brincalhão o delatava.

— Vem, Mário — pediu ela, sorrindo.

Ele não precisou de uma segunda chamada, largou a travessa na mesinha lateral ao lado do sofá e sentou-se ao seu lado. Espalmou a mão grande sobre o ventre da cunhada, fitando-a à espera dos movimentos do feto.

— Ela sabe que não é o pai, então vai ficar quieta.

— Seu filho da mãe, não me disse que é uma menina! — gritou dona Albertina do quarto, e, para chegar até lá, era preciso percorrer um longo corredor. Isso dava a exata dimensão do alcance auditivo da sessentona.

— Ainda não sabemos, mas o Thomas quer uma garotinha — respondeu Ramona pelo marido.

— Eu também! — berrou a matriarca de volta.

Jaque aportou na sala vestida no uniforme de trabalho, à espera da van dos funcionários da pizzaria.

— Coisa mais lindinha ver o noivo da minha chefa todo paizinho.

— Não sabe o quanto quero um filho — disse Mário, suspirando resignado.

— Embebeda a chefa e a leva para os fundos do salão country; tem uma lixeira bem cheirosa que excita a mulherada — debochou a amiga, fazendo careta para Thomas.

— Ô mocinha, vai esperar os assalariados lá no alpendre, ok?

— E aí, Thomas, deve doer muito o seu cotovelo de bruto possessivo não ser o único amor da vida da sua mulher, né? — brincou a garota.

Dava para notar o prazer que Jaque sentia ao provocar os Lancaster. No entanto, poupava Mário, o que era fácil de entender, uma vez que ele próprio era legal e educado com ela. Ao passo que Thomas e Santiago pareciam aproveitar cada momento para provocá-la e tirá-la do sério. No fundo, eles a consideravam como a irmãzinha mais nova. Ramona inclusive pensou em alertá-la quanto a isso em relação a Santiago. Era evidente que ele a colocara na segura e assexuada zona da amizade.

— Olha, dona Jaque, a Ramona tem um porco e uma cobra. Dá para perceber que, mesmo diferentes, cabem no coração dela — rebateu com ar divertido.

— Outro dia, a Mana subiu na minha cama e se enroscou em si mesma, parecendo fazer de tudo para não tocar em mim. — disse Mário, rindo-se.

— É que, pra ela, você é um bicho peçonhento — disse Santiago, jogando o pano de prato na nuca do irmão mais velho.

Enrico apareceu à porta, e as bochechas vermelhas sugeriam que o cabra tinha corrido pra caramba.

— A dona Albertina está por aí?

Prontamente ela surgiu, enfiada num vestido indiano até os pés, calçada nas rasteirinhas.

— Respira um pouco, *hômi*, vai enfartar.

— O juiz veio falar com a senhora — respondeu junto com uma golfada de ar, dobrando o corpo para a frente. — Disse que, se não o deixarem ver a sobrinha, voltará com a polícia.

Notou quando Mário e Santiago trocaram olhares como se não entendessem o motivo de tal ameaça. Ao passo que Thomas retesou os maxilares e, no instante seguinte, levantou-se com a clara intenção de resolver a questão.

— Acabei de receber um telefonema do Augusto me falando horrores, perdeu até a compostura. — Ela se voltou para o filho do meio e foi direta: — Você o está impedindo de visitar a própria sobrinha? O que te deu na cabeça? É a família dela, cacete!

— Se a Ramona quiser manter vínculo com o seu Augusto, terá total liberdade para tanto. Caso contrário, o velho vai ficar do lado de fora da porteira da minha fazenda — desafiou a mãe.

A velhinha pôs as mãos na cintura, ergueu a cabeça e o encarou com severidade.

— Quando você se arrebentou, ele estava lá para me ajudar a colar os teus pedaços. E como foi retribuído? Engravidou a sobrinha dele. Não te mete a besta comigo, texano tupiniquim, que ainda sou a autoridade maior nessa família.

— Então abre a porteira e manda o boi capado entrar, já que está com saudade do cabra que usou para fazer ciúme ao nosso pai — falou bem assim, devagar, do jeito que os fofoqueiros falavam, pois sabia que Mário o ouviria.

— Puta merda, sempre soube que esse juiz arrogante tinha segundas intenções com a senhora. Como pode ser tão ingênua?

— Ele é só meu amigo, Mário. Agora, Enrico, meu filho, manda o Augusto entrar, por favor.

Ramona sentiu uma contração estomacal. E Thomas voltou a se sentar ao seu lado, passando-lhe o braço possessivamente em torno dos ombros.

Pressentia a chegada de uma tempestade.

* * *

Apesar de ser um homem de estatura mediana, a presença de Augusto Levy tomou conta do ambiente. Agigantou-se diante dos outros, tomado que estava por uma aura de soberba indignação. Mediu os irmãos Lancaster, cada um em especial, com um olhar de menosprezo. Para Jaque, ofereceu o pior deles, o de asco. Mas, para dona Albertina e Ramona, a feição mudou, transfigurando-se para a de alguém alvejado pela dor de uma traição.

Era um artista, Ramona pensou, sustentando o olhar do tio sobre si. Imediatamente se sentiu enjoada.

Depois que ele cumprimentou a todos com polidez, falou:

— Não vim reclamar do fato de não ter notícias da Ramona por tanto tempo. Entendo que estejam ocupados com a grande fazenda que reconstruíram. A propósito, meus parabéns. Além disso, parece que você, minha querida, perdeu o celular e se esqueceu de me passar o seu novo número. De qualquer modo, o Thomas podia ter atendido as minhas ligações, não é mesmo? — A voz soou falsamente amigável.

— O meu filho é um fazendeiro importante agora, trabalha demais e parou com as brigas — interveio dona Albertina, cheia de orgulho. — Mas senta aí que vou pegar uma pinga muito da boa.

— Como vai, Tina? — Ele se virou para pegar as mãos da senhorinha e levá-las aos lábios, beijando-as no dorso antes de dizer:

— Agradeço a oferta da bebida, mas não sou chegado a cachaça.

— Temos uísque, só não é importado — disse Mário, olhando-o à espera de uma segunda objeção.

— Não, obrigado.

O velho juiz sentou-se no sofá, ao lado da sobrinha, e buscou-lhe a atenção com os olhos diretamente postos nela. Mas estranhamente evitava baixá-los em direção ao ventre que estufava o vestido.

— Soube que a sua situação financeira está mais confortável agora, pretende então investir num curso de direito? Seria interessante que se tornasse advogada, tenho conhecidos que podem conseguir pra você um bom estágio quando precisar. Quem sabe na capital — acrescentou de modo significativo.

— Mas o senhor veio meio que fugido de Cuiabá, né? — O tom foi sarcástico.

— Porque o seu avô e o resto da família não condiziam com o meu nível.

— O Breno me disse que a sua mãe lhe pagou a faculdade — a matriarca falou, sorrindo sagazmente.

Quando dona Albertina fez tal observação, Ramona assimilou depressa o que ela quis dizer: *A sua família, Augusto, não condiz com o seu nível, mas foi ela quem lhe ofereceu condições para elevar o seu nível de instrução, seu hipócrita arrogante.*

— Sim, é verdade. Precisamos sempre de um empurrãozinho para subir na vida — comentou sem sorrir.

— Por isso agradeço o que fez por mim quando o meu avô morreu. — Aproveitou para quitar a dívida num último gesto de gratidão. — O meu filho viverá num ambiente de liberdade e amor.

— Imagino que sim. Mas é preciso também garantir uma excelente educação à criança. Por isso vim aqui para lhe dizer que essa parte será por minha conta. Sempre quis ter a oportunidade de enviar um Levy para estudar num internato em Lausanne...

— Diacho, isso fica no Acre, quase fora do Brasil! — interrompeu-o Santiago, de cara amarrada. — Temos uma boa escola em Santo Cristo, os nanicos até usam uniforme de verão e de chuva.

— Lausanne fica a quarenta minutos de Genebra, na Suíça. — A informação veio do próprio Augusto.

— E por que eu mandaria o meu filho para o exterior? — perguntou Ramona, quase rindo depois de ouvir tamanha asneira.

— Bem, como já disse, é o seu filho, e será a única vez que terei a chance de oferecer uma educação de nível a um Levy. Além do mais, os Lancaster não vão querer passar vergonha ao ter que encarar Santo Cristo quando todos souberem do bastardo.

Jaque caiu na gargalhada.

— Ei, o senhor estava no casamento! Ele é do Thomas, um legítimo Lancaster, ora! — E, virando-se para Mário, comentou: — Ou eu bebi demais e o confundi com outro velho com cara de fuinha?

Mário, por outro lado, permaneceu sério ao responder, olhando diretamente para Thomas:

— O seu Augusto sabe que não há nenhum bastardo na nossa família.

Viu quando Thomas endureceu o corpo colado ao seu, o que lhe pareceu um gesto explícito de tensão. Mas por que estaria tenso?

— O que está insinuando debaixo do meu teto, ô Augusto? — A voz de Albertina agora soou grossa.

Mas o outro apenas esboçou um leve sorriso ao encará-la.

— Que o casamento foi uma farsa, nós todos sabemos disso, não é mesmo? Ou talvez nem todos saibam, e por isso mesmo o Thomas me mantém longe daqui.

— Farsa uma ova! Veio fazer intriga, compadre?

— De jeito nenhum. Na verdade, vim apenas saber por que o meu dinheiro presta e eu, como pessoa, não sirvo para participar da vida da minha sobrinha.

— Que dinheiro? Tudo que tenho é da venda das miçangas, e não é muita coisa, não.

— Me refiro ao dinheiro que pagou as dívidas da fazenda dos Lancaster. De onde pensa que ele veio, Ramona? De onde acha que esse camarada mulherengo e irresponsável tirou grana para se tornar um fazendeiro rico do dia pra noite? Ontem mesmo estava na cadeia sem ter como pagar advogado e agora é um dos donos da maior fazenda da região.

Ele pegou dinheiro com um fazendeiro abastado, pensou Ramona. *Foi isso que me disse, e eu acreditei. Ou melhor, não questionei mais a fundo. Se fosse verdade, no entanto, por que o tio mentiria a respeito?* Antes que questionasse o marido, Thomas assumiu o comando da conversa:

— Menti pra você, Ramona.

— O quê? — A voz era da mãe dele, uma vez que ela própria mal conseguiu articular palavra.

— E pra vocês também. Só o Mário sabia do esquema.

— Interessante — comentou Santiago, levando as mãos aos quadris ao encarar o primogênito. — Os dois planejaram que tipo de sujeira fariam pra tirar dinheiro do seu Augusto?

— Não somos sujos, seu merda.

— Eu sou, Mário. Fica fora dessa. — Thomas se levantou do sofá e foi até dona Albertina. — Fiz tudo sozinho. Me desesperei quando soube que teria que dar dinheiro ao Guilherme, aí montei e caí do Killer, quebrei o braço e... Bem, a senhora sabe o resto.

— Meu filho... — Ela o olhou com os olhos rasos de lágrimas. — Você está de costas para quem realmente deve explicações.

Thomas assentiu com um gesto de cabeça, aceitando a declaração da mãe, e se virou para a esposa, que fitava o ventre inchado. Mas não teve tempo de falar, pois o tio a atacou na jugular, parecendo disposto a semear a discórdia onde cabia somente a paz.

— O seu marido me disse que você engravidou de um hippie que a abandonou. Eu sempre disse que não era para andar com essa corja; são aproveitadores, marginais, gente suja sem objetivo na vida, que não serve para nada. O cara pelo menos é branco ou teremos um mestiço na família Levy?

Ao ouvir a pergunta feita num tom de menosprezo, viu Jaque correr na direção do velho com o rosto transfigurado pela raiva. Mário, no entanto, a conteve a meio caminho de feri-lo, segurando-a e puxando-a para si.

— Não vale a pena.

— É isso que eu digo, a escória, a ralé. — Augusto apontou para Jaque, que chorava enfurecida.

— O senhor se afastou de todos porque ninguém o suportava — rebateu a amiga. — A sua alma é podre!

Augusto fitou-a impassível, a garota trêmula e de voz magoada.

— Pouco me importa a opinião de uma parasita riponga.

— Chega, Augusto — interferiu dona Albertina. — Você me ajudou, e o meu filho já lhe pagou o seu investimento na defesa dele. Agora pode se despedir da sobrinha e zarpar fora.

— Fui eu quem a engravidou. — Thomas interveio com dureza. — E dá para perceber que não sou hippie. Mas sou mestiço, sim, um latino-americano, metade português, metade alemão, metade touro e metade vou acertar a mão na tua cara.

Assim que falou, ela viu Thomas impulsionar o corpo como Jaque havia feito. Mas sempre tinha alguém para salvar a pele do juiz, e dessa vez foi Santiago quem segurou o irmão por trás, aplicando-lhe uma gravata.

— Seu juiz, não tem mais ninguém aqui para salvar a sua pele, acho melhor puxar o banquinho e sair de fininho — advertiu-o Santiago entre os dentes.

— Ele pagou pra você se casar comigo?

Todos se viraram para fitar a garota, de pé, com os braços cruzados sobre o ventre. Ramona tinha lágrimas nos olhos e a voz embargada.

— Paguei, sim. Ele mentiu que o filho era de um hippie e me vendeu o sobrenome para manter a sua honra.

— O juiz está certo, Thomas? — Ela precisava ouvir da boca do marido. — Você recebeu dinheiro para ficar comigo?

Ele foi até ela e tentou puxá-la para um abraço, mas Ramona se afastou, impedindo-o de tocá-la. Baixou a cabeça, fitou os pés descalços e viu uma rachadura no piso. Era sua imaginação, bem o sabia, mas sentiu que em breve o chão se abriria debaixo de seus pés.

— Eu estava desesperado por dinheiro, e você me contou da gravidez — falou, olhando-a no fundo dos olhos. — Queria ficar contigo, mas não na miséria, não daquele jeito inseguro e angustiante. Me sentia um fracassado, e você estava sempre triste. Me vi encurralado.

— E tirou proveito da situação — o tio acusou.

— Sim, senhor juiz. Encontrei um trouxa pelo caminho para tirar vantagem. Toda a sua cultura e superioridade sucumbiram ao seu preconceito e você foi seduzido pela vaidade, pois queria muito o meu sobrenome atrelado ao seu — atacou, mordaz.

— Dote de casamento, já ouviu falar? — indagou o velho à sobrinha. — O que paguei para que ele fingisse que a ama. Agora, se tiver um pingo de vergonha na cara, vai fazer as malas e voltar comigo para casa.

— Ela não vai sair daqui — determinou Thomas, retesando os maxilares.

— O senhor não manda numa garota maior de idade, meu chapa — interveio Santiago, posicionando-se ao lado do irmão.

— Ainda mais sem os olhos — ameaçou Jaque, ainda presa nos braços de Mário. — Vou arrancar esses seus olhos de gente que se acha superior e dar para o Jagunço comer.

— Chega disso, pessoal — disse a matriarca serenamente. — Daqui a pouco minhas amigas chegarão para um jogo importante, é a final da canastra valendo oitocentos paus. — Ela se sentou no sofá, assumindo a postura de chefe da família. Olhou para todos com as pálpebras semicerradas. — É o seguinte: o Thomas vai lhe pagar o valor do dote de casamento de volta, estamos ricos e esse dinheiro cabe bem enrolado no seu cu, Augusto. E o Mário, que é o mais civilizado, vai levar você de volta por onde entrou, encerrando com isso a sua visita e o nosso vínculo de amizade. O meu filho mentiu pra todo mundo porque pensou em todo mundo quando mentiu. É uma ética torta, mas não significa mau-caratismo. A minha Jaque vai pegar a van, que está buzinando faz meia hora, senão daqui a pouco a Natália aparecerá desesperada pensando coisas malucas que o povo recém-chegado de São Paulo pensa, só tragédia. Quanto a você, Ramona, pega o teu marido pela mão e leva para o alpendre, pro celeiro, pra margem do rio, pra onde quiser, desabafa, põe tudo pra fora... menos o bebê, e resolve esse assunto. Amor entre vocês é o que não falta, e está na cara que o meu filho não casou por dinheiro. Mas é você quem deve perdoá-lo ou não, somente você.

Ramona fixou seus olhos no azul profundo dos olhos de Thomas. Não notou a saída do tio, tampouco a de Jaque. Contudo, quando o marido se ajoelhou diante dela e a abraçou na cintura, deitando a cabeça junto ao seu ventre volumoso, decidiu o que deveria fazer.

— Como pôde mentir para mim?

— Me perdoa, por favor. — A voz saiu baixa e trêmula. — Me perdoa, só peço isso. Você é tudo pra mim.

Olhou por cima da cabeça de Thomas e viu Santiago secar os olhos marejados de lágrimas enquanto Mário a fitava sem desviar o olhar, como se a desafiasse a ferir o irmão.

— Me disse que tinha conseguido o dinheiro de um fazendeiro rico.

— Foi de um juiz rico.

— Mentiu que o meu filho não era seu.

— Sim, menti — admitiu, beijando a barriga protegida pela roupa. — Me perdoa, bebê do papai.

— Mentiu que se casaria comigo porque é um homem das antigas, conservador...

— Sim, menti. — Ele se levantou e a encarou com lágrimas nos olhos. — Essa foi a pior mentira. Menti pra você e pra mim, porque a verdade é que casei por amor, um amor que jamais senti na vida. E, se você quiser dar um tempo pra pensar se vale a pena continuar comigo depois de tudo, vou aceitar. Jamais a impedirei de ser livre e independente.

— Preciso de um tempo.

Viu-o fechar os olhos como se acabasse de levar um tiro no coração.

— Deu, já passou.

Ele a olhou com apenas um dos olhos aberto, desconfiado.

— Como?

— Só queria analisar a sua reação ao meu pedido de tempo — Ramona foi mordaz.

— Meu pai do céu. E agora?

Ramona sentiu os pares de olhos fixos nela. Até que novamente o bebê estremeceu e depois a chutou três vezes na costela. Sorriu consigo mesma, parecia até um código silencioso. Três vezes, como as palavras que ouvia todos os dias de Thomas Lancaster, desde que se casaram: eu amo você.

EPÍLOGO

— Quando cheguei a Santo Cristo e me perguntaram o que eu tinha achado dos brutos do interiorzão, pensei: sou só uma menina, por que vou me interessar por um homem bruto, violento? Que pergunta doida, meu Deus — disse Ramona, deslizando uma miçanga no fio de náilon, sentada na cadeira de balanço posta debaixo da figueira cuja copa era a mais frondosa da fazenda. — Depois entendi que *bruto* é o homem da terra, não polido, sem a tal *finesse*, um casca-grossa simples e direto. Quem não sabe e nem se dá ao trabalho de pesquisar a respeito confunde com machismo e brutalidade. Mas a internet está aí para livrar todo mundo da ignorância, não é mesmo? Os brutos são durões por fora e sensíveis por dentro, mais até que os homens comuns, que não são caubóis. Pensei nisso ao considerar a encrenca em que o seu filho se meteu, dona Albertina, mas também levei em conta que um dia eu estive no fundo do poço como ele. E, pra falar a verdade, antes mesmo de nos casarmos me sentia cuidada e protegida pelo Thomas, como se uma semente de amor já tivesse brotado entre nós de um jeito bem sutil e delicado. — Afagou a barriga e continuou: — Eu me preocupava em amar alguém e ficar nas mãos da pessoa. E não sabia como é gostoso ser amada

— concluiu. Suspirando com ar sonhador, ela mudou o rumo da prosa: — Bem, essa pulseira terá pingentes de botas de vaqueiro, coração e ferradura.

— Faz duas, minha menina, uma é minha — pediu a sogra.

— Essa é a quarta pulseira, sogrinha, a sua já está pronta. Deixei a última para a Natália, pensei em colocar o pingente de uma fatia de pizza na dela.

As duas riram.

— A butique da Mafalda quer vender as suas peças?

— Sim, não é maravilhoso?

— É excelente! Ela tem uma rede de lojinhas, só de acessórios, por toda a região. Acho que no futuro você terá de contratar um povo pra te ajudar, vai vender feito água — aconselhou-a dona Albertina, sorvendo um gole de sua limonada.

— Não sei. — Mordeu o lábio inferior, incerta.

A sogra se voltou para ela, curiosa.

— Pensei que fosse uma empreendedora.

— Pois é, eu também. — Riu-se sem jeito. — Mas... sei lá, não me vejo batalhando por um negócio, não sinto a paixão que a Natália sente pelo trabalho dela, até queria ser assim... — Suspirou profundamente antes de continuar, agora sorrindo: — Acho que nasci para cuidar dos outros, sabe? E não para ganhar dinheiro. — Deu de ombros. — O Thomas já contou que vou usar o sítio para abrigar animais de rua, além dos maltratados? Vou caçar o povo que usa cavalo para puxar carroça e também os fazendeiros que não cuidam direito dos seus animais, o que inclui os cachorros de fazenda. Pretendo recolher todos os animais de rua à beira da estrada, os do centro da cidade e depois levar a cambada toda para o sítio, mas com toda infraestrutura de spa. Canil fechado, de primeira, só para dormirem. O resto do dia ficarão livres pela propriedade. Sonho em ter uma espécie de paraíso para os bichos — concluiu, ruborizada, já que havia se empolgado demais e falado pelos cotovelos.

— Você é uma boa pessoa, joaninha. — Estendeu-lhe a mão e continuou: — E fico feliz por acreditar no meu Thomas. Ele precisa de você, da sua força tão leve e suave. Nunca fui assim, sabe? Suave. Até com o meu velho. Tenho jeito rude, sou desbocada, não sei como ser delicada, vivo quebrando as coisas, verdade seja dita. — Ela parou de falar, como se mergulhasse nos próprios pensamentos. Em seguida, continuou: — No dia em que o meu marido morreu, a gente tinha ido acompanhar o Mário em Barretos. O Breno resolveu sair mais cedo, comprar alguma coisa e depois seguiríamos para o Parque do Peão. Ele me convidou para ir junto, e eu preferi ficar no hotel. Pensei em ir para a piscina, mas fiquei vadiando pelo quarto sem ter o que fazer. Duas horas depois um policial e o gerente do hotel bateram à minha porta e disseram que o meu marido tinha batido o carro alugado num poste público. Teve um mal súbito e perdeu a direção. Se eu estivesse com ele, poderia ter pegado o volante ou... ele poderia ter reclamado de dor, e eu o ajudaria, faria parar o carro... Mas eu não estava com ele, perdi a oportunidade quando tomei a decisão errada, a de ficar. E você, meu bem, tomou a decisão certa, a de ficar. — Piscou o olho, expressando gratidão. — Depois eu soube que o Breno foi comprar um anel pra mim, para comemorar as nossas bodas... — Sorriu, sem graça. — Eu mal lembrava que estávamos para completar trinta e cinco anos de casados... Bodas então de... Ô, bosta!

— De coral, bodas de coral.

— Uai, e as da Leonora com o marido? Eles têm vinte e sete anos de casório.

Ramona não hesitou.

— Bodas de crisoprásio.

— Que nome feio.

— É um mineral de coloração verde-clara.

— Como sabe disso?

— Decorei.

— Falta de TV em casa ou o sinal da internet estava ruim? — A pergunta foi feita num tom sério, embora Ramona tenha se controlado para não rir.

— Na verdade, eu decorava informações inúteis como uma técnica para combater pensamentos negativos — respondeu ela, sendo honesta.
— Aham. Boa técnica, assim não gasta com drogas lícitas. Agora, me diz, e quem faz cinquenta anos?
— Ah, essa é moleza, a mais comentada: bodas de ouro.
— Vou te pegar... aos trinta e dois anos?
— Bodas de pinho.
— Cacete! Aos quarenta e cinco?
— Platina ou safira.
— Já estou me irritando. E aos oitenta e nove... Quero dizer, setenta e nove anos de casamento, significa que o casal está mais na cova do que na cama — debochou, rindo-se.
— Pois é, tem razão.
— Para de ganhar tempo, joaninha.
— Sei a resposta. É bodas de...
— Carne decomposta.
— Ai, que nojo! — Riu-se. E depois, controlando-se, respondeu: —Bodas de...
— Saco murcho!
— Dona Albertina, por favor! — Desandou a rir e, entre as gargalhadas, falou: — Bodas de... *Thomas*.
— O quê?
Ele veio até ela, sorrindo debaixo da aba do Stetson preto e lindo na camisa escura de mangas arregaçadas, a fivela rústica no cós do jeans escuro e o olhar sexy e terno que a fazia se sentir única.
— Não sei se tem para setenta e nove anos — balbuciou, de olho no marido.
— Bem... — disse a sogra, levantando-se da cadeira e batendo amistosamente no ombro do filho. — Vocês podem chegar até lá e descobrir um nome para essas bodas, é não?
— É, sim, dona mãe.
A velha saiu toda sorridente, deixando para trás o casal, que continuava a se paquerar. Depois ele a beijou na boca e deslizou

os maxilares com barba por fazer até lhe mordiscar o lóbulo da orelha e sussurrar:

— Quer contar à família, ou eu conto sobre a Maria Rita Lancaster?

Ela sorriu, encantada, emocionada, feliz demais da conta.

— Vamos contar juntos, ok?

— Certo. Hoje, durante o jantar. O que acha?

— Bem, domingo é legal, a Natália e a Jaque também estarão. — Voltou-se para ele e recebeu novo beijo na boca.

— Ótimo. Agora um assunto só nosso...

— O que foi? — perguntou, sem deixar de avaliar a expressão sisuda dele.

— Amo você, Ramona.

— Eu também amo você, Thomas.

— E a lua de mel? Me diz, qualquer lugar do mundo.

— Certo. — Ela lhe fez um carinho no rosto e, por fim, decidiu: — Só tem um lugar do mundo, além do seu coração, que me interessa.

— Mão de vaca — brincou, parecendo envaidecido.

— Sim, aqui mesmo, a Majestade do Cerrado.

Ele se abaixou e, encostando a boca no ventre protegido pelo tecido macio do vestido dela, falou:

— Filha, a sua mãe pode ter o mundo e escolhe o paraíso. Seja inteligente como ela, hein, ô brutinha! — Colou a orelha no ventre materno.

— Meu pai do céu, por acaso está esperando a resposta do bebê? — Ela se controlou muito para não rir.

Thomas endereçou-lhe um sorriso amarelo.

— Claro que não, dona patroa.

Mas parecia que sim.

FIM

Este livro foi composto nas tipologias Archive Thermo,
Biker Two, Black Jack, Core Circus, Felt Tip, Helvetica Neue LT Std,
Highbinder Rough, Old Pines Press, Palatino Linotype,
The Bohemian, The Wild Hammers Vintage, e impresso em
papel avena 80g/m², na Gráfica Santa Marta, em 2019.